C.Bertelsmann

Tatiana de Rosnay

Célestine und
die kleinen Wunder
von Paris

Roman

Aus dem Französischen von
Nathalie Lemmens

C.Bertelsmann

Die französische Originalausgabe erschien 2021 unter dem Titel
Célestine du Bac bei Éditions Robert Laffont, Paris.

Der Verlag behält sich die Verwertung der urheberrechtlich
geschützten Inhalte dieses Werkes für Zwecke des Text-
und Data-Minings nach § 44 b UrhG ausdrücklich vor.
Jegliche unbefugte Nutzung ist hiermit ausgeschlossen.

Penguin Random House Verlagsgruppe FSC® N001967

1. Auflage 2024
Copyright © der Originalausgabe 2021
bei Éditions Robert Laffont, Paris
Copyright © der deutschsprachigen Ausgabe 2024
beim C. Bertelsmann Verlag
in der Penguin Random House Verlagsgruppe GmbH,
Neumarkter Straße 28, 81673 München
Umschlaggestaltung: www.buerosued.de, München
Umschlagmotiv: Trevillion Images © Lyn Randle
Redaktion: Gerhard Seidl
Satz: satz-bau Leingärtner, Nabburg
Druck und Bindung: GGP Media GmbH, Pößneck
Printed in Germany
ISBN 978-3-570-10448-4

www.c.bertelsmann-verlag.de

Für meinen Großvater Gaëtan

*»Ich bin das Alpha und das Omega,
der Anfang und das Ende.«*

Offenbarung des Johannes

*Wenn Sie mich fragen, was ich als Künstler
in dieser Welt zu tun gedenke, so antworte ich Ihnen:
»Ich gedenke an ihrer Spitze zu leben.«*

Émile Zola, *Mes Haines*

1

Die Begegnung

Paris, 1991

Der achtzehnjährige Martin Dujeu hat wenig Interesse an Mädchen, geschweige denn an seinem Schulabschluss; nur in Gesellschaft seines Beagles Germinal und von Oscar Duval, mit dem er seit Kindertagen befreundet ist, scheint er ein wenig munterer zu werden. Oder falls jemand so freundlich sein sollte, den Namen Émile Zola zu erwähnen.

Er ist ein verträumter, groß gewachsener Junge mit platinblondem Bürstenschnitt und steifem Gang, dessen Hakennase, Bifokalbrille und ellenlange Arme und Beine ihm den Anschein eines lethargischen Stelzvogels verleihen.

Victor Dujeu betrachtet es als seine Pflicht, jeden Dienstagabend mit seinem Sohn im Mandarin de Jade zu essen, einem chinesischen Restaurant in der Rue de Grenelle, ganz in der Nähe ihrer Wohnung. Vergeblich bemüht er sich dort, die Gereiztheit zu unterdrücken, die der Anblick des langen, zusammengesunken vor seinen Frühlingsrollen sitzenden Lulatschs in ihm weckt.

Dabei ist es nicht einmal der permanente Dämmerzustand seines Sohnes, der Victor Dujeu so sehr ärgert, sondern vielmehr die Tatsache, dass er in dessen Gesicht Kerstins Züge wiedererkennt. Von ihr hat Martin den blassen skandinavischen Teint geerbt, von dem sich Wimpern und Augenbrauen kaum abheben. Von ihr auch die entsetzliche Kurzsichtigkeit (auf dem rechten Auge beträgt seine Sehschärfe 0,3 Prozent, auf dem linken 0,4 Prozent), doch während

Victor Dujeu es liebte, in das Meer von Kerstins Augen einzutauchen, stört ihn der gleiche verschwommene Blick bei seinem Sohn.

Kerstin ist mit zweiundzwanzig Jahren bei einem Flugzeugabsturz ums Leben gekommen. Inmitten der fünfundsiebzig weiteren Passagiere konnte ihre Leiche nie gefunden werden. Martin war damals zwei Jahre alt.

Vage erinnert er sich an die schlanke Gestalt und das goldene Haar seiner Mutter und an ein Parfüm, dessen Duft mit der Zeit immer schwächer wird wie der eines verblühten Blumenstraußes, doch weht es ihn zuweilen an einer Straßenecke oder in einem Laden unvermittelt wieder an und lässt den Schmerz einer nie vernarbten Wunde aufflammen.

Von seinem Vater hingegen hat er die Größe geerbt – ein Meter achtundneunzig –, Schuhgröße sechsundvierzig und eine Hakennase, dazu die Manie, sich stets ein wenig krumm zu halten, mit hängenden Schultern und eingezogenem Brustkorb, als verbiete ihnen ihre außergewöhnliche Größe eine aufrechte Haltung. Abgesehen davon haben Vater und Sohn kaum etwas gemeinsam. Der eine ist braun gebrannt, schneidig und trägt einen wachsenden Bauch vor sich her, der andere ist mager, hat einen milchweißen Teint und scheint ständig zu dösen.

Stoisch erträgt Martin den Spott über seine Größe und die dicken Brillengläser, hinter denen Farbe und Form seiner Augen nur mit Mühe zu erahnen sind. Denn die wahre, seiner Meinung nach unüberwindliche Missbildung betrifft ohnehin seine Füße, genauer gesagt seine Zehen.

Martin Dujeus Zehen sind durch ein feines, rosiges Häutchen miteinander verbunden, so dünn, dass man es mit einer Schere durchschneiden könnte. Als er noch ein Kind war, erzählte man ihm mit dem allergrößten Ernst, verantwortlich für diese Eigenart sei eine venezianische Empfängnis, und tatsächlich hatten seine Eltern ihre Flitterwochen in der Stadt der Dogen verbracht, woraufhin Martin neun Monate später das Licht der Welt erblickte ... Als kleiner Junge glaubte er, alle Kinder, die in Venedig gezeugt worden waren, kämen mit Schwimmhäuten zwischen den Zehen zur Welt, und lange war er stolz auf diese Besonderheit.

Mit fünfzehn Jahren jedoch wandte er sich, von Komplexen zerfressen, der glaubwürdigeren Hypothese des Familienarztes zu, der diese Eigentümlichkeit einer »Panne in der Embryonalentwicklung« zuschrieb. Martin schwor sich, seine Füße nie wieder in der Öffentlichkeit zu entblößen, doch die Schwimmprüfung, deren Ergebnis in seine Abiturnote einfließen würde, erschien ihm unumgänglich. Angesichts seiner schlechten Zensuren konnte er sich diese Gelegenheit, wertvolle Punkte zu sammeln, nicht entgehen lassen. Drei Tage litt er Höllenqualen. Vor Ort beschloss er zu behaupten, er leide an einer nässenden Hautentzündung und müsse daher seine Socken anbehalten, wodurch er allerdings nur noch mehr Aufmerksamkeit auf sich zog. Alle Blicke richteten sich auf den kurzsichtigen Riesen in den weinroten Wollsocken. Er wurde aufgefordert, sie unverzüglich auszuziehen. Schweren Herzens gehorchte er. Die Blicke senkten sich auf seine Zehen, und verblüffte Rufe wurden laut.

»Was haben Sie denn da an den Füßen? Sind das etwa Flossen?«, rief der Schwimmlehrer, dem vor Empörung beinahe die Luft wegblieb. »Sie wagen es, zu Ihrer Schwimmprüfung mit Flossen anzutreten?«

»Das sind keine Flossen«, entgegnete Martin tonlos. »Das sind meine Füße.«

»Wie, Ihre Füße?«

»Ich habe Schwimmhäute an den Füßen.«

»Sie haben ... Schwimmhäute an den Füßen?«

»Ja.«

»Darf ich mal anfassen?«

Der Mann beugte sich vor und zwickte in das dünne rosige Häutchen.

»Also so was«, zischte er. »Sie haben recht.«
»Leider«, sagte Martin mit Grabesstimme und seufzte.

Noch heute klingt ihm das höhnische Gelächter in den Ohren, das sich um ihn herum erhob. Gelächter, das sehr schnell verstummte, als die anderen sahen, wie schnell er schwamm. Unerreichte zwanzig von zwanzig Punkten brachten selbst die schlimmsten Lästermäuler zum Schweigen.

Martin Dujeu verließ das Becken erhobenen Hauptes und mit unversehrter Ehre, doch sein Herz schmerzte.

Den ganzen Tag schon ist es warm. Der schwere, wolkenverhangene Himmel ist von einem bedrohlichen Dunkelgrau. Mit Germinal an der Leine geht Martin die Rue du Bac entlang nach Hause. Er denkt an den vergangenen Abend zurück, an das Essen im chinesischen Restaurant, an den Moment, als sein Vater ihm in feierlichem Ton verkündete, dass er sich verloben wolle.

Verloben! Mit fünfzig! Martin musste sich zusammenreißen, um nicht laut loszulachen.

Sinnierend starrte Victor Dujeu auf seine flambierte Banane.

»Ich kann doch nicht ewig allein bleiben. Kerstin ist seit sechzehn Jahren tot.«

Martin hat es schon immer gehasst, wie sein Vater den Namen seiner Mutter ausspricht. Anders als die meisten Franzosen, die harte Konsonanten verwenden, bedient sich Victor Dujeu der im Schwedischen üblichen Form »Scheschtin«. Aber »Scheschtin« klingt zu sanft, zu intim, und Martin missfällt, wie sich die Lippen seines Vaters beim Sprechen vorschieben und runden wie zu einem Kuss.

Victor Dujeu seufzte.

»Ich fühle mich einsam, verstehst du?«

Dabei war er es kaum je gewesen, dachte Martin. Seit etwa fünfzehn Jahren gaben sich die Frauen in der Rue de Babylone die Klinke in die Hand – eine Prozession, der Martin nie sonderlich Beachtung geschenkt hatte, bedachte er doch diese Gefährtinnen für eine Nacht, eine Woche oder ein Jahr mit stiller, aber unbeugsamer Verachtung.

»Ich nehme an, deine neueste Eroberung ist die Glückliche?«

Victor Dujeu war so froh darüber, endlich die Stimme seines Sohnes zu hören, dass er es vorzog, die ironische Spitze zu ignorieren.

»Ja, ich werde Alexandra heiraten.«

»Aha …«, entgegnete Martin teilnahmslos. »Du solltest deine Banane essen. Die Flamme ist längst ausgegangen, wahrscheinlich ist sie mittlerweile kalt.«

Angesichts dieses offensichtlichen Desinteresses an seinen Heiratsplänen resignierte Victor Dujeu verdrossen, wandte sich seinem Nachtisch zu und begann schweigend zu essen. Die nur noch lauwarme Banane schwamm in einem Meer aus kaltem, süßem Fett.

Alexandra Chamard, eine hübsche, junge Frau um die dreißig mit blaugrünen Augen und langen Beinen, erwidert die Abneigung des jungen Mannes. Notgedrungen hat Martin akzeptieren müssen, dass sie in der Rue de Babylone eingezogen ist und seitdem die ganze Wohnung mit dem schweren Duft ihres Parfüms erfüllt. Es kommt ihm so vor, als seien die früheren Geliebten seines Vaters diskreter gewesen. Diese hingegen stellt sich auf eine unangenehme Weise zur Schau, läuft halb nackt, mit entblößtem Dekolleté und wiegenden Hüften herum, hört lautstark Wagner-Opern und platzt unangekündigt in sein Zimmer – sein Refugium, das nicht einmal sein Vater zu betreten wagt.

Eines Tages kommt sie, ohne anzuklopfen, herein, als er gerade schreibt, und betrachtet Kerstins Foto auf seinem Nachttisch.

»Ist ja irre, wie ähnlich du deiner Mutter siehst! Nimm mal die Brille ab, damit ich euch vergleichen kann …«

Da er keine Anstalten macht, ihrer Aufforderung zu folgen, weil er hofft, so würde sie sein Zimmer möglichst schnell wieder verlassen, pflückt sie sie ihm schalkhaft selbst von der Nase.

»Nicht zu fassen! Genau das gleiche Gesicht, nur die Nase ist anders.«

Vergeblich versucht er, ihr die Brille wieder abzunehmen. Ohne sie erkennt er bloß noch verschwommene Umrisse, eine in schemenhaftes Hell und Dunkel getauchte Welt, in die er nur mit größtem Widerwillen eintritt.

Mit einem glockenhellen Lachen versteckt Alexandra die Brille unter seinem Kopfkissen.

»Jetzt such schön, mein Großer! Viel Glück!«

Er wartet, bis sie hinausgegangen ist, tastet sich zu seinem Schreibtisch vor und öffnet eine Schublade. Darin liegen drei identische Brillen. Schon sehr früh hat er gelernt, dass sich jemand, der so schwer gehandicapt ist wie er, nicht auf eine einzige Brille verlassen darf. Pfeifend setzt er sich zurück an die Schreibmaschine und tippt weiter.

Am Ende des Flurs angelangt, hört Alexandra das Klappern der Tasten und erstarrt für einen Moment. Dann zuckt sie mit den Schultern und geht weiter.

Ein Regentropfen fällt auf Martins Nase, ein zweiter auf sein Ohr. Die Passanten beschleunigen ihre Schritte, Regenschirme werden geöffnet.

»Germinal, es regnet«, verkündet er seinem Hund.

Der Beagle dreht sich um und blickt ihn aus verschmitzten schwarzen Augen an.

»Was machen wir jetzt? Sollen wir nach Hause rennen, auf die Gefahr hin, dass wir womöglich klatschnass werden, oder stellen wir uns irgendwo unter, bis es wieder aufhört?«

Unterstellen, scheint Germinal zu antworten.

»Na gut«, willigt Martin ein.

Er nähert sich einem halb offen stehenden Tordurchgang. Mittlerweile regnet es heftig, die Tropfen prasseln auf den staubigen Asphalt und die glänzenden Autodächer. Der Torbogen ist tief genug, um ihnen Schutz zu bieten, und gerade schickt Martin sich an, eine Weile dort auszuharren und das Ende des Schauers abzuwarten, als ihm ein abscheulicher Geruch in die Nase steigt – eine Mischung aus Wein, Schweiß, Urin und kaltem Tabak.

Noch bevor er den Ursprung des Gestanks ausmachen kann, erklingt eine raue, wütende Frauenstimme: »Verzieh dich, du Rotzbengel, und nimm deinen Köter mit! Das ist mein Zuhause! Los, haut ab!«

Verwundert beugt Martin sich zum Türflügel vor und entdeckt im Halbdunkel einen Haufen Lumpen.

Der Gestank wird durchdringender, dann erkennt er zwei spitze, vor Dreck starrende Knie, einen Kopf mit struppigem grauem Haar und ein langes, trauriges Gesicht mit tiefen Falten, einem verbittert zusammengekniffenen Mund und dunklen Zahnstümpfen.

»Bist du taub, oder was? Verschwinde, hab ich gesagt! Hier wohn ich!«

»Bitte entschuldigen Sie, Madame«, antwortet Martin höflich. »Ich wusste nicht, dass Sie hier wohnen.«

Energisch zieht er an Germinals Leine, während dieser die fremden Gerüche ungemein verlockend findet und neugierig schnüffelt.

»Mach, dass du rauskommst!«

»Sofort, Madame.«

Mit einem Satz springt er zurück in den Regen, dann dreht er sich noch einmal um und betrachtet die merkwürdige Gestalt, die halb hinter dem Türflügel verborgen auf einem Stück Pappkarton sitzt. Neben ihr steht ein alter, vollgestopfter Korb, aus dem der grüne Hals einer Weinflasche, zerknüllte Zeitungen, leere Konservendosen und geflickte Kleidungsstücke hervorquellen. Die Frau ist sehr mager, sie trägt einen löchrigen Regenmantel, hat eine Zigarette zwischen den Lippen und schreibt in ein altes Schulheft. Ohne Martin oder seinen Hund weiter zu beachten, kritzelt sie emsig vor sich hin, als seien ihre Tage gezählt. Fasziniert beobachtet Martin sie, während der Regen an ihm herunterläuft.

Doch Germinal wird ungeduldig, er zerrt an seiner Leine, will zurück nach Hause, zu seinem Körbchen und seinem Abendessen. Widerstrebend gibt Martin schließlich nach und folgt ihm durch die menschenleere Rue du Bac.

Jedes Mal, wenn er an diesem auf den ersten Blick versperrt wirkenden Tordurchgang an der Ecke zur Rue de Varenne vorbeikommt, sieht er sie dort sitzen. Manchmal geht sie mit finsterer Miene auf dem Bürgersteig hin und her, die Arme verschränkt und einen Zigarettenstummel zwischen den Lippen. Manchmal beschimpft sie Passanten, die ihr kein Geld geben oder gar absichtlich an ihr vorbeisehen. Dann gerät sie in Rage und schwingt drohend die Fäuste wie ein Boxer, der sich vor dem Kampf aufwärmt. Er hat auch schon gesehen, wie sie sich auf ihrem Pappkarton ausstreckt und reglos dort liegen bleibt, mit geschlossenen Augen, die Handflächen zum Himmel gewandt.

Der Gemüsehändler von gegenüber hat ihm erzählt, dass sie schon seit einer geraumen Weile da ist. Ab und zu wird sie von der Polizei mitgenommen, dann sieht man sie ein paar Tage nicht, aber stets kehrt sie wieder an ihren angestammten Platz zurück. Sie stört nicht weiter, außer wenn sie mal wieder einen ihrer Wutanfälle bekommt.

Martin war sie vorher noch nie aufgefallen, dabei kommt er auf seinem Schulweg mehrmals am Tag durch diesen Teil der Rue du Bac. Warum hat er sie nie gesehen, wo sie doch Tag und Nacht dort ist, egal, ob es regnet, stürmt oder schneit? Als er Oscar diese Frage stellt, lacht sein Freund schallend los.

»Ach, Dujeu, du lebst doch in deiner eigenen Welt! Du schwebst in den Wolken. Ich hätte einen ganzen Monat mit einem Müllsack am Leib vor deiner Haustür betteln können, und du hättest mich nicht bemerkt.«

Oscar, klein, rundlich und mit lockigem Haar, liebt die Frauen mit einer frühreifen, verzehrenden Leidenschaft. Obwohl er und Martin keinerlei gemeinsame Interessen haben, verbindet die beiden seit der Vorschule eine enge Freundschaft. Heimlich bewundert Oscar diesen blassen, beherrschten jungen Mann.

»Martin Dujeu wird irgendwann mal berühmt«, hat er seiner Schwester Delphine anvertraut.

»Der Riesenalbino?«, entgegnete diese, noch jung und ahnungslos, mit einem gehässigen Lachen. »Klar doch, im Zirkus!«

»Er ist kein Albino, er ist blond.«

»Weiß!«

Oscar zuckte nur mit den Schultern.

»Wart's nur ab, eines Tages wird er ein berühmter Autor.«

Seit zwei Jahren schreibt Martin an einem Roman, und Oscar ist der Einzige, der davon weiß.

Was schreibt diese Frau da bloß? Martins Neugier wächst, und immer öfter macht er einen Umweg über die Rue du Bac, um sie zu beobachten. Manchmal beäugt sie ihn aus dem Durchgang heraus, er sieht das Funkeln ihrer schwarzen Augen, doch sobald er vorbeigeht, tut sie so, als bemerke sie ihn nicht, und dreht ihm hastig den Rücken zu.

Er hat sich angewöhnt, sie zu grüßen.

»Guten Tag, Madame.«

Sie antwortet nie.

Doch eines Nachmittags, er ist gerade auf dem Heimweg von der Schule, richtet sie sich plötzlich auf, als sie ihn herankommen sieht. Sie entrollt sich wie eine Schlange, bis sie schließlich kerzengerade auf ihren dürren, schmutzigen Beinen steht. Er bemerkt, dass sie fast genauso groß ist wie er selbst. Martin fällt nur selten auf, wie groß andere Menschen sind, denn von seiner Höhe herab erscheint ihm jeder klein. Sie muss knapp einen Meter achtzig sein. Wie alt sie wohl sein mag? Unmöglich zu sagen. Er entscheidet sich für eine breite Spanne zwischen sechzig und fünfundsiebzig.

Aufrecht stehend scheint sie ihn zu erwarten, die Fäuste in die Hüften gestemmt, den Kopf erhoben, das Kinn stolz gereckt. Sie sieht beeindruckend aus. Beim Näherkommen kann er ihr von Falten durchzogenes Gesicht und die gebräunte Haut in aller Ruhe betrachten. Das lange, fettige, gelblich graue Haar hängt ihr über den Rücken.

Er fragt sich, ob diese Frau einmal hübsch gewesen ist. Wenn ja, dann ist von ihrer früheren Schönheit nichts mehr geblieben. Ihre Nase gleicht einem Vogelschnabel, was nie sehr attraktiv gewesen sein kann, und mittlerweile sticht sie aus dem hageren Gesicht noch stärker hervor. Eine krumme Hexennase, denkt Martin. Und dennoch strahlt diese Frau eine unbestreitbare Anziehungskraft aus, die sich in ihrem starren Blick und ihren ebenholzschwarzen Pupillen konzentriert.

Als er nur noch ein paar Meter von ihr entfernt ist, richtet er seinen üblichen Gruß an sie.

»Guten Tag, Madame.«

Mit vorgeschobenem Kinn tritt sie einen Schritt auf ihn zu.

»Was willst du von mir, du dürre Bohnenstange? Statt deinem ewigen ›Guten Tag, Madame‹ könntest du ruhig mal 'n paar Kröten rüberwachsen lassen! Sieht ja 'n Blinder mit Krückstock, dass du nicht weißt, was Hunger ist. Wohlgenährt, der Kerl, hübsch sauber, schläft jeden Abend in 'nem kuschligen Bett, was? Hast du meine Matratze gesehen?«

Ihr Lachen klingt wie das einer Hyäne.

»Wie Sie wünschen«, sagt Martin und zieht einen Hundertfrancschein aus der Tasche. »Bitte schön.«

Sie reißt die Augen auf.

»Du bist ja komplett weich in der Birne!«

Etwas zu hastig greift sie nach dem Schein, hält ihn sich vor die Augen und betastet ihn.

»Der ist doch nicht falsch, oder? Wehe, du versuchst, mich übers Ohr zu hauen, du dreckiger Rotzbengel! Wär nicht das erste Mal.«

Empört richtet Martin sich auf.

»Sie beleidigen mich, Madame. Guten Abend.«

Beim Weggehen spürt er ihren verdutzten Blick in seinem Rücken.

»Sie hätten ihr kein Geld geben sollen«, ruft der Gemüsehändler ihm zu.

»Wieso?«

»Weil sie alles, was man ihr gibt, in Alkohol investiert. Und je mehr sie trinkt, umso mehr verliert sie ihre Würde. Da, sehen Sie, jetzt geht sie los und kauft ihren Fusel!«

Mit müden Schritten überquert sie die Straße, barfuß, den Korb am Arm. Sie betritt den Lebensmittelladen, und als sie kurz darauf wieder herauskommt, hält sie sich die Flasche schon an den Mund. Sie lässt sich auf ihren Pappkarton sinken und trinkt den Wein so befriedigt und genüsslich wie ein Baby, das an seinem Fläschchen nuckelt.

Traurig und hilflos sieht Martin zu, wie sie allmählich in die Besinnungslosigkeit abgleitet.

2

»Scheschtin«

Am darauffolgenden Dienstag überrascht Martin seinen Vater, indem er während ihres traditionellen Abendessens im Mandarin de Jade unvermittelt das Wort an ihn richtet.

»Vater, ist dir schon einmal die Frau gegenüber vom Gemüsehändler in der Rue du Bac aufgefallen?«

Victor Dujeu zuckt zusammen. Er fragt sich, ob sein Sohn mit »Frau« vielleicht »Prostituierte« meint.

»Eine Hure?«

Sogleich errötet Martin, genau wie früher Kerstin: scharlachrot, mit lila Ohrläppchen. Beim Anblick dieses Erbes, das sie im Gesicht ihres Sohnes hinterlassen hat, spürt Victor Dujeu wieder den vertrauten, von der Zeit kaum abgemilderten Stich im Herzen.

Martin bemerkt den halb gereizten, halb schmerzvollen Blick, der auf ihn gerichtet ist. Er unterdrückt seine Verlegenheit und fängt sich wieder.

»Nein, ich spreche von einer Obdachlosen.«

»Die verrückte Alte, die alle beschimpft und aussieht wie eine Hexe? Die ist schon lange da. Sie gehört mittlerweile zum Viertel.«

»Ist dir schon einmal aufgefallen, dass sie ständig in ein altes Heft schreibt?«

»Nein. Wieso fragst du nach ihr?«

Martin lässt die Schultern sacken, zieht den Hals ein und verfällt erneut in seinen üblichen traumwandlerischen Zustand.

»Nur so«, antwortet er mit schläfriger Stimme.

Irgendwie nimmt Martin es seinem Vater übel, dass er wieder heiraten will, dass er versucht, seine Mutter durch eine andere Frau zu ersetzen. Dabei weiß er, dass Victor unter dem Tod seiner jungen Frau gelitten hat und eine leise Bitterkeit seitdem nicht mehr von ihm gewichen ist.

Damals hatte das Unglück für großes Aufsehen gesorgt, und die Zeitungen hatten sich auf die Tatsache gestürzt, dass die Leiche von Kerstin Dujeu, Ehefrau des brillanten Anwalts Victor Dujeu, nie identifiziert werden konnte. Nur den mit Weihnachtsgeschenken für ihre Familie gefüllten Koffer und ihre Handtasche hatte man am Schauplatz der Katastrophe gefunden.

Dass er seine verstorbene Ehefrau nicht noch einmal hatte betrachten können – ein entsetzlicher, aber dennoch notwendiger Anblick –, dass er sie nicht hatte begraben können, um sich ein letztes Mal von ihr zu verabschieden, empfand Victor Dujeu als grausam. Da er Kerstin nie leblos gesehen hat, kann er auch nach sechzehn Jahren nicht glauben, dass sie tatsächlich tot sein soll. Heute wäre sie achtunddreißig Jahre alt, kaum älter als Alexandra, seine zukünftige Frau.

Eigentlich will Victor Dujeu gar nicht wieder heiraten. Aber Alexandra, die geschickte Manipulatorin, hat ihm den Gedanken eingeflößt, dass er nicht länger allein bleiben solle, weil er dies schon zu lange gewesen sei. Derart konditioniert, musste er sich eingestehen, dass ihm die Wohnung mit ihren langen Fluren und der dunklen Holztäfelung häufig leer vorkam. Und auch die (gespielte oder angeborene) Lethargie seines Sohnes, der öfter mit seinem Hund redete als mit seinem eigenen Vater, verlieh diesem leblosen Heim nicht den nötigen Funken.

Victor Dujeu langweilte sich, und die listige Alexandra Chamard verstand sich darauf, diese schwermütige Leere auszufüllen. Danach war es bloß noch ein Kinderspiel, dem Fünfzigjährigen das ersehnte Ja zu entlocken.

Martin erinnert sich nicht mehr an die Katastrophe, die seine Mutter das Leben gekostet hat. Er ist mit dem Bild einer fröhlichen blonden Frau aufgewachsen, der er, wie ihm schon sehr früh bewusst wurde, wie aus dem Gesicht geschnitten ist. Er hat gelernt, in Gegenwart seines Vaters nicht die Brille abzusetzen, um dessen Kummer nicht noch zu vergrößern. Martin redet wenig, lacht wenig und hat nur selten Spaß, denn er weiß um die außergewöhnliche Lebensfreude und Ausgelassenheit seiner Mutter.

Schon in jungen Jahren erwachte aber auch sein Groll auf diese zu früh verstorbene Mutter, weil es, abgesehen von seinem Kindermädchen oder dem Fahrer seines Vaters, niemanden gab, der ihn in der Avenue de la Bourdonnais von der Schule abholte. Keine Maman. »Maman« – für ihn hatte das Wort einen magischen Klang. Er hörte es aus dem Mund der kleinen Jungen in seiner Klasse, wenn sie um halb fünf auf die Schar herbeiströmender Frauen zurannten, diese warmherzigen, liebevollen Mütter, die sie mit einem Imbiss in der Hand und einem Lächeln auf den Lippen erwarteten. Wie hätte sich seine eigene Mutter in diesen Wirbel aus Düften, Zärtlichkeit und Lachen eingefügt?

Kerstin Sandström kam mit neunzehn Jahren nach Paris, um als Au-pair-Mädchen zu arbeiten und Französisch zu lernen. Sie wandte sich an die Alliance Française am Boulevard Raspail, und dort schickte man sie zu einer gewissen Madame Henri Dujeu in die Rue Lecourbe im fünfzehnten Arrondissement. Diese Frau hatte drei kleine Kinder und eine große lichtdurchflutete Wohnung, deren einladende Atmosphäre dem jungen Mädchen, das noch nie aus seiner Heimatstadt Örnsköldsvik am Bottnischen Meerbusen herausgekommen war, auf Anhieb gefiel. Bezaubert von der Freundlichkeit und Energie der jungen Schwedin, stellte Mathilde Dujeu sie unverzüglich ein. Noch am selben Abend begann Kerstin mit der Arbeit. Sie schlief in einer kleinen Kammer im sechsten Stock, hoch über den Dächern von Paris. Morgens besuchte sie den Französischunterricht am Boulevard Raspail, und nachmittags kümmerte sie sich um die Kinder.

Henri Dujeu war Kinderarzt und hatte einen jüngeren Bruder, einen vielversprechenden jungen Anwalt namens Victor. Hin und wieder kam dieser zum Abendessen in die Rue Lecourbe, und seine häufig wechselnden jungen Begleiterinnen bildeten ein unerschöpfliches Gesprächsthema zwischen den Eheleuten Dujeu.

»Was glaubst du, wen er uns heute Abend anschleppt? Die Baskin mit der großen Oberweite, die Kosmetikerin aus Sartrouville, die Adlige vom Boulevard Suchet oder die verwitwete Mittvierzigerin mit Appetit auf etwas Frischfleisch?«

Victors Eroberungen waren zahlreich, und keine der Frauen glich den anderen. Für den sechsjährigen Quentin Dujeu war sein Onkel ein großes Vorbild.

»So wird es bestimmt nie langweilig«, erklärte er seiner Mutter.

An diesem Tag erschien Victor in Begleitung einer stark geschminkten Stéphanie. Kerstin befand sich noch in der Wohnung, weil sie auf einen Anruf ihrer Mutter wartete. Sie aß nur selten mit der Familie zusammen zu Abend, sondern zog es vor, nach skandinavischer Manier bereits um sechs Uhr zu essen. Um acht war sie meist schon in ihrem Zimmer und erledigte die Hausaufgaben für ihren Französischkurs.

Vom Wohnzimmer aus erspähte Victor im Eingangsflur einen Helm aus platinblondem Haar, dicht und stark wie Rosshaar, zarte Schultern unter einer rosafarbenen Bluse und, als er sich vorbeugte, eine schmale Taille und hübsche Hüften. Verwundert trat er näher.

Das junge Mädchen telefonierte in einer unverständlichen Sprache mit harten, aber nicht reizlosen Silben. Hingerissen gewahrte Victor das Gesicht eines Engels: milchweiße Haut, ein runder, rosiger Mund und blaue Augen mit derart hellen blonden Wimpern, dass ihr goldenes Flattern nur zu erahnen war. Er sah lange, muskulöse Beine mit etwas zu kräftigen Knöcheln – die Beine einer Athletin, dachte er fasziniert.

Was machte dieses außergewöhnliche Geschöpf bei seinem Bruder?

Kerstin spürte seinen neugierigen Blick und drehte sich um. Sie beendete ihr Gespräch, legte den Hörer auf und musterte Victor. Dieser verlor sich in einem blauen Strahl, der ihn aufzusaugen schien, einem überraschenden Blick, denn obwohl er geradewegs auf ihn gerichtet war, schien er Mühe zu haben, ihn genau zu erfassen. Kerstin setzte eine Brille mit dicken Gläsern auf, die ihrer Schönheit nichts anhaben konnte.

»Entschuldigen Sie«, sagte sie lächelnd und streckte ihm eine Hand entgegen, »ich habe Sie nicht gesehen, ich bin furchtbar kurzsichtig. Ich heiße Kerstin Sandström.«

»Scheschtin.« Ein Klang, der seine Ohren liebkoste.

Sie hatte einen starken Akzent und sprach in einem wunderbar singenden Tonfall.

Bevor er sich ebenfalls vorstellen konnte, trat sein Bruder in den Flur.

»Deine Freundin sitzt allein im Wohnzimmer«, teilte er ihm mit.

»Ich komme schon«, murmelte Victor, ohne den Blick von Kerstin zu wenden.

»Darf ich vorstellen? Das ist Kerstin«, sagte Henri.

»Kerstin?«

»Das Au-pair-Mädchen. Sie kümmert sich um die Kinder.«

Diskret wies Henri zur Zimmerdecke, und Kerstin verstand den Wink sofort.

»Ich gehe gleich hoch. Gute Nacht, Monsieur Dujeu.«

Sie wandte sich Victor zu und zögerte kurz: »Gute Nacht, Monsieur ...«

»Ich heiße auch Dujeu«, antwortete er lächelnd. »Und ich bin entzückt, Ihre Bekanntschaft zu machen.«

»Gute Nacht!«

Sie flog davon, und hinter ihr fiel die Tür ins Schloss.

»Victor, ich bitte dich«, zischte Henri. »Sie ist das Au-pair-Mädchen!«

»Kann sie mich nicht auch au-pairen?«

Henri verdrehte die Augen.

»Und was machen wir mit deiner Begleitung für heute Abend?«

Victor erstarrte.

»Ach, verflixt! Wie heißt sie noch gleich?«

»Findest du nicht«, bemerkte Mathilde Dujeu, »dass Victor seit einem Monat häufig zum Essen kommt? Und das Erstaunlichste daran ist: Er kommt allein.«

»Daran ist gar nichts erstaunlich«, brummte Henri missmutig. »Er hat sich in Kerstin verliebt.«

Mathilde schien das kaum zu überraschen.

»Eine gute Wahl. Sie ist ein reizendes Mädchen.«

»Sie ist zwölf Jahre jünger als er, spricht kaum Französisch und stammt nicht von hier!«

»Trotzdem ist sie entzückend.«

Entzückend war sie, das fand auch Victor Dujeu. Mit einunddreißig Jahren war er zum ersten Mal in seinem Leben verliebt. Jedes Mal, wenn er bei seinem Bruder zum Abendessen gewesen war, ging er danach hinauf in den sechsten Stock und klopfte an Kerstins Tür.

Beim ersten Mal wirkte sie nicht überrascht.

»Ach, Sie sind es! Kommen Sie herein.«

Er fand sich in einem winzigen, ordentlich aufgeräumten Zimmer wieder, und sie bot ihm eine Tasse Kaffee aus der Thermoskanne an. Bis spät in die Nacht redeten sie über ihre Heimat, die sie vermisste, über ihre Eindrücke von Frankreich und den Parisern und über ihren Unterricht bei der Alliance Française. Victor entdeckte, dass das Mädchen einen ausgeprägten Sinn für Humor hatte. Er lachte viel. Gegen zwei Uhr morgens schickte sie ihn schließlich fort.

»Kommen Sie wieder«, flüsterte sie, als sie die Tür hinter ihm schloss.

Er ließ sich nicht lange bitten, lebte nur noch für diese nächtlichen Verabredungen hinter dem Rücken von Mathilde und Henri. Er war in Gegenwart einer Frau noch nie schüchtern gewesen, doch nun stellte er fest, dass er es nicht wagte, sich ihr zu nähern oder sie zu berühren. Er hörte ihr zu, wenn sie redete, und lachte verzaubert.

Bei seinem fünften Besuch nahm sie gegen Mitternacht die Brille ab.

»Willst du mich nicht endlich küssen, Victor Dujeu?«

Er hatte das Gefühl, als schwanke der Boden unter seinen Füßen. Sie lächelte gerührt und kam noch ein wenig näher.

»Du bist Schwedinnen nicht gewohnt, was?«

»Nein«, antwortete er verdutzt, aber durchaus angetan.

»Bei uns machen die Frauen oft den ersten Schritt.«

Fassungslos sah er sie an.

»Entspann dich«, flüsterte sie.

Für eine so junge Frau waren ihre Gesten überraschend präzise, wie er fand, aber zärtlich und sanft.

Im Morgengrauen stand er lautlos auf und zog sich an. Sie lag auf dem Bauch und schlief noch, den Kopf im Kissen vergraben. Sie war schön und anrührend mit ihrer schmalen Taille, ihrem geschmeidigen Rücken und den langen, kräftigen Beinen. Auf Zehenspitzen schlich er hinaus und ging die Treppe hinunter.

Draußen auf der Rue Lecourbe bekam er plötzlich Kopfschmerzen; seine Schläfen dröhnten, sein Gehirn war wie in Nebel gehüllt, und benommen musste er stehen bleiben. Dann hob sich unvermittelt der Nebel, das Unwohlsein verflog. Und er begriff, was er zu tun hatte. Es erschien ihm richtig, offensichtlich, unausweichlich.

Er stürmte zurück ins Gebäude, drückte den Aufzugknopf und trat beim Warten ungeduldig auf der Stelle. Der Aufzug fuhr nur bis in den fünften Stock, die letzte Treppe musste er laufen.

Kerstin lag zwischen ihren warmen Laken und hörte das Rattern der Aufzugmechanik hinter der Wand, ein gleichmäßiges, hypnotisierendes Geräusch, das immer lauter wurde, je näher die Kabine kam. Zweiter Stock, dritter, vierter, fünfter ... Das Scheppern der sich schließenden Tür, dann eilige Schritte auf den Stufen zum obersten Stockwerk.

Noch bevor er anklopfte, öffnete sie ihm die Tür, nackt und blond im ersten Licht der aufgehenden Sonne.

»Kerstin«, keuchte er, nach Atem ringend, »Kerstin, ich liebe dich!«

Sie schloss ihn in die Arme, schob mit einem Fuß geschickt die Tür zu und drückte ihn fest an sich.

»Auf Schwedisch, Monsieur Dujeu, heißt das *jag älskar dig*.«

»Martin!«

Mühelos dringt Victor Dujeus Stimme aus dem fernen Wohnzimmer durch den langen Flur bis ins Zimmer des jungen Mannes.

Dieser verzieht das Gesicht. Es ist die Stimme der schlechten Tage.

»Martin!«

Endlich steht er auf, reibt sich den von der Brille wunden Nasenrücken und öffnet die Tür.

Sein Vater erwartet ihn stehend. Alexandra liegt auf dem Sofa und tut so, als läse sie *Le Monde*.

»Setz dich hin!«, weist Victor Dujeu seinen Sohn an.

Martin gehorcht.

»Gehe ich recht in der Annahme, dass du heute die Ergebnisse deiner Abschlussprüfungen erhalten hast?«, erkundigt sich sein Vater in eisigem Ton.

»Ja, Vater.«

»Und dürften wir erfahren, wie sie ausgefallen sind? Es sei denn, du möchtest es lieber für dich behalten. Ich nehme an, das ist der Grund, warum du mich nicht im Büro angerufen hast.«

»Sie haben mir gesagt, du wärst den ganzen Tag im Justizpalast. Ich konnte dich nicht erreichen.«

»Mir wurde nichts von dir ausgerichtet.«

»Ich habe auch keine Nachricht hinterlassen.«

»Du bist durchgefallen, stimmt's?«, sagt Victor Dujeu mit ersterbender Stimme.

Martin wendet den Blick ab, um die schreckliche Angst in den Zügen seines Vaters nicht sehen zu müssen.

»Ja, Vater.«

»Du bist zum zweiten Mal durchgefallen, Martin?«

»Ja, Vater.«

»Sag nicht ständig: ›Ja, Vater‹!«, braust Victor auf. »Fällt dir nichts Besseres dazu ein? Findest du es etwa normal, zweimal hintereinander durchs Abitur zu fallen?«

»Ich habe nicht genug gelernt.«

»Und das merkst du erst jetzt?«, brüllt sein Vater, außer sich vor Zorn.

Alexandra steht auf, geht mit wiegenden Hüften zur Bar, schenkt großzügig Whisky ein und reicht ihrem zukünftigen Ehemann das Glas.

Victor setzt sich hin, wischt sich über die Stirn und leert es in einem Zug.

»Welche Noten hast du bekommen?«, fragt er, nun wieder ruhiger, und zündet sich eine Zigarre an.

»Zwei Punkte in Geschichte/Geografie, zwei in Physik, drei in Biologie/Umwelt, fünf in Mathe, fünfzehn in Englisch und zwanzig beim Schwimmen.«

»Was ist mit Philosophie?«

»Achtzehn.«

»Achtzehn Punkte in Philosophie? Wie lautete das Thema?«

»›Kann man an allem zweifeln?‹«

Schweigen.

»Und wie hast du darauf geantwortet?«

»Das schien mir eindeutig.«

»Nämlich?«

Martin senkt den Blick auf seine Füße.

»Meiner Ansicht nach beinhaltet diese Fragestellung zwei Aspekte. Der erste ist theoretischer Natur: Ist es möglich, grundsätzlich an unserem Wissen zu zweifeln? Der zweite Aspekt ist dagegen mehr praktischer Natur: Können wir in unserem alltäglichen Leben ohne Gewissheiten auskommen?«

Wieder Schweigen.

»Wen hast du zitiert?«

»Montaigne, Spinoza, Descartes, Bachelard und Einstein.«

»Hast du nur für Philosophie gelernt, oder wie?«

»Nein, ich habe überhaupt nicht gelernt.«

Victor Dujeus Souveränität und Raffinesse haben ihn zu einem der besten, gewieftesten und gefürchtetsten Anwälte von ganz Paris gemacht, doch angesichts seines Sohnes, des einzigen Menschen, der in der Lage ist, seine unerschütterliche Selbstbeherrschung ins Wanken zu bringen, verliert der Staranwalt nun die Fassung.

»Meine Güte, Martin, was treibst du denn den ganzen Tag? Du gehst mit deinem Hund spazieren, und du triffst dich mit Oscar, aber was in Gottes Namen machst du in der restlichen Zeit?«

Martin starrt unverwandt auf den Boden. Innerlich stemmt er sich gegen den Orkan, der über ihn hereinbricht. Dieser dauert fünf Minuten und gipfelt in einer schallenden Ohrfeige, bevor Victor Dujeu schließlich die Luft ausgeht.

»Raus hier!«, keift er mit letzter Kraft. »Ich will dich heute Abend nicht mehr sehen!«

Martin verlässt den Raum und schließt die Tür hinter sich. Dann geht er zurück in sein Zimmer, spannt ein Blatt Papier in die Schreibmaschine und tippt ans Ende der Seite:

289.

3

Du langes Elend

Am nächsten Tag bleibt Martin vor dem versperrten Tordurchgang stehen.

Sie sitzt im Schneidersitz da und schreibt.

»Guten Tag, Madame.«

Keine Reaktion.

»Ich bin zum zweiten Mal durchs Abitur gefallen.«

Sie hebt das Kinn und mustert ihn durch den Rauch ihrer Zigarette.

»Kümmert dich 'n Dreck, wie's aussieht.«

»Meinen Vater kümmert es sehr wohl.«

»Dein Alter, ist das der lange Armleuchter, der Zigarren pafft und in rosa Hemden rumläuft?«

»Ja, das ist er«, antwortet Martin mit einem Lächeln.

»Arroganter Sack.«

Sie zieht an ihrer Zigarette und mustert ihn aufs Neue.

»Scheint massig Kohle zu haben.«

»Das hat er.«

»Und was macht Papi mit dem ganzen Schotter?«

»Ich habe keine Ahnung.«

Sie steht auf, drückt ihre Zigarette aus und baut sich mit verschränkten Armen vor ihm auf. Dann beugt sie sich vor.

»Lass dir eins gesagt sein, Bohnenstange.«

Er riecht ihren schalen Atem und erschauert beim Anblick der wenigen verbliebenen braunen Zähne in ihrem Mund. Aber ihre wachen, lebendigen Augen faszinieren ihn.

»Diese reichen, fetten Spießerwachteln, die ihre ganze Kohle im Bon Marché verprassen, die geben mir nie was. Nie, hörst du! Nicht einen Centime! Wie findest du das, Martin Dujeu?«

Verblüfft fragt er sie, woher sie seinen Namen kennt.

»Tja, ich weiß alles! Was glaubst du denn? Ich hab reichlich Zeit, euch zu beobachten, wenn ihr hier vorbeilauft, du, dein Erzeuger, dein aufgeblasener Freund und das Luxusweibchen von deinem Alten. Hab ja nix anderes zu tun.«

»Sie schreiben«, entgegnet Martin. »Das ist nicht nichts.«

Sie kommt noch ein wenig näher, das Gesicht von einem honigsüßen Lächeln verzerrt, eine Hand nach ihm ausgestreckt. Ihre brüchige Stimme klingt flehend.

»Sag mal, hast du nicht noch 'n Scheinchen für mich?«

»Ist von den hundert Francs denn nichts mehr übrig?«

Sie zuckt mit den Schultern.

»Ach woher denn! Ich hab schließlich Ausgaben.«

»Statt Ihnen Geld zu geben, würde ich Ihnen lieber etwas kaufen, was Sie brauchen.«

»Ah, verstehe. Damit ich mir nur ja nix holen kann, um mich zu besaufen. Du bist ja schlimmer als 'n Bulle!«

Martin lässt nicht locker.

»Sie brauchen doch bestimmt irgendwas. Kleidung, etwas zu essen, Medikamente?«

»Nein!«, kreischt sie, und für einen Moment durchzuckt ihn Angst vor diesem verwüsteten Gesicht mit den irren Augen. »Kauf mir was zu trinken, das ist alles, was mir noch bleibt. Trinken oder krepieren! So halt ich das durch!«

Wieder die ausgestreckte Hand.

»Nein«, erwidert Martin mit fester Stimme. »Alles, aber das nicht.«

»Dann verpiss dich!«, faucht sie. »Raus hier, du elendes Reichenbalg. Du kapierst überhaupt nix. Raus hier, ich will dich nicht mehr sehen!«

Zum ersten Mal in seinem Leben spürt Martin tief in seinem Inneren das erste Grollen eines heftigen Wutausbruchs.

»I… Ich bin es leid, das zu hören«, stottert er. »Und erlauben Sie mir, Ihnen zu sagen, dass Sie diejenige sind, die nichts kapiert.«

Mit diesen Worten macht er kehrt und geht zurück durch die Rue du Bac. An der Rue de Babylone wendet er sich nach links in Richtung Saint-Germain-des-Prés.

Martin schlendert durch den winzigen Teil des Jardin du Luxembourg, in dem Hunde erlaubt sind. Es wird immer wärmer, und er muss sich einen Platz im Schatten suchen, da Germinal aufgrund seiner britischen Herkunft auf Hitze sehr empfindlich reagiert. Der Beagle verkriecht sich unter einer Bank und schläft beinahe augenblicklich ein.

Martin entdeckt Oscar und winkt ihm zu. Sie verabreden sich oft während ihrer Gassirunden im Park. Oscar hat Zéphyr dabei, den Rauhaardackel seiner Mutter. Normalerweise können sich Germinal und Zéphyr nicht leiden, aber heute sind sie so erschöpft von der Hitze, dass sie einander keines Blickes würdigen.

»Ist dein Vater noch sauer?«, fragt Oscar, während er die schlanken Oberschenkel einer Frau auf der Bank gegenüber betrachtet.

»Und wie!«

Oscar hat sein Abitur dank einer mündlichen Nachprüfung geschafft.

»Hast du ihm nicht erklärt, dass du nicht lernen konntest, weil du die ganze Zeit an deinem Buch schreibst?«

»Nein, von dem weiß er nichts.«

»Dann muss er ja denken, dass du nur faul rumhängst.«

»Ja.«

»Warum zeigst du ihm deinen Roman denn nicht?«

Martins Antwort folgt prompt: »Weil er nicht lesen kann!«

»Du bist fies«, entgegnet Oscar mit einem Schnalzen.

»Nein, ich habe Augen im Kopf.«

»Dein Vater ist brillant. Das sagen alle.«

Martin zuckt mit den Schultern.

»Als Anwalt, ja. Aber im normalen Leben ist er eine Null.«

»Du bist sauer auf ihn, weil er Alexandra heiraten will.«

»Alexandra ist mir so was von egal.«

»Sie ist rattenscharf!«

Martin bleibt stumm.

»Keine Antwort ist auch eine Antwort«, bemerkt Oscar grinsend.

Martin zeigt keine Reaktion, und Oscar wechselt das Thema, den Blick dabei bewundernd auf den üppigen Busen einer jungen Mutter gerichtet, die mit ihren Kindern an ihnen vorbeispaziert.

»Dein Vater würde glatt umfallen, wenn er dein Buch sehen würde. Der könnte es nicht fassen, er wäre irre stolz auf dich. Du solltest es ihm wirklich zeigen.«

Mit einem seltsamen Lächeln im Gesicht dreht Martin sich zu ihm um.

»Ich zeige es ihm, wenn es veröffentlicht ist.«

Überrascht reißt Oscar den Blick von den Kurven der jungen Frau los.

»Du bist dir deiner Sache ja ziemlich sicher. Das sieht dir gar nicht ähnlich.«

»Ich bin nicht eingebildet. Ich weiß einfach, dass es eines Tages veröffentlicht werden wird.«

»Und woher weißt du das?«

»Das kann ich dir nicht erklären. Ich spüre es.«

Oscar schweigt, denn ihm fällt keine passende Erwiderung ein. Zu ihren Füßen schnarchen Germinal und Zéphyr im Chor. Die Temperatur scheint immer weiter zu steigen, und der Park leert sich.

»Kommst du diesen Sommer mit nach Cabourg?«, fragt Oscar, um das Schweigen zu brechen, das er als ebenso drückend empfindet wie die Hitze.

»So Gott will«, antwortet Martin und seufzt.

Und mit Gott meint er seinen Vater.

Oscars Vater besitzt einen berühmten Nachtclub in der Nähe von Saint-Sulpice, in dem die Crème de la Crème der eleganten Viertel verkehrt.

Als kleiner Junge schlich Oscar, der im obersten Stock dieser veritablen Institution wohnte, nach Mitternacht oft heimlich im Schlafanzug nach unten, um diese Kreaturen der Nacht zu beobachten, diese herausgeputzten Frauen mit ihren tiefroten Lippen, dem funkelnden Schmuck und dem kehligen Lachen.

Mit zwölf Jahren verlor er seine Unschuld an eine junge Freundin seines Vaters – später erfuhr er, dass sie auch dessen Geliebte gewesen war –, und sein frühreifer Hang zu Frauen entsprang jenen Nächten, in denen er sich unter den Treppenstufen versteckte und sich am Kommen und Gehen der himmlischen Geschöpfe erfreute, die auf dem Weg zur Klofrau über seinem Kopf dahinschwebten. Mit wild klopfendem Herzen erhaschte er hin und wieder einen Blick auf einen entblößten Schritt unter raschelndem Taft, einen über einem schwarzen Strumpfband aufblitzenden Schenkel oder einen von Spitze bedeckten Hintern, all dies umweht von femininen Düften, an denen er sich am liebsten die ganze Nacht berauscht hätte.

Als Oscar seinen Freund mit vierzehn zum ersten Mal zu einem dieser voyeuristischen Ausflüge mitnahm, blieb Martin angesichts des ausgestellten Fleisches vollkommen ungerührt, stattdessen interessierte er sich viel mehr für die musikalischen Überleitungen des DJs.

Vier Jahre später ist Martin immer noch Jungfrau. Obwohl Oscar sich nach Kräften bemüht, eine mitfühlende Seele zu finden, die ihn in die Freuden des Fleisches einführt, wird er bei keiner von ihnen schwach.

Als Martin eines Nachts mit einem Glas Wasser in der Hand aus der Küche kommt, glaubt er, aus dem Schlafzimmer seines Vaters Geräusche zu hören. Dabei dachte er eigentlich, er sei allein in der Wohnung: Sein Vater ist seit zwei Tagen auf Geschäftsreise und soll erst am übernächsten Tag zurückkehren. Und Alexandra hat angekündigt, eine Woche bei einer Freundin zu verbringen.

Die Geräusche, die an ein unterdrücktes Jammern erinnern, werden lauter. Ein wenig beunruhigt nähert er sich dem Zimmer. Unter der Tür schimmert Licht durch. Da sie nur angelehnt ist, kann er einen Blick hineinwerfen.

Alexandra liegt nackt auf dem zerwühlten Bett, vor ihr hockt ein Mann und hat den Kopf zwischen ihren gespreizten Schenkeln vergraben. Sie stöhnt, ihr Gesicht ist verzerrt. Martin bemerkt, dass der Mann jung ist, er sieht seine breiten, muskulösen Schultern, sein schwarzes Haar. Emotionslos beobachtet Martin, wie er sich aufrichtet, sich auf seine zukünftige Stiefmutter legt und mit einem wuchtigen Stoß in sie eindringt. Alexandras Beine schlingen sich um die Hüften des Mannes, dessen Profil Martin jetzt vor sich sieht. Er kennt ihn nicht. Alexandra seufzt immer lauter und krallt die Nägel in den Rücken ihres Liebhabers. Martin betrachtet die beiden sich bewegenden Leiber, die von einem besonderen Liebesschweiß glänzende Haut, er lauscht dem Stöhnen, dem Klagen, dem Keuchen. Er fragt sich, ob sein Vater weiß, dass er in seinem eigenen Bett betrogen wird, und unwillkürlich bewundert er Alexandras nackten Körper, ihre prallen, festen Rundungen. Davon überzeugt, nicht die mindeste Erregung zu spüren, beobachtet er kühl die sich in immer schnellerem Rhythmus ineinander verkeilenden Geschlechtsteile. Alexandra schreit jetzt, und er überlegt, ob er sie von seinem Zimmer aus gehört hätte. Schließlich sackt der Mann mit einem lauten Röcheln auf sie, und diesen Moment wählt Martin, um sich zurückzuziehen.

Als er wieder in seinem Bett liegt, bemerkt er verwundert sein aufgerichtetes, beinahe schmerzhaft steifes Glied, das sich aus der Unterhose zu befreien sucht. Also muss er sich erleichtern, unbeholfen, denn er masturbiert nicht oft (etwas, was er nicht einmal Oscar eingesteht), und er denkt dabei an eine gesichtslose Frau mit einladendem Körper, an die er sich ohne Furcht anschmiegen könnte.

Martin entdeckte seine Liebe zu den Werken von Émile Zola, als er mit fünfzehn zum ersten Mal *Nana* las. Er verschlang alle zwanzig Romane der Geschichte der Rougon-Macquarts in einem Zug, aber *Der Totschläger* mit seiner vom Argot geprägten Sprache wurde zu seinem Lieblingsbuch. Dieser Ausschnitt aus dem wahren Leben, in dem der Verfall einer von Arbeit erdrückten sozialen Schicht beschrieben wird, die Schilderungen von Promiskuität, Alkoholsucht und Elend, von widerlich stinkenden Unterkünften, dieses Gewimmel von sittenlosem Pöbel faszinierten den jungen Mann aus bürgerlichen Verhältnissen, der nie ein anderes Paris kennengelernt hatte als Saint-Germain-des-Prés mit seinen prächtigen Häusern und Straßen.

Eines Tages konnte er der Versuchung nicht widerstehen, durch die Viertel im Osten der Hauptstadt und über den Hügel von Montmartre zu streifen und sich die Rue de la Goutte-d'Or anzusehen, wo Gervaise an der Ecke zur Rue des Poissonniers, heute der Boulevard Barbès, ihre Wäscherei betrieben hatte. Dorthin war auch Zola gekommen und hatte für seinen Roman recherchiert, dort hatte er jede Einzelheit festgehalten, um mit wissenschaftlicher Präzision den entsetzlichen Niedergang der hübschen blonden Frau aus Plassans nachzuzeichnen.

Martin stellte sich einen bärtigen, untersetzten Mann mit runden Brillengläsern vor, der sich in einem Heft Notizen machte, und eine junge, etwas mollige Frau, deren weiße Bluse ihre Schultern frei ließ und die schwitzend mit ihrem schweren Bügeleisen hantierte.

An der Ecke von Boulevard Barbès und Boulevard Rochechouart entdeckte er ein Lokal, das rein gar nichts mit dem »Totschläger«, der Kneipe des alten Vater Colombe, gemein hatte. Martin hielt nach dem berühmten Destillierapparat aus rotem Kupfer Ausschau, der die ganze Hauptstadt betrunken machen konnte, diese Höllenmaschine, die Gervaise so beeindruckt hatte – aber er sah nur einen ganz gewöhnlichen Tresen.

Dann machte er sich auf die Suche nach dem Waschhaus, wo Virginie und Gervaise sich inmitten von Dampfschwaden und dem Geruch von Bleichlauge geprügelt hatten. Vergeblich. Dabei war er dem auf Seite einundzwanzig beschriebenen Weg genau gefolgt: »Auf dem Boulevard wandte sich Gervaise nach links und ging die Rue Neuve de la Goutte-d'Or entlang. [...] Das Waschhaus lag etwa in der Mitte der Straße, dort, wo das Pflaster anzusteigen begann.« Inzwischen hieß die Straße Rue des Islettes, und Martin sah dort nichts, was auch nur entfernt einem Waschhaus ähnelte. In dem umbenannten und im Lauf der Zeit neu errichteten Viertel existierte womöglich nichts mehr von dem, was Zola einst beschrieben hatte, und Martin verspürte darüber einen Anflug von Wehmut, wie einen bitteren Stich. An der Place Pigalle stieg er in die Metro, um zur Rue de Babylone zurückzufahren.

An der Station Concorde kam ihm mit einem Mal die Idee zu seinem Roman. Er betrat das Kaufhaus Bon Marché, kaufte Papier, und sobald er wieder zu Hause war, machte er sich an die Arbeit. Auf die erste Seite tippte er:

Für Kerstin, meine Mutter, deren Haar so blond war wie das von Nana: »die Farbe frischen Hafers«.

Für O. Duval, Gefährte von Beginn an.

Nachdem Martin seinem Vater endlich die Erlaubnis abgerungen hat, zwei Wochen bei Oscar in Cabourg zu verbringen, langweilt er sich nun seit Beginn seines Aufenthalts. Er vermisst Germinal, der die Ferien im Exil einer burgundischen Hundepension verbringt. Die Duvals besitzen eine Fachwerkvilla in der Avenue du Casino Ouest direkt am Wasser. Vom Wohnzimmerfenster aus blickt Martin melancholisch auf das graue Meer und den bleichen Strand, wo ein normannischer Nieselregen jede Betätigung im Freien unmöglich macht. Oscar sieht er kaum, denn dieser ist vollauf damit beschäftigt, einer dreißigjährigen Geschiedenen den Hof zu machen, die mit ihrer dreijährigen Tochter in der Villa gegenüber Urlaub macht.

Als das Wetter nach drei Tagen noch immer nicht besser wird und Oscar unbeirrt ihre Nachbarin verfolgt, lässt Martin erste Anzeichen von Missmut erkennen, die Madame Duval überraschen, ja regelrecht beunruhigen. Da Martin sonst so ruhig und gelassen ist, hält sie ihn zunächst für krank. Doch als sie sich nach seinem Gesundheitszustand erkundigt, werden ihre Sorgen rasch zerstreut: Es geht ihm gut, er möchte lediglich zurück nach Paris.

»Wartet da deine Freundin auf dich?«, säuselt sie.

Martin schenkt ihr jenes charmante Lächeln, von dessen verführerischer Wirkung er nicht die geringste Ahnung hat, und schweigt.

Vergeblich versucht Madame Duval Victor Dujeu in Ramatuelle zu erreichen, um ihn über die verfrühte Rückkehr seines Sohnes zu informieren.

»Machen Sie sich keine Sorgen«, versichert ihr Martin am Bahnhof, einen Fuß bereits im Zug. »Ich rufe ihn selbst an, sobald ich zu Hause bin.«

Was er jedoch nicht tut.

Es gefällt ihm, die Wohnung ganz für sich zu haben, auch wenn er die Abwesenheit seines Hundes bedauert. Sein Vater und Alexandra sollen erst in einer Woche zurückkommen. Martin genießt die leeren Zimmer, die geschlossenen Geschäfte in der Rue du Bac und die dank der Urlaubszeit menschenleeren Straßen. Es stört ihn nicht, dass er bis zur Ecke der Rue de Verneuil laufen muss, um Brot zu kaufen, dass er erst in der Rue de Bellechasse eine offene Reinigung findet und dass seine Suche nach einer Apotheke ihn bis in die Rue Saint-Dominique führt. Er findet Paris schön ohne seine Einheimischen, bevölkert nur von Touristen, die erschöpft in den Straßencafés sitzen.

Brief von Martin an Oscar, geschrieben im Les Deux Magots

Lieber Duval,
es gibt nichts Herrlicheres als Saint-Germain-des-Prés im August. Wenn ich den Kirchturm betrachte, der sich vor dem makellos blauen Himmel abzeichnet, einem tiefblauen Postkartenhimmel, so blau, dass man glauben könnte, er sei inszeniert, dann frage ich mich, wozu Du in Cabourg im strömenden Regen einer Mutter hinterherläufst. Wenn Du zwischen Laken schlüpfst, die so feucht sind, dass Du niesen musst (und in einem solchen Augenblick ist das sicher nicht wünschenswert, nicht wahr?), dann wird es Dir leidtun, in der Normandie geblieben zu sein. Denn just in diesem Moment beobachte ich für Dich zwei

junge Italienerinnen, von denen die eine ganz nach Deinem Geschmack sein dürfte. Sie hat jene aufreizende Art, die Dich schon immer angezogen hat, ein Lächeln, das von der Sonne Italiens kündet, und eine Oberweite, die aller Schwerkraft trotzt. Wenn Du Dich wieder erholt hast, schreib mir in die Rue de Babylone.

Dujeu

Martin wirft den Brief am Boulevard Raspail ein und geht durch die Rue du Bac nach Hause. Mit einem Stich im Herzen bemerkt er, dass der ungenutzte Torgang verlassen zu sein scheint. In der Hoffnung, sie vor der Hitze zurückgezogen schlafend anzutreffen, tritt er in den Durchgang, aber da ist niemand, und auch sonst ist nichts von ihr zu sehen – kein Zigarettenstummel, kein Pappkarton, kein zerknülltes Zeitungspapier. Da der Gemüsehändler wie die meisten Läden in der Straße während der Sommerferien geschlossen hat, kann er sich nicht nach ihr erkundigen.

Nachdenklich wandert er zurück in die Rue de Babylone. Was ist mit ihr geschehen? Hat man sie endgültig mitgenommen? Wo mag sie sein? In einer dieser schäbigen Obdachlosenunterkünfte? Hat sie ihr Glück anderswo gesucht? Ist sie in ein anderes Viertel umgezogen? Merkwürdigerweise – und Martin ist sich der Merkwürdigkeit seiner Reaktion durchaus bewusst – nimmt er ihr übel, dass sie so spurlos verschwunden ist, dass sie sich einfach in Luft aufgelöst hat, während er in Cabourg war.

Wieder zu Hause, stellt er fest, dass nichts zum Abendessen da ist. Der einzige Supermarkt im Viertel, der im August geöffnet hat, befindet sich in der Rue de Verneuil. Er geht wieder nach draußen. Menschenleer und still erstreckt sich die Straße vor ihm, ohne Passanten, ohne Autos, wie in einem Dorf. Am Boulevard Saint-Germain fahren der 83er- und der 63er-Bus komplett leer an ihm vorbei. Er überquert den Boulevard und folgt der Rue du Bac weiter in Richtung Seine. Schließlich erreicht er die Rue de Verneuil, wo man an den heruntergelassenen Gittern oder Metallrollläden vor den Geschäften überall die gleichen Worte lesen kann: »Wegen Jahresurlaub geschlossen. Wir sind ab dem 1. September wieder für Sie da.«

Der einzige Laden, der keinen Urlaub macht, der Supermarkt gegenüber von Nummer 41, ist brechend voll. Zu den Anwohnern, die hier ihre Einkäufe erledigen, gesellen sich die hungrigen und durstigen Besucher des nahen Musée d'Orsay mit ihrem Fotoapparat um den Hals und einem Stadtplan in der Hand. Überglücklich, in der Hauptstadt, die während der Sommerwochen nahezu all ihre Türen geschlossen hat, endlich ein offenes Lebensmittelgeschäft gefunden zu haben, stürzen sie sich auf die Getränke, Kekse und Chips. Martin drängt sich durch eine Gruppe Amerikaner zur Frischwarenabteilung.

Wieder draußen, folgt er, statt in die Rue du Bac einzubiegen und direkt nach Hause zu gehen, weiter der Rue de Verneuil, um sich die neuesten Graffitis am Haus des kürzlich verstorbenen Komponisten Serge Gainsbourg anzusehen. Hinter der Rue de Beaune, auf dem letzten Stück vor der Rue des Saints-Pères, werden die Geschäfte weniger, und die Rue de Verneuil liegt, abgesehen von ein paar Touristen auf dem Weg nach Saint-Germain-des-Prés, noch verlassener da als zuvor.

Schon von Weitem sieht Martin die weiße Fassade des letzten Wohnsitzes dieses Künstlers, der ihn stets fasziniert hat. Er erinnert sich daran, wie er am Tag seines Todes mit Oscar hergekommen ist und inmitten Hunderter Menschen seiner gedacht hat. Er weiß noch, dass man an diesem Tag in den Straßen des Viertels kaum vorankam. Paris erwies einem verfemten Dichter die Ehre, und durch die umliegenden Straßen schob sich eine schweigende, trauernde Prozession, die vor dem Tor Blumen, Briefe, Kohlköpfe, Gitanes-Päckchen und Sonnenbrillen ablegte. Martin gefällt die

Vorstellung, dass auch nach Gainsbourgs Tod noch Menschen Nachrichten für ihn an die Mauern seines Hauses schreiben und so eine alte Tradition fortleben lassen.

Er erreicht die Rue Allent, ein schmales Seitensträßchen mit einer einzigen Hausnummer, das die Rue de Verneuil mit der Rue de Lille verbindet. Er mag diesen friedlichen Ort, es gibt dort ein schönes, auf wissenschaftliche Gerätschaften spezialisiertes Antiquitätengeschäft, vor dessen Schaufenster Martin oft stehen bleibt. Ein Baum an der Ecke, direkt vor der Vorschule, spendet mit seinen dicht belaubten Ästen ein wenig Kühle.

Als er gerade die Straße überquert, lässt ihn eine vertraute Stimme zusammenzucken.

»Na so was, Martin Dujeu, heute ohne dein Schoßhündchen unterwegs?«

Sie ist es.

Mit einer Flasche Cidre in der Hand sitzt sie auf einer Bank unter dem Baum und lächelt ihn mit ihren verfaulten Zahnstümpfen an. Noch nie hat sie ihn so angelächelt, es scheint fast, als wollte sie wiedergutmachen, dass sie bei ihrem letzten Gespräch so garstig zu ihm gewesen war.

Ebenfalls lächelnd geht er auf sie zu. Gainsbourgs Graffitis sind vergessen.

»Ich habe Sie gesucht«, sagt er.

Sie zuckt mit den Schultern, trinkt einen Schluck und sieht ihn verschmitzt an.

»Tja, was glaubst du denn, ich hab auch mein Sommerquartier! Ab dem 15. August leiht mir Gaspard seine Bank und seinen Baum.«

»Gaspard?«

»Gaspard de Verneuil. Den kennst du nicht? Nie gesehen?«

»Nein«, antwortet Martin, der im Geiste einen steinreichen Adligen mit goldenem Herzen vor sich sieht, dem die ganze Straße gehört.

»Ah, stimmt ja, du siehst ja nie was. Hast den Kopf in den Wolken. Die Rue du Bac ist im Sommer der reinste Backofen. Gaspard und ich haben 'ne Abmachung. Unter seinem Baum ist es schön kühl, also überlässt er ihn mir manchmal, wenn er Besorgungen macht.«

»Hat er eine Wohnung hier in der Straße?«

Sie bricht in schallendes Gelächter aus.

»Nicht doch, Herzchen, Gaspard ist 'n Clochard, genau wie ich. Er hat sein Lager hier in der Straße, darum nennen ihn alle de Verneuil. Der Bettler in der Rue Bonaparte heißt Jeannot de Bonaparte, der große Schwarze, der sich vor der Kirche volllaufen lässt, das ist Moïse d'Aquin. Kannst du mir folgen?«

»Ja«, sagt Martin. »Und Sie heißen du Bac?«

»Jetzt hast du's. Ich bin Titine du Bac.«

»Titine?«

»Célestine. Aber so nennt mich keiner mehr.«

»Célestine du Bac«, murmelt Martin. »Das passt gut zu Ihnen.«

Ohne ihn zu beachten, wühlt sie in ihrem Korb nach einer Zigarette. Gerührt betrachtet Martin ihre magere Wirbelsäule, die spitzen Ellbogen, das von einem fadenscheinigen schwarzen Samtband zusammengehaltene stumpfe Haar.

Ein kleiner Mann um die vierzig mit angegrautem Bart, fleckigen Kleidern und zerschlissenen Schuhen nähert sich ihnen mit vorsichtigen Schritten, als schmerzten seine Füße. Trotz der drückenden Hitze trägt er eine Mütze.

»Ah, da kommt Gaspard«, verkündet Célestine, während sie ihre Kippe anzündet. »Dann können wir ja jetzt essen.«

Beim Näherkommen mustert der Mann Martin argwöhnisch.

»Ganz ruhig, Gaspard«, ruft sie. »Das ist 'n lieber Junge, wohnt bei mir um die Ecke.«

Doch Gaspards Miene bleibt misstrauisch, und Martin beginnt sich unwohl zu fühlen. Gaspard hält eine Einkaufstasche an den Körper gedrückt, als trüge er darin einen Schatz.

Dann sagt er mit einer tiefen, erstaunlich vornehm klingenden Stimme: »Verzeihen Sie, Monsieur, aber wir ziehen es vor, allein zu essen.«

»Mach nicht so 'n Theater, Gaspard, der ist doch noch 'n Kind.«

Vom stechenden Blick des Mannes eingeschüchtert, zieht sich Martin zurück.

»Das ist schon in Ordnung, ich gehe dann mal. Guten Abend.«

Sie antworten nicht, vollauf damit beschäftigt, die kostbare Einkaufstasche auszupacken, die offenbar aus Mülltonnen geklaubte Reste enthält.

Martin entfernt sich ein Stück, dann dreht er sich noch einmal um und beobachtet die beiden, wie sie auf ihrer Bank sitzen, sich über ein paar welke Salatblätter, einige Stücke Fleisch, die selbst Germinal verschmäht hätte, und trockene Brotkanten hermachen und das Ganze mit ein paar Schluck lauwarmem Cidre hinunterspülen. Mit einem Mal schämt er sich für seine mit Vorräten gefüllte Tasche. Er geht auf sie zu und streckt ihnen den Beutel entgegen, um ihnen zu verstehen zu geben, dass er ihnen sein Abendessen schenken möchte.

Doch da hebt Gaspard de Verneuil den Kopf und starrt ihn so zornerfüllt an, dass Martin Angst bekommt und hastig zurückweicht. Das Gesicht des Mannes bebt vor Stolz und Hass. Célestine widmet sich unterdessen mit geschlossenen Augen ihrer Mahlzeit und bemerkt nichts.

Ohne es zu sehen, geht Martin an Gainsbourgs Haus vorbei.

4

Beginn einer Freundschaft

»Ich dachte, du wärst bei den Duvals in der Normandie«, sagt sein Vater, als er aus dem Süden heimkehrt.

Martin zuckt mit den Schultern.

»Mir war langweilig, da bin ich zurückgekommen.«

»Seit wann bist du wieder hier?«

»Seit ein paar Tagen«, antwortet Martin ausweichend.

»Du hättest mich anrufen und mir Bescheid sagen können.«

»Ja, das hätte ich tun können, habe ich aber nicht.«

Ein solch unverschämtes Verhalten ist Victor Dujeu von seinem Sohn nicht gewohnt. Aufmerksam mustert er das verschlossene Gesicht, versucht, den hinter dicken Brillengläsern verborgenen Blick zu ergründen, und beschließt, nicht weiter darauf einzugehen. Immerhin ist Martin volljährig. Erst seit Kurzem, aber dennoch volljährig.

»Ist Alexandra nicht mitgekommen?«

»Nein, sie ist bei Freunden in Ramatuelle geblieben.«

Flüchtig, aber unverkennbar blitzt vor Martins innerem Auge das Bild des nackten, gebräunten Körpers von Alexandra auf, die sich in einem türkisfarbenen Pool erotischen Ausschweifungen hingibt.

»Kann ich Germinal morgen abholen?«, fragt er seinen Vater unvermittelt.

Dieser zündet sich mit dem üblichen Zeremoniell eine Zigarre an. Martin geduldet sich bis zum Ende des Rituals.

»Ich habe in der Hundepension bis zum Monatsende bezahlt«, brummt Victor Dujeu ungehalten, die Zigarre zwischen den Zähnen.

»Ich gebe dir das Geld zurück.«

Victor Dujeu hat keine Lust auf eine Auseinandersetzung. Sein Sohn zieht die Gesellschaft eines Hundes der seines Vaters vor, damit muss er sich wohl oder übel abfinden.

»Hol ihn morgen früh. Um das Finanzielle kümmere ich mich später.«

»Danke, Vater.«

Victor Dujeu winkt ab.

Am nächsten Morgen nimmt Martin an der Gare de Lyon den Zug nach Villeneuve-sur-Yonne und läuft dort noch etwa zehn Minuten zu Fuß zur Hundepension.

»Er war überhaupt nicht brav«, teilt ihm die Leiterin der Pension mit. »Er hat ein Huhn vom Nachbarn gefressen, eine Lederleine zerbissen, und stellen Sie sich vor, gestern hat er es doch tatsächlich irgendwie geschafft, in die Küche zu kommen und sich mit Tarte Tatin vollzustopfen.«

»Ach, wissen Sie, Beagle sind Jagdhunde«, entgegnet Martin, »die sind sehr instinktgesteuert.«

»Das ist vor allem eine Frage der Autorität«, versetzt die Leiterin. »Jetzt holen Sie schon Ihren Beagle, Monsieur Dujeu, er langweilt sich sehr.«

Er entdeckt sein Haustier unter einem Vordach, wo sich in einem abgesperrten Bereich alle möglichen Hunde tummeln. Germinal wirkt deprimiert. Er liegt flach auf dem Bauch, hat den Kopf auf die Vorderpfoten gestützt und scheint mit gerunzelter Stirn über seine nächste Schandtat nachzudenken.

Beim Anblick der vertrauten Gestalt, die sich ihm nähert, richtet er die Ohren auf, seine schwarze Nase beginnt zu zucken, und sein Schwanz klopft frenetisch auf den Boden. Noch ungläubig steht er auf, die Schnauze lauernd gereckt, die Augen funkelnd. Als Germinal erkennt, dass es sich nicht etwa um eine Fata Morgana handelt, sondern dort tatsächlich sein Herrchen auf ihn zukommt, gerät er völlig außer Rand und Band, bellt aus voller Kehle, springt um Martin herum und dreht in rasantem Tempo drei Runden durch den eingezäunten Bereich. Die übrigen Hunde beobachten ihn verblüfft. Ein weiterer Beagle, älter als Germinal und eher rundlich, schließt sich laut kläffend seinem wilden Lauf an.

Im Zug zurück nach Paris legt Martin eine Hand auf den quadratischen Kopf seines Gefährten, und endlich hat er das Gefühl, wieder er selbst zu sein, so, als habe man ihm einen fehlenden Körperteil zurückgegeben.

Célestine sitzt im Schneidersitz über ihr großes Heft gebeugt und schreibt, zwischen den Lippen wie üblich eine Zigarette. Martin hat sich mit Germinal neben sie gesetzt. Ein Passant, der ihn wohl für einen Bettler hält, gibt ihm ein Fünffrancstück. Überrascht starrt er es an, bevor er es in Célestines Korb fallen lässt.

»Danke, Herzchen«, sagt sie, ohne den Blick von ihrem Heft zu heben.

»Was schreiben Sie denn da?«, will Martin wissen.

»Geht dich nix an.«

»Warum nicht?«

»Weil das mein Tagebuch ist.«

»Ich schreibe auch«, sagt Martin.

»Tagebuch?«

»Nein, einen Roman.«

»Und worum geht es in deinem Roman, Martin Dujeu?«

»Das geht Sie nichts an«, erwidert er schlagfertig.

An manchen Tagen lässt sie ihn an sich heran, lächelt ihm zu und grüßt, an anderen jedoch, wie eine dicke schwarze Wolke am ansonsten klaren Himmel, erkennt er das Gewitter in ihren Zügen, die Verzweiflung und den Schmerz. Dann geht er ihr aus dem Weg und wechselt auf die andere Straßenseite, denn er weiß, dass sie keine Lust zum Reden hat. Es gibt die fröhliche Célestine und die traurige Célestine, und Letztere muss man um jeden Preis in Ruhe lassen.

Eines Tages wird er beinahe eifersüchtig, als er aus der Ferne einen etwas älteren, elegant gekleideten Mann erblickt, der sich lange mit ihr unterhält und ihr Geld und ein Päckchen Zigaretten gibt.

»Wer war der Mann? Ein Freund von Ihnen?«

»Ja, 'n guter Kumpel. Den kenn ich seit 'ner Ewigkeit, und ab und zu besucht er mich hier. Ich hab ihn damals kennengelernt, als ich mein Lager mit Moïse hinten bei der Rue de Montalembert hatte. Jeden Morgen hat er mir 'n Croissant gekauft und gesagt: ›Titine, man braucht einen guten Start in den Tag!‹ Seine Alte hatte was dagegen, dass er mit mir spricht, man hätte meinen können, sie wär eifersüchtig. Wie kann man nur auf 'nen alten Müllhaufen wie mich eifersüchtig sein? Andererseits war ich da auch noch 'n bisschen knackiger als heute.«

»Wie alt sind Sie denn?«, erkundigt sich Martin.

»Also ehrlich, Spargeltarzan, fragt man so was vielleicht 'ne Dame?«

Martin errötet.

»Entschuldigen Sie.«

Célestine mustert ihn belustigt.

»Du wirst ja knallrot! Wie alt ich bin? Keine Ahnung, ich hab's vergessen. Meinen Geburtstag feiert schon lange keiner mehr.«

»Haben Sie denn keine Freunde, Verwandten oder Kinder, die sich daran erinnern?«

Célestine du Bac wendet Martin ihr hageres Gesicht zu und scheint ihn mit ihrem finsteren Blick gleichsam zu durchbohren.

»Martin Dujeu, du stellst zu viele Fragen.«

Brief von Oscar an Martin

Mein lieber Dujeu,
ob Du es glaubst oder nicht, der normannischen Küste geht es prächtig ohne Dich. Nathalie ist mit ihrer Tochter nach Poitiers zurückgefahren, und ich denke, sie hat tolle Erinnerungen an Cabourg (die Kleine vermutlich weniger, da sie die meiste Zeit im Kinderclub am Strand verbringen musste, während ich mit ihrer Mutter rumgemacht habe). Es regnet nicht mehr, tatsächlich hat es seit Deiner Abreise nicht mehr geregnet. Momentan starte ich erste Annäherungsversuche in Deauville, wo ich auf der Promenade ein britisches Model mit dem lieblichen Namen Emily entdeckt habe. Dass sie mit ihrem Lover hier ist, erschwert meine Aufgabe, aber ich schmiede Pläne, die einer Mme de Merteuil würdig wären, und Du kannst Dir sicher denken, dass mich meine Mission voll und ganz in Anspruch nimmt. Meine Mutter ist davon überzeugt, dass Du wegen eines Mädchens zurückgefahren bist. Hat sie recht? Wie geht es der lasterhaften Alexandra? Bist Du etwa so rasch verschwunden, um sie weiter heimlich bei ihren Seitensprüngen zu beobachten? Ich komme Anfang September zurück. Bis dahin gibt es vielleicht ein paar neue unanständige Details, die Du mir erzählen kannst ...
Viele Grüße
Duval

Am nächsten Morgen, einem der letzten im Monat August, steht Martin zeitig auf. Germinal ist überrascht, schon zu so früher Stunde geweckt zu werden. Die Rue du Bac schläft noch, lediglich das ununterbrochene Brummen des Verkehrs auf dem Boulevard Saint-Germain durchbricht die Stille.

Eingewickelt in ihren löchrigen Mantel, liegt Célestine in ihrem Tordurchgang. Nur die Spitzen ihrer nackten Füße sind zu sehen. Lautlos legt Martin ein noch warmes Croissant und ein Päckchen Zigaretten neben sie.

Lange betrachtet er die Schlafende, und erneut gehen ihm die Fragen im Kopf herum, die er ihr so gern stellen möchte: Wer ist sie? Wie ist sie dorthin gelangt? Hatte sie Kinder, einen Ehemann, einen Freund, der sie liebte, und warum ist sie jetzt allein? Warum hat sie sich die Rue du Bac zum Leben ausgesucht? Und wie schafft sie es im Winter, draußen zu schlafen und etwas zu essen zu finden? Wie alle, die auf der Straße leben, muss sie sich vor der nahenden Kälte fürchten, vor den Nächten, die immer früher beginnen, vor den Tagen, an denen es erst spät hell wird.

Martin sieht die Obdachlosen nicht mehr mit dem gleichen Blick wie früher, oder besser gesagt: Er übersieht sie nicht mehr. Er ist entsetzt über ihre große Zahl. Woher kommen sie? Wie leben sie? Sie sind überall, manche leiern in der Metro mit monotoner Stimme die Stationen ihres Niedergangs herunter, andere klammern sich nur stumm und resigniert an ihre Flasche wie an einen Rettungsring, und wieder andere liegen sinnlos betrunken und vor Schmutz starrend auf dem Bürgersteig, sodass die Leute achtlos über sie hinwegsteigen. Überall, sie sind überall, strecken einem an den Ausgängen der großen Kaufhäuser die Hand entgegen, auf Parkbänken, vor Kinoschlangen, an den Ampeln. Man kann nicht erkennen, wie alt sie sind, denn sie sind alterslos, ohne Identität und Heim. Es gibt so viele von ihnen in Paris, denkt Martin bei sich, so viele Gaspard de Verneuils, Célestine du Bacs, dass man sie irgendwann gar nicht mehr wahrnimmt, dass der Blick nur noch unberührt über sie hinweggleitet.

Célestine erschauert im Schlaf.

Um sie nicht zu wecken, geht Martin langsam davon. Auf dem Heimweg bemerkt er mit bislang nie gespürter Sorge einen ersten Anflug von Kälte in der Luft, ein Zeichen, dass der Herbst nicht mehr fern ist. Der Sommer vergeht und macht der kühleren Jahreszeit Platz. Martin hat diesen Duft des ersterbenden Sommers noch nie gemocht, den nahenden Schulbeginn, die Rückkehr der langweiligen, ernsten Angelegenheiten. Aber zum ersten Mal in seinem Leben denkt er beim Ende der Sommerferien nicht nur an sich; er denkt an die frühen Morgen, die bald kühl sein werden, an die langen, kalten Nächte, an Célestines nackte Füße, und er vermisst schon jetzt die schwindende Wärme des Sommers.

Als er die Wohnung betritt, merkt er sofort, dass Alexandra wieder da ist. Ihr sinnliches Parfüm erfüllt den Flur, und als er die Tür hinter sich schließt, hört er aus dem Wohnzimmer ihr helles Lachen.

Mit ihrer gebräunten Haut, das Haar von der Sonne gebleicht, wirkt sie noch verführerischer als sonst. Auch wenn Martin sich das nicht eingestehen will.

»Ich habe gehört, du hast dich in Cabourg gelangweilt?«

»Es hat die ganze Zeit geregnet.«

»Tja«, sagt Alexandra, »die Normandie ...«

Sie sieht ihn unverwandt an.

»Du hättest mit uns nach Ramatuelle kommen sollen. Die Sonne, die Grillen, die Hitze ...«

Sie verstummt vielsagend und betrachtet ihn aus grünen Reptilienaugen.

Martin antwortet nicht und versucht, die vage Erregung zu unterdrücken, die sie in ihm wachruft.

Der September ist da, und mit ihm die morgendlichen Staus, die vollen Busse und die fehlenden Parkplätze.

Zur Vorbereitung auf das Abitur hat Victor Dujeu seinen Sohn in einer auf schwierige Fälle spezialisierten Privatschule im fünften Arrondissement angemeldet, die für ihre Strenge, ihre Beharrlichkeit und ihre hervorragenden Ergebnisse bekannt ist. Martin macht es nichts aus, sein Abschlussjahr zum zweiten Mal zu wiederholen. Er hatte ein Schuljahr übersprungen und war seinen Klassenkameraden somit um ein Jahr voraus, bis er im Lauf des vorletzten Schuljahres mit der Arbeit an seinem Roman begann. Von dem Tag an ging es mit seinen Noten bergab. Er beschäftigte sich lieber mit seinem Manuskript als mit den Hausaufgaben, die er für stumpfsinnige Zeitverschwendung hielt.

Nachdem er zum ersten Mal durchs Abitur gefallen war, bat der Direktor des Lycée Duruy seinen Vater zu einem Gespräch.

»Ihr Sohn hat aufgegeben«, erklärte er Victor Dujeu, »man könnte meinen, das Lernen interessiere ihn einfach nicht mehr. Angesichts seiner bislang so ausgezeichneten Leistungen, vor allem in Philosophie, kann ich den Grund für diesen Schlendrian nicht erkennen.«

Der Mann hüstelte taktvoll.

»Und deshalb wollte ich mit Ihnen reden, Monsieur Dujeu, damit wir gemeinsam überlegen können, ob es nicht eine andere Erklärung für seinen Leistungsabfall gibt.«

Victor Dujeu wusste nicht, was er darauf erwidern sollte.

»Hat Martin neue Bekanntschaften geschlossen, die sein verändertes Verhalten erklären könnten? Ist er leicht zu beeinflussen?«

Victor Dujeu dachte nach, aber vor sich sah er nur das sibyllinische Gesicht seines Sohnes.

»Er ist sehr verschlossen.«

»Das sind sie in dem Alter oft, Monsieur. Es ist ein gefährliches Alter, wissen Sie.«

»Er nimmt keine Drogen, falls es das ist, was Sie andeuten wollen.«

»Sind Sie sicher?«

»Ja.«

»Dennoch haben Sie den Eindruck, dass er etwas vor Ihnen verbirgt?«

»In gewisser Weise.«

»Hat er eine Freundin?«

»Ich habe noch keine gesehen.«

»Was macht er in seiner Freizeit?«

»Er hat einen Freund, noch aus Kindertagen, mit dem er sich häufig trifft. Ich kenne seine Eltern, ein vernünftiger Junge, wenn auch etwas zu sehr an Mädchen interessiert. Er beschäftigt sich viel mit seinem Hund, geht mit ihm spazieren. Und dann schließt er sich stundenlang in seinem Zimmer ein.«

»Stundenlang?«

»Nun ja, sagen wir lange. Ich glaube, er liest.«

»Vertraut er sich Ihnen an?«

»Niemals.«

»Und seiner Mutter?«

»Seine Mutter ist gestorben, als er zwei Jahre alt war.«

Schweigen.

»Sie sollten versuchen, etwas mehr mit ihm zu kommunizieren.«

Ein ironisches Lächeln zeigte sich auf Victor Dujeus Zügen.

»Das habe ich bereits versucht.«
»Versuchen Sie es weiter.«

Und das war der Beginn der dienstäglichen Abendessen im Mandarin de Jade.

An der Ecke von Rue du Bac und Boulevard Saint-Germain befindet sich ein großes, recht teures Lokal, in dem vor allem Touristen verkehren. Martin mag seine direkt am Boulevard gelegene Terrasse. Stundenlang kann er dort sitzen und die vorbeifahrenden Autos betrachten, die zum größten Teil in einem scheinbar nie abreißenden Strom vom rechten Seineufer und der Place de la Concorde herüberkommen.

»Kommen Sie, ich lade Sie auf einen Kaffee ein«, fordert er Célestine eines Samstagnachmittags auf.

»Ein Kaffee? Mit dir? Da hinten?«

»Ja.«

»Aber die lassen mich doch nie auf ihre blöde Terrasse!«

»Kommen Sie«, wiederholt Martin.

Die viel beschäftigten Kellner sagen kein Wort darüber, dass Célestine ihre Gäste stören könnte. Aber Martin hört die Kommentare, die in ihrer Nähe laut werden, und mehrere Tische leeren sich, wohl weil die Gäste sich durch Célestines Gestank, an den er selbst sich inzwischen gewöhnt hat, belästigt fühlen. Die abfälligen Blicke, die man ihr zuwirft, verletzen ihn. Doch sie bemerkt nichts davon, zufrieden sitzt sie da und trinkt einen großen Milchkaffee.

»Haben Sie Hunger?«, erkundigt sich Martin.

»Ob ich Hunger habe, fragt er? Herzchen, ich hab immer Hunger!«, ruft sie.

»Dann bestellen Sie, was Sie wollen.«

Schon beim Studieren der Speisekarte läuft ihr das Wasser im Mund zusammen, und sie entscheidet sich dreimal um, während der Kellner ungerührt danebensteht und ihre wechselnden Wünsche notiert.

Martin muss die Seitenblicke von den umliegenden Tischen ertragen, wo die Gäste angesichts von Célestines Heißhunger in lautes Gelächter ausbrechen oder sich angewidert abwenden, weil sie mit den Fingern isst und lautstark schmatzt, während ihr das Fett übers Kinn läuft.

Als sie beim Nachtisch angelangt ist, kommt ein Mann, sich unterwürfig die Hände reibend, an ihren Tisch.

»Ich bin der Geschäftsführer dieses Lokals, und ...«

»Ich weiß schon, was Sie sagen wollen«, fällt ihm Martin ins Wort, und der Mann ist überrascht von der Kälte in seinem Blick. »Wir gehen, sobald Madame aufgegessen hat.«

»Ich danke Ihnen, Monsieur, denn ich habe schon von mehreren Tischen Beschwerden bekommen ...«

Célestine rülpst vernehmlich, gefolgt von einem zweiten, kaum diskreteren Rülpsen. Die versteinerte Miene des Geschäftsführers entlockt Martin ein Lächeln. An einem der Nebentische verzieht eine Frau angeekelt das Gesicht, andere lachen, und wieder andere schauen empört.

»Sind Sie fertig?«, fragt Martin Célestine sanft.

»Ja, Herzchen.«

Martin bezahlt die Rechnung, ohne einen Franc Trinkgeld zu geben. Neugierig blickt der Geschäftsführer den beiden ebenso großen wie mageren Gestalten nach, als sie in Richtung der Rue du Bac davongehen.

»Warum bist du so nett zu mir?«, fragt Célestine.

»Einfach so«, antwortet Martin unbehaglich.

»Die Kippen, die Croissants, das Essen, warum das alles?«

Er schweigt.

»Hast du Mitleid mit mir?«

»Nein, ich habe kein Mitleid mit Ihnen. Ich habe Angst um Sie, aber das ist kein Mitleid.«

»Angst? Wovor denn?«

»Ich habe Angst davor, dass Ihnen im Winter kalt wird, ich habe Angst, dass Sie nicht genug zu essen haben.«

Sie zuckt mit den Schultern.

»Halb so wild. Anfangs ist es hart, aber dann gewöhnt man sich dran.«

»Wann war das? Anfangs?«

»Ich hab dir schon mal gesagt, du stellst zu viele Fragen.«

»Sie reden nicht gern über sich.«

»Nein.«

Schweigen.

»Du redest ja auch nicht gern über dich.«

»Das stimmt.«

»Kann ich dich trotzdem was fragen?«

»Sie können es ja mal versuchen.«

»Wo ist deine Mutter?«

»Sie ist gestorben, als ich zwei war. Bei einem Flugzeugabsturz.«

»Und dein Erzeuger heiratet jetzt seine neue Mieze?«

»Ja, ich glaube schon.«

»Hast du 'ne Freundin?«

»Nein.«

»Warum nicht?«

»Das weiß ich nicht.«

»Worum geht es in deinem Roman?«

»Célestine du Bac, Sie stellen zu viele Fragen.«

»Siehst du.«

5

Alexandra

Es war schon lange geplant, dass Kerstin dieses Weihnachtsfest bei ihrer Familie in Schweden verbringen sollte. Eigentlich wollte sie ihren Sohn mitnehmen, aber in letzter Minute wurde Martin krank, und Onkel Henri, sein Kinderarzt, fand, es sei besser, wenn der Kleine in Paris bliebe – Martin hat oft gehört, eine Bronchitis habe ihm das Leben gerettet. Also gab Kerstin ihn in die Obhut ihrer Schwägerin Mathilde und machte sich, voller Sorge bei dem Gedanken, ihren kleinen kranken Sohn zurückzulassen, mit einem Koffer voller Geschenke für ihre Verwandten auf den Weg.

Den ganzen Tag über verspürte Victor Dujeu ein Unbehagen, das sich einfach nicht abschütteln ließ. Es war ein schlechter Tag. Er verlor einen Fall, hielt ein mittelmäßiges Plädoyer, stritt sich mit einem Kollegen und hatte nur einen Wunsch: endlich nach Hause zu fahren.

Um achtzehn Uhr fünfundvierzig hob Kerstins Flugzeug ab.

Es war kalt an diesem 23. Dezember, und Paris bibberte im Glanz seiner Weihnachtsbeleuchtung. Ohne Martin und Kerstin erschien Victor die Wohnung in der Rue de Babylone düster und trist. Er verließ sie wieder, wanderte durch die Straßen des Viertels, kämpfte gegen die Kälte an, gab sich schließlich geschlagen und betrat ein Restaurant, wo er, immer noch von dieser seltsamen Angst gepeinigt, allein zu Abend aß. Auf dem Heimweg wuchs die Angst ins Unerträgliche.

Als er auf dem Treppenabsatz lange nach seinem Wohnungsschlüssel suchte, während er drinnen das Telefon unaufhörlich läuten hörte, wurde ihm klar, dass etwas passiert sein musste. Endlich gelang es ihm, die Tür zu öffnen, und ohne das Licht einzuschalten, ging er ans Telefon.

Es war Henri, sein Bruder, der ihm mit tonloser Stimme mitteilte, dass Kerstins Flugzeug irgendwo in Dänemark, nahe der Ostseeküste, abgestürzt war und niemand überlebt hatte.

Jetzt verstand er die böse Vorahnung, die den ganzen Tag nicht von ihm gewichen war, und legte auf. Lange verharrte er wie betäubt im Dunkeln, bis sein Bruder eintraf.

Man hat nie herausgefunden, warum das Flugzeug abgestürzt war. Zeugen zufolge war es in einem riesigen Feuerball vom dunklen Himmel gefallen und auf eine dänische Kleinstadt gestürzt, wodurch auf einen Schlag noch rund fünfzig Menschen mehr getötet wurden, die um acht Uhr abends fernsahen, beim Abendessen saßen oder lasen, ohne zu ahnen, dass vom Himmel herab bald die Hölle über ihr friedliches Heim hereinbrechen sollte.

Als die Einwohner der Stadt, vom Lärm des auf die Häuser stürzenden Flugzeugs aufgeschreckt, nach draußen rannten und sich umsahen, packte sie das blanke Entsetzen. Die riesige Flugzeugnase lag mitten auf der Straße. In zehn Kilometern Umkreis fand man auf Bürgersteigen, auf Dächern und in verschneiten Bäumen hängend zerfetzte Leichen, eingedellte Metallplatten, Sitzteile und aufgeplatzte Koffer.

Am nächsten Tag flog Victor Dujeu in Begleitung seines Bruders an den Schauplatz der Katastrophe. Die kleine Stadt N. war von Ordnungskräften abgeriegelt worden, nur die Angehörigen der Opfer durften hinein, während die zahlreichen an den Unglücksort drängenden Schaulustigen abgewiesen wurden. Warum war es so ein herrlicher Tag dort oben an der Ostseeküste? So ein herrlicher

Tag, obwohl der Schnee von Ungerechtigkeit befleckt war, obwohl der Name dieser bislang unbekannten Kleinstadt, in der nie zuvor etwas passiert war, für Hunderte von Menschen zum Synonym für ein furchtbares Grauen werden sollte.

$\mathcal{E}$s ist mittlerweile zu einer Gewohnheit geworden. Jeden Morgen bringt Martin Célestine auf dem Weg zur Schule ein Croissant vorbei, und jeden Abend, wenn er zurückkommt, verbringt er eine halbe Stunde mit ihr.

»Sie sind ja richtig gute Freunde geworden«, bemerkt der Gemüsehändler.

»Ja«, antwortet Martin stolz.

»Mir ist aufgefallen, dass sie viel weniger trinkt, seit sie Sie kennt. Wussten Sie, dass sie ab halb sechs nach Ihnen Ausschau hält? Neulich hat sie sich die Haare gekämmt. Und sie ist freundlicher. Hin und wieder grummelt sie noch vor sich hin, aber seltener als früher.«

Martin macht sie fröhlich. Dieser große, stille Junge, der nur wenig spricht, aber dafür umso häufiger lächelt, scheint ihr ans Herz gewachsen zu sein. Meistens wechseln sie nur wenige Worte, weil sie wissen, dass sie beide vor Vertraulichkeiten zurückschrecken.

Eines Tages entdeckt Martin auf der gegenüberliegenden Straßenseite seinen Vater und Alexandra und zieht sich in den hinteren Teil des Durchgangs zurück.

»Schämst du dich für mich?«, fragt Célestine verletzt.

»Nein«, entgegnet Martin, »ich schäme mich für meinen Vater.«

Alexandra, deren scharfem Blick nichts entgeht, hat ihn gesehen, doch sie lässt sich nichts anmerken und geht einfach weiter in ihrem geschmeidigen, schlangengleichen Gang.

»Was hast du mit der alten Pennerin zu schaffen?«, fragt sie beim Abendessen neugierig.

»Frag sie doch selbst«, versetzt Martin.

»Du verhältst dich ziemlich arrogant«, bemerkt Victor Dujeu.

Martin schweigt.

»Ist das die Frau aus der Rue du Bac, von der du mir erzählt hast?«

»Ja.«

»Ich habe ihn neben ihr sitzen sehen«, sagt Alexandra. »Und das nicht zum ersten Mal.«

Victor Dujeu mustert seinen Sohn überrascht.

»Stimmt das?«

»Ja. Ich gebe ihr etwas Geld und hin und wieder etwas zu essen. Sie ist eine interessante Frau.«

»Du solltest dich vielleicht eher für Mädchen in deinem Alter interessieren«, entgegnet Alexandra.

»Und du solltest dich vielleicht etwas mehr für meinen Vater interessieren, vor allem, wenn er nicht zu Hause ist.«

Schweigen.

Victor Dujeu hört auf zu kauen.

»Martin, was soll das bedeuten?«

»Frag deine Verlobte.«

»Dein Benehmen ist unerträglich. in dein Zimmer.«

Lässig erhebt sich Martin von seinem Stuhl.

»Ich bin keine fünfzehn mehr, weißt du ...«

Er verlässt das Esszimmer und schließt die Tür hinter sich.

»Ich erkenne ihn nicht wieder«, sagt Victor Dujeu und seufzt.

»Das ist das Alter«, entgegnet Alexandra. »Dein Sohn fühlt sich nicht wohl in seiner Haut.«

»Was hat er mit dieser Bemerkung über dich gemeint?«

Sie zuckt mit den Schultern.

»Gar nichts, er wollte nur boshaft sein. Hör nicht auf ihn. Soll er sich doch mit seiner alten Pennerin rumtreiben.«

Meist schreibt Martin bis Mitternacht, dann legt er sich ins Bett und liest.

Gegen ein Uhr morgens, als er gerade in *Die Sünde des Abbé Mouret* und die unselige Leidenschaft des Priesters für die sinnliche Albine vertieft ist, öffnet sich leise die Tür zu seinem Zimmer. Er sieht Alexandra hereinkommen, gekleidet in einen Morgenmantel aus rosa Seide, der ihre langen, gebräunten Beine bis zur Mitte der Oberschenkel frei lässt.

Sie schließt die Tür, lehnt sich mit zurückgeneigtem Oberkörper dagegen, dass sich die nackten Brüste unter dem rosa Stoff abzeichnen, und fixiert ihn mit hinter dem Rücken verschränkten Händen stumm aus ihren blaugrünen Augen.

Martin richtet sich auf.

»Was willst du?«

Sie kommt näher, und er fürchtet sich vor diesen nackten, von zartem, goldenem Flaum bedeckten Schenkeln, die sich kurz darauf nur wenige Zentimeter von ihm entfernt auf seinem Bett befinden.

Endlich beginnt sie zu sprechen.

»Hast du mich gesehen?«

»Ja, als mein Vater auf Geschäftsreise war. Mit einem schwarzhaarigen Mann.«

»Was genau hast du gesehen?«

»Ich habe alles gesehen.«

»Dein Vater weiß nicht, dass ich ihn betrüge.«

»Das dachte ich mir.«

»Und ich will nicht, dass er es erfährt.«

»Weil er dich sonst nicht mehr heiraten würde, stimmt's?«

»Dein Vater braucht mich, Martin. Er ist in mich verliebt.«

»Er wird niemals in dich verliebt sein.«

»Er will mich heiraten.«

»Weil er sich langweilt. Du wirst meine Mutter nie ersetzen können.«

Alexandra schlägt die langen Beine übereinander, und Martin kann nicht anders, als sie mit Blicken zu liebkosen.

»Dein Vater braucht mich, Martin, weil ich ihn glücklich mache. Mit mir fühlt er sich wieder jung.«

»Warum betrügst du ihn dann?«

»Ich liebe Sex. Ich liebe Männer, und ich liebe es, sie zu verführen. Schockiert dich das?«

»Nein, aber es tut mir um seinetwillen leid. Er glaubt, du wärst ihm treu. Wenn er erfährt, dass du ihn betrügst ...«

Alexandra entblößt ihre etwas zu spitzen Schneidezähne.

»Aber das wird er nicht erfahren.«

»Du bist dir deiner Sache sehr sicher.«

Sie rückt noch ein wenig näher, und er spürt ihren heißen Atem auf seinem Gesicht.

»Sag mir, Martin, hat dir gefallen, was du im Schlafzimmer deines Vaters gesehen hast?«

Gegen seinen Willen spürt Martin, wie sich Hitze in seinem Unterleib ausbreitet.

»Hast du mir lange beim Sex zugesehen?«

Sie beugt sich vor, flink und geschmeidig wie eine Natter, der Morgenrock rutscht von ihren runden, goldenen Schultern und gibt den Blick auf den Ansatz ihrer Brüste frei.

Aufgelöst spürt Martin, wie sich sein Atem beschleunigt und sein Herz wie rasend klopft.

Mit einer raschen Bewegung zieht sie die Decke herunter und streichelt seinen nackten Oberkörper, seinen Bauch, sein Glied.

»Ich bin mir sicher, dass du alles mitangesehen hast. Du bist lange hinter der Tür stehen geblieben, bis zum Schluss. Hast du gesehen, wie ich einen Orgasmus hatte?«

Er versucht, sie von sich zu schieben, doch als sich Alexandras glühende Lippen um sein Geschlecht legen, kapituliert er und überlässt sich ihrem geschickten, samtweichen Mund. Er kommt schnell, mit einer schmerzhaften Wucht, wie er sie nie zuvor erlebt hat. Dann ergreift eine große Mattigkeit von ihm Besitz.

Alexandra steht auf, zieht ihren Morgenmantel zurecht, nimmt Martin die Brille ab und legt sie auf den Nachttisch. Sie schaltet das Licht aus und verlässt das Zimmer.

»Gute Nacht, Martin«, sagt sie leise, bevor sie die Tür hinter sich schließt. »Schlaf gut.«

»Meine zukünftige Stiefmutter hat mich reingelegt.«
»Die, die immer im Chanel-Kostümchen rumläuft?«
»Was? Sie erkennen ein Chanel-Kostüm?«
»So was muss ich in meiner Jugend auch mal gehabt haben.«
Am liebsten würde Martin ihr tausend Fragen stellen, doch er verkneift sie sich.
»Sie wollte nicht, dass ich meinem Vater verrate, dass sie ihn betrügt«, sagt er stattdessen.
»Hattest du das vor?«
»Vielleicht.«
»Du guckst ziemlich verdruckst heute Morgen, mein Junge. Irgendwie machst du 'n komisches Gesicht …«
Martin schweigt.
»Lass mich raten … Sie hat versucht, dich flachzulegen, damit du den Mund hältst, hab ich recht?«
»Sie hat es nicht nur versucht, sie hat es getan.«
»Du hast mit deiner Stiefmutter gevögelt!«, ruft Célestine glucksend. »Das ist ja die Höhe!«
»Technisch gesprochen habe ich nicht mit ihr geschlafen«, korrigiert Martin sie.
Célestine runzelt die Stirn.
»Ach so, sie hat dir einen geblasen.«
»Nennen Sie es, wie Sie wollen.«

»Immerhin hast du sie machen lassen ...«

»Ja.«

»Und du willst mehr davon ...«

»Ja«, flüstert Martin mit gesenktem Blick.

»Tu nicht so zimperlich, mein Junge! Für so was braucht man sich doch nicht zu schämen!«

»Es ist immerhin die zukünftige Frau meines Vaters.«

»Meine Güte, jetzt wird er auch noch moralisch! Wenn deine Stiefmama Lust hat, dich 'n bisschen zu verwöhnen, dann wüsst ich nicht, wieso du darauf verzichten solltest.«

»Ich auch nicht«, sagt Martin leise. »Ich auch nicht ...«

»Du erzählst mir überhaupt nichts mehr, Dujeu«, beschwert sich Oscar eines Samstags im Jardin du Luxembourg. »Wir treffen uns nicht mehr, ich habe dich seit Anfang September bloß zweimal gesehen, du rufst nicht mehr an ...«

»Ich habe jetzt eine neue Vertraute.«

»Eine Freundin?«

»Ja, eine Freundin.«

»Und?«

»Und ich treffe mich oft mit ihr.«

»Willst du sie mir nicht vorstellen, weil du Angst hast, ich könnte sie dir ausspannen?«

Martin lacht schallend auf.

»Sie ist definitiv nicht dein Typ.«

Oscar richtet sich zu seiner vollen Größe von einem Meter achtundsechzig auf.

»Alle Frauen sind mein Typ!«, verkündet er herablassend.

»Die nicht.«

»Warum? Ist sie hässlich?«

»Besonders schön ist sie nicht.«

»Aber sie gefällt dir?«

»Das ist es nicht. Ich bin gern mit ihr zusammen, ich höre ihr gerne zu.«

»Also gefällt sie dir.«

»Ich will nicht mit ihr ins Bett, wenn es das ist, was du meinst.«

»Was treibst du denn sonst so mit ihr?«

»Ich rede ein bisschen, sie redet, wir lernen uns kennen. Sie schreibt ein Tagebuch, das ich wahnsinnig gern lesen würde.«

»Aber sie will nicht?«

»Ich habe sie noch nicht direkt danach gefragt, aber ich glaube, sie würde mich nicht lassen. Ich werde ihr vorschlagen, dass sie im Gegenzug meinen Roman lesen darf, vielleicht geht sie darauf ein.«

»Ich bin glatt eifersüchtig«, sagt Oscar. »Mir hast du nie angeboten, deinen Roman zu lesen, dabei kenne ich dich seit der Vorschule. Und dieses Mädel kommt einfach so daher und wickelt dich um den Finger.«

»Sie ist kein Mädchen, sondern eine Frau.«

»Mein armer Dujeu ... Ja, an deine erste Tussi werden wir uns noch lange erinnern!«

»Sie ist nicht meine Tussi.«

»Aber klar doch! Ich wette, sie ist so eine Pickelliese aus deiner Loser-Schule, der du im Flur die Zunge in den Hals gesteckt hast, weil sie dir fehlerfrei was über Kierkegaard erzählen konnte.«

Martin lächelt.

»Irgendwann stelle ich sie dir vor.«

»Ich könnte dir viel Bessere vorstellen, wenn du mich nur lassen würdest ...«

Célestine hustet, vor allem seit es morgens wieder frischer ist. Ein kratziger Husten, der in Anfällen kommt und Martin Sorgen bereitet.

»Sie sollten etwas dagegen nehmen.«

Sie lacht, was ihren Husten noch verstärkt.

»Das ist jedes Jahr so um die Zeit, und im Winter wird's noch schlimmer. Mach dir keinen Kopf, ich bin nicht krank.«

Trotzdem kauft Martin ihr Hustensaft. Als sie feststellt, dass die Arznei alkoholhaltig ist, trinkt sie sie in einem Zug aus. Er wird wütend, erklärt ihr, dass das gefährlich sei, und sie erwidert, dass es doch sowieso keiner merken würde, wenn sie abkratzt.

»Sie wissen ganz genau, dass das nicht stimmt«, entgegnet Martin knapp.

Sie schweigt einen Moment, dann bittet sie ihn um Verzeihung.

»Du bist 'n guter Junge, und ich bin bloß 'ne alte Irre.«

Er lächelt tröstend und bemerkt unwillkürlich, dass ihr Gesicht grauer ist als sonst und ihr Blick matter, als sei sie auf einen Schlag gealtert. Das macht ihm Angst.

Alexandra redet nicht mehr mit Martin. Es hat fast den Anschein, als ginge sie ihm jetzt, da sie sich seines Schweigens sicher ist, aus dem Weg. Er hingegen verliert in ihrer Gegenwart unweigerlich die Fassung, wenn er daran zurückdenkt, was eines Nachts in seinem Schlafzimmer geschehen ist. Manchmal packt ihn ein furchtbares Verlangen nach ihr. Mit aller Kraft kämpft er gegen das Begehren an, und er ahnt, dass sie ihm seinen Widerstand ansieht und im Stillen darüber lacht. Jede ihrer Gesten zielt darauf ab, ihn zu erregen und seine Unerfahrenheit auszunutzen, um seine Lust noch weiter anzufachen.

Sie trägt kurze, eng anliegende Röcke und hochhackige Schuhe, die über den Parkettboden klappern, sodass er sie von seinem Zimmer aus hören kann. Selbst ihr Parfüm scheint intensiver geworden zu sein, eine so kraftvolle Quintessenz der Sinnlichkeit auf Vanille- und Moschusbasis, dass er sie beinahe mit Händen greifen kann.

Victor Dujeu weiß nicht, dass tagsüber fremde Männer Alexandra anrufen. Martin, der mittags oft zum Essen nach Hause kommt, ist schon mehrmals vor ihr ans Telefon gegangen. Einmal, als er früher zurück war als gedacht, hat er aus dem Zimmer seines Vaters ein Seufzen und Stöhnen gehört.

Obwohl er sie nie attraktiv gefunden hat, lassen ihn ihr schmales, dreieckiges Gesicht, ihre ungewöhnlichen Augen und ihr honigfarbenes Haar nicht unberührt. Bei der Vorstellung, dass sie mit seinem Vater das Bett teilt, wird ihm übel. Es stört ihn nicht, dass sie

Liebhaber hat, die für ihn nur namenlose Fremde sind, aber dass Victor Dujeu nach Belieben über diesen Körper verfügen darf, widert ihn an. Kommt sein Vater ebenfalls in den Genuss dessen, was sie neulich Nacht mit ihm gemacht hat? Vor Ekel schließt er die Augen.

Alexandra, die verstohlen ihr Netz webt, liest seine Gedanken und lächelt. Sie braucht nicht mehr lange zu warten.

Eines Morgens, nachdem Victor Dujeu in seine Kanzlei gegangen ist, platzt Martin, der seine Ungeduld und seine überschäumenden Lebenssäfte nicht länger bezähmen kann, ins Badezimmer.

Alexandra steht nackt vor dem Spiegel. Sie hat die Tür unverschlossen gelassen.

»Hast du keine Schule?«, fragt sie unbekümmert.

Martin geht auf sie zu, und für einen Moment erschrickt sie. Dieser Riese (ihr fällt auf, dass er viel größer ist als sein Vater) und der Ausdruck in seinen Augen machen ihr Angst. Aufrecht stehend ist Martin sehr viel beeindruckender als im Liegen.

Alexandra erschauert, aber nicht vor Kälte, und sie streckt den Arm nach ihrem Morgenmantel aus. Eine riesige Hand umschließt ihr schmales Gelenk und hält sie auf.

Schweigend geht Martin vor ihr auf die Knie. Alexandra wirkt überrascht.

»Was machst du denn da?«

Langsam streichelt er die seidige Haut ihres Unterleibs.

Sie erschauert erneut.

Martin sagt immer noch kein Wort.

Mit den Lippen zeichnet er einen Weg von ihrem flachen Bauch bis zu ihren Schenkeln. Er lässt sich viel Zeit. Nach fünf Minuten zieht er den Kopf zurück.

»Mach weiter«, fordert Alexandra keuchend.

»Nein«, antwortet Martin. »Jetzt bist du dran. Das, was du neulich Abend getan hast ...«

Und im Spiegel sieht er ihr dabei zu.

»Duval, ich muss dich etwas zu deinem Spezialgebiet fragen.«
»Sex, meinst du?«
»Gewissermaßen.«
»Raus damit.«
»Würdest du sagen, man ist noch Jungfrau, wenn man zwar Oralverkehr hatte, aber keine Penetration?«
»Deine Streberfreundin bläst, aber vögelt nicht? Ist ja krass!«
Martin verzieht das Gesicht.
»Was Vulgarität angeht, bist du einfach unschlagbar. Aber ich habe dich nicht um schlüpfrige Kommentare gebeten, ich will deine Meinung hören.«
Oscar denkt nach.
»Interessante Geschichte. Wie kommt das? Nimmt sie nicht die Pille? Blowjob ja, aber keine Penetration ... Ich würde sagen, dann handelt es sich um eine sogenannte ›Halbjungfrau‹. Oder in deinem Fall eher um einen ›Halbjungmann‹.«
»Du glaubst also nicht, dass Fellatio ausreicht, um, wie soll ich sagen, vollständig entjungfert zu sein?«
»Nein«, antwortet Oscar entschieden.
»Danke für die Information.«
»Ist das alles, was du mir zu sagen hast? Kriege ich keine Details?«
»Nein.«
»Das ist so was von egoistisch«, schimpft Oscar aufgebracht.

6

Der goldene Löwe

Durch Zufall begegnet Martin im Oktober Moïse d'Aquin. Beim Gassigehen mit Germinal hört er eines Samstags die Glocken von Saint-Thomas-d'Aquin zu einer Hochzeit oder Taufe läuten. Martin sieht gern zu, wie die Familien, die sich zu einem solch glücklichen Anlass versammelt haben, aus der Kirche kommen. Beerdigungen hingegen meidet er, das geht ihm zu nahe.

Es ist eine hübsche Braut, findet er, in ihrem weißen Kleid und mit dem riesigen Schleier, der unter ihrem Haarknoten befestigt ist. Blumenkinder spielen zu ihren Füßen auf den Kirchenstufen, während sie den Leuten zulächelt, die sie fotografieren. Auch der Bräutigam sieht gut aus, elegant in seinem dunkelgrauen Cut, den Zylinder in der Hand. Martin amüsiert sich über das schrille Kreischen der Schwiegermütter und Großmütter, die die Kinder im Zaum zu halten versuchen, zählt die Umarmungen für die Frischvermählten und entdeckt eine jüngere Schwester, die in ein paar Jahren alle anderen überstrahlen wird.

Plötzlich wankt eine dunkle, verstörende Gestalt mitten hinein in die bunte Schar, die prächtigen Hüte und die farbenfrohen Kostüme, verbreitet Panik auf dem Kirchvorplatz und schlägt die Braut in die Flucht, die sich unter ihrem Schleier dezent die Nase zuhält, während sich die verschreckten Blumenkinder an ihre Schleppe klammern.

Martin erkennt einen groß gewachsenen, betrunkenen Schwarzen in einem abgetragenen Dufflecoat, der sich torkelnd einen Weg durch die Hochzeitsgäste bahnt, sie anrempelt und seine üblen Ausdünstungen mit dem Duft von Chanel N°5 vermischt.

Und ihm fällt wieder ein, was Célestine gesagt hat: »Der große Schwarze, der sich vor der Kirche volllaufen lässt, das ist Moïse d'Aquin.«

Martin wartet, bis der Reis geworfen wurde, das Brautpaar in einer Limousine davongefahren ist und sich das lärmende Gewimmel auf dem Platz verzogen hat.

Moïse d'Aquin hat sich auf die Kirchenstufen plumpsen lassen und blickt zum Himmel auf. Beim Näherkommen sieht Martin, dass der Mann älter ist, als er gedacht hat. Sein pechschwarzes Haar ist von silbrigen Strähnen durchzogen, zahlreiche Falten zerfurchen sein Gesicht. Sein fleckiger Mantel verströmt einen beißenden Gestank.

»Guten Tag«, sagt Martin »Ich bin ein Freund von Titine du Bac.«

Moïse schaut mit müden, vom Alkohol blutunterlaufenen Augen zu ihm hoch.

»Sind Sie Moïse? Sie hat mir von Ihnen erzählt.«

Der große Schwarze richtet sich auf, mustert ihn forschend und brüllt unvermittelt los. Mit heiserer Stimme stößt er einen Schwall unverständlicher Worte aus und fuchtelt dabei ruckhaft mit den Armen. Martin versucht, beruhigend auf ihn einzureden, doch wie in einer Spirale der Aggressivität gefangen, gestikuliert Moïse immer bedrohlicher vor ihm herum. Also geht Martin davon und lässt den wütenden Obdachlosen auf dem Platz zurück, wo er wie ein kaputter Hampelmann die Arme schüttelt, während sich schaumige Speichelbläschen in seinen Mundwinkeln sammeln.

Mitte Oktober setzt die Kälte ein. Célestines Husten verschlimmert sich trotz Martins Hustensaft. Er beharrt darauf, sie zum Hausarzt seiner Familie zu bringen, aber sie will nichts davon hören. Sie ist sehr stolz, und Martin gelingt es nicht, sie umzustimmen. Sie hustet immer stärker und stärker. Noch im Schlaf glaubt Martin, dieses entsetzliche Husten zu hören.

In einem Wandschrank im Flur hat er ein paar alte Plaids gefunden, die niemand mehr zu benutzen scheint, und sie ihr gebracht. Wenn er gegen elf Uhr noch einmal mit Germinal rausgeht, schaut er oft bei ihr vorbei, um sich zu vergewissern, dass ihr nicht kalt ist. Bis zu den Augen eingemummelt, versichert sie ihm, dass es ihr nie besser gegangen sei, aber Martin denkt an den Raureif im Dezember und Januar und fragt sich, was er tun kann, damit sie es auch weiterhin warm hat.

Unter den alten, abgelegten Sachen, die er und sein Vater weggeräumt und mit der Zeit vergessen haben, sucht er nach Winterkleidung, die er ihr geben kann. Célestine ist groß und nicht eitel. Es stört sie nicht, sich wie ein Mann anzuziehen. Eines Abends, als Alexandra und sein Vater ausgegangen sind, nutzt er die Gunst der Stunde und durchstöbert methodisch sämtliche Schränke in der Wohnung. Manche von ihnen sind seit Jahren nicht geöffnet worden und riechen nach muffiger Luft und Staub.

Neben ihm steht eine große Tasche, in die er alles hineinwirft, was ihm für Célestine passend erscheint: löchrige, dicke Pullover, alte Cordsamthosen, ein aus der Mode geratener, aber noch guter Mantel, Handschuhe, zusammengeknüllte Schals, Wollmützen und Dutzende nicht zueinander passende Socken.

In einem der letzten Schränke im Flur entdeckt er auf dem obersten Regalbrett, fast schon unter der Zimmerdecke, ein paar große Plastiksäcke, die ebenfalls Kleidung zu enthalten scheinen. Jahrealter Staub fliegt auf, als er sie herauszieht, und ein paar Spinnen suchen das Weite. Offensichtlich hat sich keine ihrer aufeinanderfolgenden Putzfrauen je in diesen Winkel vorgewagt. Einen nach dem anderen öffnet Martin die Säcke und leert ihren Inhalt auf den Boden aus.

Es sind Frauenkleider.

Ein unverkennbarer Duft steigt zu ihm auf. Er erstarrt, dann bückt er sich, hebt eine Bluse hoch und hält sie sich an die Nase.

Kein Zweifel, es ist Kerstins Parfüm, das Parfüm seiner Mutter, dieser unvergessliche Geruch nach Lavendel und Rose, schwächer, leicht ranzig, aber immer noch da.

Er wagt die Säcke nicht mehr zu berühren, betrachtet die wild durcheinanderliegenden Sachen auf dem Parkettboden und versteht nicht, wie sie dorthin gekommen sind. Schließlich sagt er sich, dass sein Vater es wohl nicht übers Herz gebracht hat, sie wegzuwerfen, dass er die Kleider seiner verstorbenen Frau behalten wollte, auch wenn er sie nie wieder aus ihrem Versteck geholt hat. Nach der Katastrophe muss er alles in Säcke gestopft, diese oben im Schrank verstaut und sie dann vergessen haben.

Martin geht in die Hocke, und es kommt ihm vor, als begehe er ein Sakrileg, als er mit bebenden Händen diese Kleidungsstücke berührt, die einst seiner Mutter gehört haben. Es erscheint ihm unbegreiflich, dass sie sechzehn Jahre später noch auf so konkrete Weise existieren, während man bis heute nicht weiß, was mit Kerstins

Leichnam geschehen ist, zu Staub, zu Erde, zu Asche verwandelt, vom Universum verschluckt.

Es ist das erste Mal, dass Martin etwas anfasst, was einmal seiner Mutter gehört hat, was Teil ihres intimen Lebens war. Abgesehen von ein paar Fotos und Büchern gibt es in der Wohnung keine Spuren mehr von ihr. Alles andere ist mit der Zeit verschwunden. Und nun ist Martin durch Zufall auf einen Schatz gestoßen, ein verspätetes Geschenk, eine von Wehmut erfüllte Büchse der Pandora.

Bewegt streichelt er einen türkisfarbenen Pullover, eine kanariengelbe Strickjacke, eine rosa Bluse, an die ein kleiner goldener, mit Turmalinen besetzter geflügelter Löwe geheftet ist. Hastig löst er die Brosche ab und steckt sie mit klopfendem Herzen in seine Hosentasche. Er findet Turnschuhe, Ballerinas, Pumps, Stiefel und eine abgewetzte, mit den Initialen K.S.D. verzierte Handtasche, Modell Kelly Bag. Zunächst wagt er nicht hineinzusehen und hält sie in den zitternden Händen, bis er es nicht mehr aushält und sie einen Spalt weit öffnet.

In ihrem Inneren befindet sich ein typisch weibliches Sammelsurium: ein paar Lippenstifte, eine Bürste (von der er mit zusammengeschnürter Kehle drei lange, platinblonde Haare abzieht), ein kleines Adressbüchlein, das er zu dem Löwen in seine Tasche steckt, und ein Brillenetui. Er nimmt seine eigene Brille ab, setzt die seiner Mutter auf und stellt fest, dass sie auf dem linken Auge noch etwas kurzsichtiger war als er selbst. Dann legt er die Brille zurück in das Etui.

Als er das Portemonnaie sieht, ahnt er, dass das die Handtasche sein muss, die sie bei ihrem Tod bei sich hatte, und wieder erscheint es ihm völlig inakzeptabel, dass diese banalen Objekte verschont geblieben sein sollen.

Es ist ein schwarzes, relativ dickes Portemonnaie, in dem er ein bisschen französisches und schwedisches Geld entdeckt, Briefmarken, ihr Flugticket und ihren Ausweis. Das Foto darauf versetzt ihm einen Schock, denn es ist sein Ebenbild, er als Frau, mit langen Haaren. Auf der Aufnahme muss Kerstin zwanzig Jahre alt sein, kaum älter als er jetzt.

Außerdem findet Martin ein Bild von sich als Baby mit seiner Mutter. Ohne es näher zu betrachten, steckt er es zu den anderen Dingen in seine Tasche. Diese Schätze will er sich später ansehen, in seinem Zimmer, wo ihn niemand stört. Er legt das Portemonnaie zurück, schließt die Handtasche und packt sie wieder zu den übrigen Sachen.

Danach stößt er auf ein langärmeliges weißes Nachthemd, an dem der Duft seiner Mutter noch so stark haftet, dass es sich zweifellos um das Nachthemd handeln muss, das sie vor ihrem Tod zuletzt getragen hat. Martin betrachtet den weißen Stoff und spürt, wie Traurigkeit von ihm Besitz ergreift. Erst laufen nur ein paar Tränen über seine Wangen und tropfen auf die Kleider, doch dann nimmt er die Brille ab und weint lange, das Gesicht in dem Nachthemd vergraben, weint, wie er seit seiner Kindheit nicht mehr geweint hat. Als er sich nach einer Weile wieder beruhigt, schämt er sich beinahe seiner Tränen. Behutsam legt er die Kleidungsstücke zusammen, streicht ein letztes Mal mit der Hand darüber und räumt sie zurück in den Schrank.

»Ich würd gern deinen Roman lesen«, bittet Célestine zwischen zwei Hustenanfällen.

Es ist bitterkalt. Célestine trägt den alten Mantel von Martins Vater, der ihr gut steht.

»Er ist noch nicht fertig.«

»Mir egal. Ich will ihn lesen.«

Martin ergreift seine Chance.

»Sie dürfen ihn lesen, aber nur unter einer Bedingung.«

»Was?«

»Dass Sie mich im Gegenzug Ihr Tagebuch lesen lassen.«

Schweigen.

»Da muss ich erst überlegen«, brummt Célestine.

»Warum?«

»Ob ich dir genug vertraue.«

»Ich weiß, dass Sie mir vertrauen.«

»*Genug* vertraue, das ist was anderes. Keiner hat das bis jetzt gelesen. Da steckt mein ganzes Leben drin!«

»Und genau deshalb will ich es ja lesen.«

»Was interessiert sich so 'n Reichensöhnchen bloß dermaßen für 'ne alte Pennerin? Du hast doch alles! Was in aller Welt kümmert dich das elende Leben von einer wie mir?«

»Dann sind Sie einverstanden?«

Sie zögert.

»Mal sehen. Dein Roman, handelt der von dir?«

»Nein.«

»Siehst du, das ist nicht fair. Mein Tagebuch handelt nur von mir, da steckt nix anderes drin außer mir.«

»Sagen wir, es ist kein autobiografischer Roman«, verbessert sich Martin, »aber Sie werden durchaus Ähnlichkeiten zwischen meinem Helden und mir finden.«

»Na los, spuck's aus, was passiert mit deinem Helden?«

»Er begegnet eines Tages dem Geist von Émile Zola.«

»Ist das alles?«

»Bis jetzt ergibt das schon dreihundert Seiten.«

»Ist es gruselig?«

»Nein, ich glaube, es ist eher lustig.«

»Wie weit bist du?«

»Fast am Ende.«

»Klingt nicht schlecht. Aber Zola mag ich nicht besonders.«

»Haben Sie etwas von ihm gelesen?«

»Als ich noch jung war, ja. In der Schule hab ich 'ne Menge gelesen. Ich weiß noch, da war 'n Mädchen, das nach 'ner Gasexplosion in 'ner Kohlengrube feststeckt, und dann bekommt sie zum ersten Mal ihre Tage. Sie wird zur Frau, sie vögelt und kratzt ab. Typisch Zola. Und dann war da noch die Blonde, die unter der Treppe krepiert, ohne dass jemand was mitkriegt, erst als es im ganzen Haus stinkt, fangen sie an, nach ihr zu suchen, und dann finden sie sie schon ganz grün in ihrem Loch. Brr, da läuft es einem eiskalt den Rücken runter! Wenn Zolas Geist eins garantiert nicht ist, dann lustig.«

»Täuschen Sie sich nicht. Haben Sie *Der Traum* gelesen?«

»Nein, ich glaub nicht.«

»Das würde Ihnen gefallen. Da verfault niemand in einem Loch. Das Buch ist zärtlich, charmant, mystisch.«

»Echt? Zola konnte zärtliche, charmante Sachen schreiben?«

»Unbedingt. *Der Traum* ist eine Art Rokokomärchen.«

»Roko-was?«

»Barock, wenn Ihnen das lieber ist. Voller Legenden und Symbolik, eingezwängt zwischen die Brutalität von *Die Erde* und die animalische Wildheit von *Das Tier im Menschen*.«

»Du hörst dich an wie 'n Lehrer!«

»Mögen Sie das nicht?«

»Doch, ist witzig, wenn so 'n grüner Bengel wie du sich wie 'n Schulmeister aufführt. Zum Piepen! Aber ich würd trotzdem lieber dein Buch lesen als das von Émile.«

»Warum meins?«

»Émile ist tot, dem hab ich nix mehr zu sagen. Man hat ja schließlich nicht jeden Tag das Glück, 'nen Schriftsteller zu treffen! Außerdem muss ich mir die Zeit vertreiben. Ich hab seit 'ner Ewigkeit kein Buch mehr gelesen. Das wird mir guttun.«

»Dann bringe ich Ihnen meinen Roman, aber im Gegenzug will ich Ihr Tagebuch haben.«

Sie verzieht das Gesicht.

»Himmelherrgott, bist du stur! Na los, verzieh dich, und nimm deinen Köter mit. Wir reden ein andermal darüber. Geh nach Hause, Martin Dujeu!«

Lächelnd steht er auf, pfeift nach Germinal und geht wortlos davon. Er weiß, dass sie ihm wie jeden Abend nachschaut, bis er um die Ecke der Rue de Babylone biegt, und selbst zu Hause in seinem Zimmer spürt er manchmal noch lange ihren Blick.

Victor Dujeus Gesicht erstarrt über seiner Kaffeetasse.
»Was ist das für eine Brosche?«
»Die?«
Martin deutet mit dem Finger auf den Löwen, den er am Revers seiner Jacke befestigt hat. Dort hat er nichts mehr von einem weiblichen Schmuckstück an sich, sondern sieht vielmehr aus wie eine Art Erkennungszeichen, ein Symbol mit geheimer Bedeutung.
»Woher hast du das?«
»Es stammt von meiner Mutter«, sagt Martin, und sein Ton klingt so stolz, dass Victor Dujeu das Verhör nicht fortzusetzen wagt.
Schweigend frühstücken sie weiter. Alexandra steht nie vor neun Uhr auf, und so sitzen sie jeden Morgen um acht Uhr gemeinsam bei Kaffee und Baguette, ohne je mehr als ein paar Worte miteinander zu wechseln.
Doch an diesem Morgen betrachtet Victor Dujeu versonnen Kerstins Löwen.
»Deine Mutter liebte Löwen«, hebt er erneut an. »Das hat in Venedig angefangen, auf unserer Hochzeitsreise.«
Victor Dujeu redet so selten über Kerstin, dass Martin sich kaum zu rühren wagt. Er hält die Brotscheibe reglos in der Luft, kaut nicht einmal seinen Bissen zu Ende, aus Furcht, diesen magischen Moment zu zerstören.

»Sie liebte die geflügelten venezianischen Löwen, vor allem den von der Piazzetta, oben auf der Säule. Sie hatte viele Broschen wie diese. Hast du nur eine gefunden?«

»Ja.«

»Alle anderen habe ich. Sie hat sie gesammelt. Ich habe sie behalten. Die du da trägst, habe ich ihr zu ihrem zwanzigsten Geburtstag geschenkt.«

»Sie war an einem Kleidungsstück befestigt.«

»In einem Schrank, in großen Plastiksäcken?«

Martin nickt.

»Ich schaue nicht gern dort hinein. Deswegen habe ich die Brosche auch übersehen.«

»Waren das die Sachen aus dem Koffer?«

»Aus dem Koffer, der gefunden wurde, ja. Deine Großmutter Sandström hat mich nach dem Tod deiner Mutter hierher begleitet, und ich habe sie alles mitnehmen lassen, was sie wollte. Aber die Löwen habe ich behalten.«

»Du hast mir nie davon erzählt.«

Victor Dujeu wirft seinem Sohn einen ironischen Blick zu.

»Du fragst mich selten nach deiner Mutter, Martin, und du bist der verschlossenste Mensch, den ich kenne. Ich dachte, du würdest sie aus reinem Trotz nicht sehen wollen ...«

»Ich möchte die Löwen sehen, Vater«, unterbricht ihn Martin, den diese Unterhaltung ärgert, vermutlich weil sein Vater nicht ganz unrecht hat.

Wie das Wohn- und das Esszimmer geht auch Victor Dujeus Arbeitszimmer auf die Rue de Babylone und jenen mehrere Hektar großen versteckten Garten hinaus, der früher einmal zu dem Kloster gleich gegenüber dem Haus der Dujeus gehört hat. Vor Kurzem haben die Ordensschwestern diese grüne Oase der Stadt Paris geschenkt, und so entstand der Jardin de Babylone, wo die Mütter aus dem Viertel zwischen Obstbäumen und Rosenstöcken mit ihren Kindern spazieren gehen. Martin geht nie dorthin, denn Hunde sind dort verboten, aber er beobachtet gern vom Balkon aus die bunte Schar, die sich dort tummelt: Kinder spielen im Sommer barfuß im Gras, Kleinkinder machen ihre ersten Schritte, Eltern sitzen im Schatten der Apfelbäume und behalten ihren Nachwuchs im Auge.

»Hier«, sagt Victor Dujeu und reicht seinem Sohn eine kleine Dose.

Er nimmt sie, macht sie auf und entdeckt darin etwa zwanzig Löwen, die meisten davon Schmuckstücke. Einige bloß Modeschmuck, andere aus Gold oder Silber, zu Ohrsteckern, Broschen und Halsketten gefasst. Es gibt sogar einen Löwenring.

Martin betrachtet sie und vergisst darüber für einen Moment seinen Vater. Dann erinnern ihn Victors schwerer Atem und der scharfe Geruch nach Havannazigarren, vermischt mit dem Duft eines englischen Eau de Toilette, daran, dass dieser dicht hinter ihm steht und sein Blick ebenfalls auf den Löwen ruht.

Als kleines Kind, denkt Martin, mit drei oder vier Jahren, hätte er sicher gern mit ihnen gespielt, er hätte gelernt, sie wertzuschätzen, weil sie jemandem gehört hatten, der nicht mehr da war; er wäre gern mit dem Wissen aufgewachsen, dass sich diese Sammlung in seiner Reichweite befand, um sie während seiner Kindheit, seiner Jugend berühren, streicheln zu können und sich so jener Mutter anzunähern, die er kaum gekannt hat. Er findet es unglaublich egoistisch, dass sein Vater diese Dinge so lange aufbewahrt hat, ohne je das Bedürfnis zu verspüren, sie ihm zu zeigen.

*E*ndlich hält er Célestines Tagebuch in den Händen. Eine Woche lang musste er betteln, sie umschmeicheln, schimpfen und drohen, doch heute endlich – an einem ihrer schlechten Tage übrigens, denn sie hat zu viel getrunken und ihn in aggressivem Ton angefaucht – hat sie ihm das Heft ins Gesicht geworfen.

»Meinetwegen, dann lies es eben! Aber du liest es hier bei mir, wehe, du haust damit ab! Und ich will deinen Roman dafür!«

Innerlich jubelnd gehorcht er.

Anfang November hat die Kälte die Rue du Bac fest im Griff. Sogar in ihrer neuen warmen Kleidung bibbert Célestine. Martin friert in seinem Parka, wenn er sie nur ansieht. Vor Aufregung bebend, lässt er sich in respektvollem Abstand zu ihr nieder und öffnet das Heft. Germinal legt sich neben seine Füße. Doch Martins Begeisterung schwindet angesichts der unleserlichen Schrift, der losen, nicht nummerierten Seiten und ganzer Passagen, die er kaum entziffern kann, weil die Seite eingerissen oder fleckig ist. Célestines Tagebuch scheint nicht mehr zu sein als eine Abfolge ungelenker, verworrener Hieroglyphen. Sie beobachtet ihn aus dem Augenwinkel, belustigt darüber, dass ihm das Lesen solche Mühe bereitet. Aber er konzentriert sich, gibt nicht auf, und nach einer Weile gewöhnt er sich an die unbeholfenen Buchstaben und beginnt die Schrift zu entschlüsseln wie ein fremdes Alphabet, das man langsam, aber sicher zu lesen lernt.

»Martin«, sagt sie mit kläglicher Stimme.

»Ja?«, antwortet er und hebt den Kopf.

»Du musst mir was versprechen.«

»Was denn?«

»Versprich mir, dass du dich nicht änderst, wenn du das gelesen hast. Da stehen Sachen drin, die wirst du nicht verstehen, aber frag mich nicht danach, denn ich werd dir nix sagen. Und anderes wird dich überraschen. Meine Geschichte ist kein zuckriger Liebesroman. Nicht alles lieb und fein. Es ist schlimmer als die widerlichsten Sachen von Zola. Also mach dich auf was gefasst!«

»Ich verspreche Ihnen, dass sich nichts ändern wird.«

Sie mustert ihn eine Weile mit finsterer Miene.

»Ach, was soll's«, ruft sie schließlich. »Geh nach Hause! Es deprimiert mich, dir dabei zuzusehen, wie du meine Lebensgeschichte liest. Komm wieder, wenn du damit durch bist.«

Martin lässt sich nicht lange bitten.

Zurück in seinem Zimmer, ordnet er die losen Seiten, so gut es geht, legt alles Unverständliche beiseite und versucht anhand der verwendeten Tinte, eine annähernd chronologische Reihenfolge zu rekonstruieren. Dann beginnt er zu lesen.

7

Célestines Tagebuch

Ihr da, die ihr an mir vorbeilauft, ich weiß genau, dass ihr mich aus dem Augenwinkel bemerkt habt, ihr tut nur alles, um mich nicht zu sehen. Warum? Weil ich stinke, weil ich eklig aussehe, weil meine Füße nackt sind, vom Frost angefressen und schwarz vor Dreck, weil meine Haare so fies sind, dass sie glänzen, und mein bettelnder, flehender Blick euch stört. Also dreht ihr eure Visage weg und geht weiter, verschanzt euch hinter euren Pelzen.

Ja, ich stinke, das ist der Gestank der Menschen, die auf der Straße leben, derjenigen, die seit Jahren kein Stück Seife mehr in der Hand hatten, die nicht mehr wissen, was ein Badezimmer ist. Riecht nur mal an den anderen Pennern, dann merkt ihr, dass wir alle gleich riechen, es ist der Geruch der Armen in den Straßen von Paris, der euch da ins Gesicht schlägt, euch, die ihr gar nicht wisst, was es heißt, nicht sauber zu sein.

Da kommt noch so ein Arschloch vorbei, Nase hoch, mit Geschenken beladen, den Spießerkörper in einem schön warmen Mantel verpackt, ich bitte ihn um eine kleine Münze, und da springt er zur Seite, als hätt ich die Pest. Verdammt!, schrei ich, verdammt, bald ist Weihnachten, was kümmert es Sie schon, wenn Sie mir eine Münze geben?

Nicht einen Fuß setz ich mehr in den Boulevard de Port-Royal, vor dieses Krankenhaus, wo ich ein totes Baby gekriegt habe, das aber trotzdem angemeldet werden musste. An meinem *fünfundzwanzigsten Geburtstag hab ich das tote Knirpschen bekommen. Er war da nicht da, hatte sich schon sechs Monate davor verdrückt. Ich wusste nicht, wie ich den Kleinen nennen sollte, hatte viel zu viel Angst, einen Namen auszusuchen, der mich dann mein Leben lang verfolgt und mich an die zwölf grauenhaften Stunden erinnert, in denen ich da schwitzend auf dem Tisch lag und etwas aus mir rauspresste, was schon tot war, bevor es überhaupt geboren wurde. Ich hab den Kleinen gesehen, ein armes blaues Würmchen, an dem auch alles dran war, aber es lebte einfach nicht.*

Sie haben mich gefragt, ob ich ihn begraben will, und ich hab Nein gesagt, was sie dann wohl mit meinem Baby gemacht haben? Was machen sie mit den Kindern, die tot auf die Welt kommen? Heute tut es mir leid, es wär schön, ans Grab meines Jungen gehen zu können, ich weiß gar nicht mehr, welchen Namen ich für ihn ausgesucht hab, und dieses Stammbuch hab ich auch längst verloren, ja, die Zeit macht's schon richtig, sie löscht alles aus auf ihrem Weg, sogar die wichtigen Sachen, sogar die Sachen, die einem das Leben schwer machen. Wie alt wär mein Kleiner jetzt? Über dreißig, ich hoffe, er hätte nichts von seinem Erzeuger geerbt, das war ein alter Lüstling, ein Weiberheld.

Im November erkundigt sich Victor Dujeu eines Dienstags im Mandarin de Jade unvermittelt bei seinem Sohn nach Alexandra.
»Was macht sie eigentlich den ganzen Tag?«, fragt er.
Martin verschlingt eine gewaltige Portion Hähnchen Chop Suey.
»Wer?«, brummt er mit vollem Mund.
»Alexandra.«
Martin schluckt den Bissen hinunter und mustert seinen Vater ironisch.
»Woher soll ich das wissen? Ich bin in der Schule.«
»Aber zum Mittagessen kommst du doch nach Hause, oder nicht?«
»Oft.«
»Und?«
»Und dann verbringe ich meine Mittagspause bestimmt nicht damit, meiner künftigen Stiefmutter hinterherzuspionieren.«
Victor Dujeu unterdrückt eine ärgerliche Regung.
»Ist sie denn üblicherweise da?«
»Üblicherweise ja. Sie telefoniert. Oder ist in eurem Zimmer.«
Ist es wirklich klug, eine Frau zu heiraten, die seine Tochter sein könnte? Victor Dujeu will in den Augen seines Umfelds nicht als ein Mann dastehen, dem Hörner aufgesetzt werden. Er betrachtet sich selbst als zu bedeutend, um eine solche Schmach zu ertragen. Ein Mann seines Formats, seines Kalibers darf nicht von einer

untreuen Verlobten lächerlich gemacht werden. Er muss Alexandra wieder auf den rechten Weg bringen, sonst wird es keine Hochzeit geben.

»Hast du Zweifel, Vater?«, fragt Martin unschuldig.

Victor Dujeu erschauert.

»Zweifel? Nein!«

»Wieso dann diese Fragen?«

»Vergiss es einfach, ja?«

Martin nickt.

Ich bin auf dem Land geboren, weit weg von jeder Stadt, weit weg von Paris. Mein Vater war Bauer, meine Mutter bekam Kinder, einen ganzen Stall voll hat sie gekriegt, und ich bin die Einzige, die überlebt hat, alle anderen hat sie nach einem Monat stocksteif in ihrer Wiege gefunden, alle, wie sie da kamen, und ab geht die Fahrt!

Meine Mutter war die Tochter eines Notars, kein Bauernmädchen, anscheinend gab es sogar Vorfahren in ihrer Familie, die waren verarmte Adlige, und sie hatte Manieren, sie hat mir gezeigt, wie man sich benimmt, und wenn mein Kerl mich schick zum Essen ausgeführt hat, dann wusste ich, welche Gabel ich nehmen musste und aus welchem Glas man trinkt, weil meine Mutter sagte immer, wenn ich mal einen Bürger heiraten sollte, müsste ich wissen, wie es geht.

Sie hatte große Hoffnungen für mich, die Arme, sie war es, die mich zum Lesen gebracht hat, sie hat in meinen Hausaufgaben die Rechtschreibung kontrolliert, eine Dame macht keine Rechtschreibfehler, das hat sie oft gesagt, und sie sagte, dass man lesen muss, weil man aus Büchern alles lernt, was man wissen muss.

Heute lese ich nicht mehr, mir fehlt der Mut dazu, und außerdem sind Bücher teuer, aber als ich noch jung war, da hab ich eine Menge gelesen, und dann hab ich angefangen, dieses Tagebuch zu schreiben. O ja, das sieht sicher komisch aus, eine Obdachlose, die schreibt! Einmal hat mich so ein Idiot gefragt, was ich da schreibe, und ich hab gesagt, ich fülle meine Steuererklärung aus.

Meine Mutter hat mir von den Kräften erzählt, als ich drei war. Statt mir abends im Bett Geschichten zu erzählen, hat sie meine Hand genommen und mir erklärt, dass ich eines Tages meine Bestimmung erkennen würde und dass sie wüsste, dass ich einmal jemanden sehr glücklich machen könnte, indem ich ihm drei Wünsche erfülle, aber das würde nur funktionieren, wenn ich für diesen Menschen eine reine, tiefe Liebe empfinde und wenn diese Liebe erwidert würde, sagte sie, und außerdem dürfte sich dieser jemand auf keinen Fall was für mich wünschen.

Als junges Mädchen glaubte ich felsenfest an die Geschichten meiner Mutter. Eines Tages hab ich versucht, meinem Kerl drei von seinen Wünschen zu erfüllen, aber es ist total in die Hose gegangen, er hat mich ausgelacht, und ich kam mir ziemlich dumm vor. Meine Mutter hat gesagt, das lag daran, dass das zwischen uns keine Liebe war, und sie hatte recht, die Ärmste, aber mit so einem Unsinn geb ich mich seitdem nicht mehr ab.

Am darauffolgenden Abend stürmt Alexandra in Martins Zimmer. Es ist acht Uhr. In einem schwarzen Kleid mit raffinierten Cut-outs, das ihren Körper perfekt in Szene setzt, erwartet sie Victor Dujeus Rückkehr aus der Kanzlei, denn sie wollen zum Essen ausgehen. Als sie so plötzlich mit zornrotem Gesicht vor ihm steht, fürchtet Martin für einen Moment, sie würde ihm mit ihren Pfennigabsätzen die Augen ausstechen.

»Du verdammtes Arschloch! Wie konntest du es wagen, deinem Vater zu sagen, was du weißt?«, kreischt sie. »Nach allem, wozu du mich gezwungen hast! Als wäre das nicht genug, damit du ein für alle Mal das Maul hältst, du kleiner Scheißer.«

»Du wirst gewöhnlich, das passt gar nicht zu dir.«

Aber sie ist nicht zu bremsen, ihre Stimme ist heiser vom Schreien, ihr Gesicht vor Wut verzerrt.

»Dein Vater will mich nicht mehr heiraten, hörst du? Er hat Zweifel, und da fragt man sich doch, wo die so plötzlich herkommen!«

»Du solltest meinen Vater nicht für einen Idioten halten.«

»Du hast es ihm gestern Abend beim Chinesen erzählt. Ich weiß, dass du es warst.«

Martin seufzt.

»Glaub mir oder lass es bleiben, aber ich habe meinem Vater nichts gesagt. Wieso hätte ich ein Arrangement beenden sollen, das ich durchaus angenehm finde? Wenn ich gewollt hätte, dass es aufhört, hätte ich die Sache direkt mit dir geklärt.«

»Wie dem auch sei, jetzt ist es zu spät. Er weiß Bescheid.«

»Hat er dich aufgefordert zu gehen?«

»Nein.«

»Dann beruhige dich. Und sag deinem Fanclub, sie sollen nicht mehr ständig hier anrufen. Kümmere dich stattdessen mehr um meinen Vater.«

»Halt mir gefälligst keine Moralpredigt, Martin. Was weiß denn so ein ungevögelter Bengel wie du schon von Beziehungen?«

Martin errötet unwillkürlich. Er hatte keine Ahnung, dass sie von seiner sexuellen Unerfahrenheit weiß.

Alexandra lächelt triumphierend. Sie richtet sich das Haar und spitzt die Ohren. Gerade ist die Wohnungstür ins Schloss gefallen.

»Ah, da kommt dein Vater. Ich muss los.«

Martin sieht ihr nach, den Blick auf den diabolischen Ansatz ihres Hinterns und die von schwarzer Seide umhüllten Beine gerichtet. Und ihm wird bewusst, dass er nicht das Geringste mehr für sie empfindet.

Ich hab oft die Straße gewechselt, aber dem Viertel hier bin ich immer treu geblieben, war höchstens kurz mal woanders. Eine Zeit lang hab ich in einem leer stehenden Haus in der Rue Sébastien Bottin gewohnt, zusammen mit Moïse, als der noch umgänglicher war, und mit Paulot, der mittlerweile gestorben ist, danach hatte ich mein Lager nicht weit von Gaspard in der Rue de Poitiers, aber wir mussten ständig umziehen, ständig auf den Beinen bleiben, weil die Bullen uns keine Ruhe ließen, und schließlich bin ich hier gelandet in diesem Tordurchgang, den keiner mehr benutzt und wo mich keiner stört, außer wenn sie mich mitnehmen, weil ich mich hab volllaufen lassen. Aber ich komme immer hierher zurück.

Ich hab die Gegend nie verlassen, weil sie mich an meine Jugend erinnert, als ich gerade frisch vom Land gekommen war, um hier mein Glück zu suchen, gefunden hab ich ja nicht viel davon, aber ich bedaure nichts. Nein, das stimmt nicht, ich bedaure, dass dieses Baby gestorben ist, ich glaube, wenn mein Kleiner noch leben würde, säß ich jetzt nicht hier in der Rue du Bac und würde betteln, eine Mutter hat Verpflichtungen, und ich hätte eine gute Mutter sein wollen, eine anständige Großmutter, so alt, wie ich mittlerweile bin.

Ich beneide die schicken jungen Damen, die hier mit ihrem Buggy vorbeilaufen, da guckt dann ein kleines Gesichtchen raus, mit flaumigem Kükenhaar und zum Anbeißen süßem kleinem Näschen, ich sag den Kleinen immer Hallo, und einer ist dabei, so ein kleiner Blonder mit einem langen, blassen Gesicht und blauen Augen, stolz wie ein kleiner König, auch wenn er noch keine zwei Jahre alt sein kann, das ist mein kleiner Liebling. Jeden Morgen bringt seine Maman ihn in die Krippe in der Rue Chomel, und weil ich sitze, ist er in seinem Buggy auf gleicher Höhe wie ich, und jedes Mal streckt er sein kleines Händchen nach mir aus, aber ich trau mich nicht, es anzufassen, weil meine Hand doch so dreckig ist, und er lächelt mich an wie ein Herzchen, ein kleiner Engel, sein Lächeln ist der Sonnenstrahl meines Tages.

Seine Mutter ist gar nicht so übel, einmal hat sie mir im Winter, als es eiskalt war und ich meine Füße nicht mehr spürte, ein Paar Schuhe von sich gegeben, die sie nicht mehr anzieht. Und mitten in der Nacht, als ich fast erfroren wär, da wollte ich sie anziehen, aber keine Chance, ich hab Schuhgröße 41, die Treter von ihrem Mann hätt ich brauchen können, nicht die ihren.

»Sie haben immer noch nichts zu meinem Roman gesagt.«

Ende November, das Wetter ist kalt und ungemütlich. Martin sitzt neben Célestine, deren Husten immer schlimmer wird.

»Du bist ja lustig! So 'n dicker Schmöker. Ich hab abends keine Nachttischlampe, die Straßenlaterne reicht nicht bis zu mir.«

»Gefällt er Ihnen?«

»Das sag ich dir, wenn ich ausgelesen hab. Ich bin erst auf Seite hundertsiebenundzwanzig.«

»Wollen Sie gar nicht wissen, was ich von Ihrem Tagebuch halte? Ich bin fast durch damit.«

»Ist mir doch schnurz, was du davon hältst. Du hast mich so lange getriezt, bis ich es dir gegeben hab. Ich schreib nicht, damit mein Zeug veröffentlicht wird.«

»Ich finde es sehr interessant.«

Sie errötet leicht vor Freude.

»Ah ja?«

»Ich finde, Sie schreiben gut. Es ist sehr lebendig. Und Sie machen überhaupt keine Rechtschreibfehler.«

»Nur weil man auf der Straße lebt und keinen lumpigen Franc in der Tasche hat, heißt das doch nicht, dass man nix anderes mehr hinkriegt außer zu betteln.«

»Ich habe nie das Gegenteil behauptet.«

Ein Schauer durchläuft Célestines Körper, dann bekommt sie

einen Hustenanfall. Ihr Gesicht ist fahl und wirkt eingefallener als sonst, nur in ihren schwarzen Augen scheint noch ein letzter, schwacher Glanz übrig zu sein. Martin kommt es so vor, als würde sie Stück für Stück verlöschen, als würde ihre Haut unter den Schmutzablagerungen immer blasser, als würde sie sich eines Tages einfach auflösen und für immer verschwinden. Um seine Sorgen zu zerstreuen, sagt er sich, dass sie wohl älter sein muss, als er vermutet hat. Er mustert sie verstohlen. Heute Morgen wirkt sie schwach, verletzlich, als sei ihre kräftige, maskuline Gestalt in sich zusammengesunken. Sie sieht ganz klein aus, irgendwie geschrumpft.

»Was guckst du so? Willst du 'n Foto?«

Martin errötet genauso wie einst Kerstin.

»Ich finde, Sie sehen ein bisschen müde aus.«

Célestine lächelt bitter.

»Ich seh nicht so aus, Herzchen, ich bin's.«

Dann zuckt sie mit den Schultern.

»Was willst du, ich komm so langsam in die Jahre. Ich bin nicht mehr in Form, ich werd alt, und ich will dir was sagen: Ich bin's leid, ich hab keine Lust mehr, die Leute anzubetteln, Hinz und Kunz um Geld zu bitten. Manchmal denk ich, ich sollte einfach sterben. Ich bin alt genug, um übern Jordan zu gehen. Und vielleicht ist die Zeit dafür jetzt gekommen.«

So redet sie vor sich hin und wiegt dabei den Kopf hin und her.

Martin hört kaum zu. Plötzlich dreht er sich so abrupt zu ihr um, dass Germinal hochschreckt.

»Sagen Sie, Célestine, wollen Sie nicht mit zu mir kommen?«

»Zu dir? Drehst du jetzt komplett durch?«

»Hätten Sie keine Lust, mal ein heißes Bad zu nehmen?«

»Ein Bad?«, wiederholt sie fassungslos.

»Ich würde Ihnen was Leckeres zu essen kochen, und Sie könnten heute Nacht im Gästezimmer schlafen, in einem richtigen Bett.«

»Ich soll bei dir übernachten?«

»Was halten Sie davon? Ist das nicht eine fantastische Idee? Das wird Ihre Laune garantiert bessern! So bringen wir Sie wieder auf die Beine, glauben Sie nicht?«

Martin ist dermaßen begeistert von seinem Vorschlag, dass er zu stottern beginnt. Célestine starrt ihn mit weit aufgerissenen Augen an. So außer sich hat sie ihn noch nie erlebt.

Er ist bereits aufgesprungen und zieht sie fieberhaft hoch. Von der Aufregung seines Herrchens angesteckt, springt Germinal laut bellend herum wie ein junger Welpe.

»Kommen Sie schon, Célestine«, trällert Martin ungeduldig. »Na los, geben Sie sich einen Ruck! Was glauben Sie, wie hübsch Sie danach wieder aussehen werden?«

»Und was ist mit deinem Alten? Was sagt der denn, wenn er mich sieht?«

»Er ist nicht da!« Martin schreit beinahe. »Sie sind übers Wochenende weggefahren und kommen erst morgen früh zurück.«

Célestine kann dem Gedanken an ein heißes Bad, ein warmes Abendessen und ein richtiges Bett nicht länger widerstehen.

Von Martins ausgelassener Freude mitgerissen, versucht sie sich ebenfalls an einer Pirouette, dreht sich im Kreis und applaudiert sich mit einem lauten Auflachen selbst.

»Dann los, Herzchen! Wir nisten uns bei deinem Alten ein und schlagen uns die Bäuche voll! Ab geht die Post!«

Als der Gemüsehändler sie vorbeigehen sieht, wundert er sich über ihre Fröhlichkeit. Erstaunt stellt er fest, dass der sonst so zurückhaltende Martin aus voller Kehle singt, und amüsiert blickt er dem Beagle nach, der stolz in Richtung Rue de Babylone vorausmarschiert.

Es gibt nicht gerade viele obdachlose Frauen, und ich bin ziemlich stolz darauf, eine von den wenigen zu sein, genauso wie ich stolz darauf bin, dass mich alle du Bac nennen.

Ich hab diese Gegend schon immer gern gemocht, vor allem mein eigenes Quartier, das von vier Straßen begrenzt wird: im Norden der Quai Anatole France, im Westen die Rue de Bellechasse, die zur Rue Vaneau wird, im Osten die Rue du Bac und im Süden die Rue de Babylone. Das ist mein Reich, hier bin ich Königin, weil ich die einzige Obdachlose bin, hier respektiert man mich, besser gesagt, die anderen Clochards respektieren mich, weil ich die einzige Frau bin. Die feinen Pinkel, die sehen mich nicht mal, denen ist egal, ob da eine Frau bettelt oder ein Mann, für die ist ein Penner doch nichts anderes als ein Hundehaufen, um den man herumlaufen muss, aufpassen, dass man nicht drauftritt, das war's.

Meine einzige Rivalin wohnt an der Ecke Rue Dufour und Rue Princesse, das ist zum Glück nicht mehr mein Revier, die ist noch dreckiger als ich, ekelhaft, die stinkt, und ihr Gesicht ist rot und verquollen vom Saufen. Natürlich nennen sie alle Prinzessin, wegen der Rue Princesse, aber so eine widerliche Prinzessin ist das, pinkelt im Stehen wie ein Kerl, während ich mich zwischen zwei Autos hocke und dafür sorge, dass mich keiner sieht, außerdem isst sie jeden Dreck, die hat kein Benehmen, keine Manieren, sie starrt vor Schmutz, ich bin auch schmutzig, das stimmt, aber ich zeige es nicht so wie sie, verglichen mit der dufte ich wie eine Rose.

Ich war immer diskret, außer wenn ich einen im Tee hab, aber meistens verkrieche ich mich in meinem Durchgang, da halte ich mich versteckt und komm nur raus, um rumzubrüllen und die Leute zu nerven, die mir keine Kohle geben.

Manche fragen mich, warum suchen Sie sich keinen Job, warum arbeiten Sie nicht? Denen lach ich gerade mal ins Gesicht, was kann ich denn schon, außer den Haushalt zu machen, und wer würde mich als Putzfrau einstellen wollen, so wie ich jetzt aussehe? Zum Scheuern, Schrubben, Wischen, Bügeln und Wäschewaschen muss man jung und robust sein, man braucht einen starken Rücken, man braucht Kraft, das muss man erst mal können! Ich bin ein altes Wrack, das nie genug zu essen kriegt, wenn mir jemand einen Staubsauger in die Hand drückt, fall ich doch glatt in Ohnmacht.

Und warum kaufen Sie Alkohol, fragen sie mich dann, warum holen Sie sich von dem Geld, das wir Ihnen geben, nicht etwas zu essen? Warum ich billigen Wein und Kippen kaufe?, antworte ich diesen Idioten. Ganz einfach, weil mir das dabei hilft, die Zeit rumzukriegen, weil es die Tage kürzer macht, die Nächte weniger lang, den Winter weniger kalt und den Sommer weniger heiß, ihr geht ja auch ins Kino, auf Partys oder ins Restaurant, um euch abzulenken, ihr habt die Glotze zu Hause, aber wir haben nichts von all dem, wir können nur zusehen, wie ihr mit euren blöden Visagen an uns vorbeistolziert, immer wieder, hin und her, also knallen wir uns die Birne zu und schleppen uns zu der Brücke da hinten, wo es im Winter Suppe gibt, das ist unsere Art, uns zu amüsieren, jeder, wie er kann, und euch geht es einen Scheißdreck an, was wir tun.

Ich hätte mir auch ein Viertel aussuchen können, wo die Leute nicht so gut bei Kasse sind, ich hätte da betteln gehen können, wo es wirklich eklig ist und richtig dreckig, aber trotz dieser knauserigen Snobs, je mehr man hat, desto weniger gibt man, das weiß ja jeder, trotz dieser Geizhälse mag ich die Gegend, ich finde, sie hat eine Seele, sie lebt. Ich seh gern die Kinder vorbeigehen auf ihrem Weg zur Schule in der Rue de Grenelle, ich mag die Schaufenster, vor allem in der Weihnachtszeit!

Oh, vor dem vom Bon Marché könnte ich stundenlang stehen bleiben, aber da gibt es so einen miesen Typen in Uniform, eine Art Wärter, der uns wegjagt, sicher weil wir die Kundschaft stören, die da ihre Kohle verprasst, die kriegen ein schlechtes Gewissen, wenn sie mit Geschenken beladen da rauskommen und einen Obdachlosen sehen, da traut man sich gar nicht hinzusehen, also gehen sie weiter, tun so, als sähen sie nichts, und denken sich, mein Gott, der Arme, steht da in der Kälte, dabei ist morgen Weihnachten, und alle stopfen sich mit Truthahn, Bûche und Pralinen voll, ich seh ihnen an, dass sie das denken, und es gibt nicht viele, die stehen bleiben und einem eine Münze geben, nur die Kinder kommen heimlich und legen ihr Taschengeld in unsere alten, schmutzigen Hände, aber das Geld, das Geld der Kleinen, das kann ich nicht nehmen, das will ich nicht nehmen.

Célestine ist schon so lange im Bad, dass Martin besorgt an der Tür horcht, um sich zu vergewissern, dass alles in Ordnung ist. Er hört Wasser laufen und eine Stimme, die leise ein Wiegenlied singt.
»Ist alles okay, Célestine?«, ruft er scheu.
Das Wiegenlied bricht ab.
»Ich schaff's hier nicht mehr raus. Das ist das Paradies. Sag deinem Alten, dass ich für den Rest meines Lebens in seiner Wanne liegen will.«
»Ich mache gerade Abendessen. Mögen Sie Spaghetti Carbonara?«
»Was?«
»Nudeln?«
»Ich mag alles!«
Und das Wiegenlied setzt wieder ein.
Auf Zehenspitzen schleicht Martin davon.

Da streift so ein junger Kerl um mich rum, ich weiß nicht, was er von mir will, ständig beobachtet er mich, und das geht mir auf die Nerven. Ich seh den schon ewig hier durchs Viertel laufen. Mit zehn war er schon riesengroß, blind wie ein Maulwurf und irgendwie unbeholfen. Ich weiß, dass er Martin heißt, hab oft genug gehört, wie sein Vater oder sein Kumpel ihn so genannt haben, aber seine Mutter habe ich noch nie gesehen.

    Sein Vater heißt Dujeu, ein langer Trottel ist das, hält sich für Casanova, er hat mir noch nie einen lumpigen Franc gegeben, und der Junge, der hat den Kopf in den Wolken, es hat ewig gedauert, bis der mich bemerkt hat, als er mal in meinen Durchgang gekommen ist, um sich vor dem Regen unterzustellen.

    Ich weiß nicht, was der kleine Schnösel will, er steckt mir Scheine zu, aber vor allem redet er mit mir, er redet wirklich mit mir, wie mit einem menschlichen Wesen, respektvoll und freundlich, und außerdem siezt er mich, als wär ich eine feine Dame, so was ist mir schon lange nicht mehr passiert.

    Ich bin es gewohnt, dass die Leute mich wie einen Hund behandeln, weil ich auf der Straße lebe. Einmal, das ist schon lange her, da hat eine nette Dame versucht, mit mir zu reden, mir zu helfen, ich hielt mich seit zwanzig Jahren, seit dem Tod meines Jungen, mit Putzstellen über Wasser, aber es war *ziemlich schwierig, immer wieder wurde ich wegen derselben Geschichte rausgeworfen, weil ich soff, ich konnte einfach nicht bei den Leuten putzen, ohne nachzusehen, was sie in ihrer Bar hatten, und das kippte ich mir dann hinter die Binde, ich trank alles, Gin, sogar Champagner, Wodka, Whisky, Wein, Bier, Cidre, dann fanden sie mich stockbesoffen auf dem Parkett liegen und setzten mich mit einem Arschtritt vor die Tür.*

Die nette Frau meinte, ich müsste Vertrauen zu mir haben, ja, ich müsste neuen Mut fassen, aber ich war zu jung, um auf sie zu hören, es war zu spät, in mir brodelte eine Art Hass auf die ganze Welt, auf das Leben, auf alles, dreimal hab ich versucht, mir das Licht auszuknipsen, dreimal hab ich es vermasselt und bin im Krankenhaus mit einem Tropf im Arm wieder aufgewacht, sie haben versucht, mich vom Alkohol wegzubringen, diese Sozialarbeiterin, die glaubte, sie wüsste alles, dabei hatte sie überhaupt keine Ahnung, dieser Angeber von einem Psychologen mit seinem Kauderwelsch, das er sich sonst wohin stecken kann, und der Pfarrer, der mich mit Jesus Christus verkuppeln wollte, aber ich war ein hoffnungsloser Fall, mir konnte keiner mehr helfen, da hat die Straße die Arme nach mir ausgestreckt, und ich hab die miesen kleinen Jobs hingeschmissen, die schäbigen Zimmer, für deren Miete ich mir jeden Monat den Arsch aufgerissen hab, diese beschissenen Konventionen, die mich gezwungen haben, mich jeden Morgen anzuziehen, um genauso auszusehen wie alle anderen.

Und nachdem ich mich zwanzig Jahre lang krumm und bucklig geschuftet hatte, nur Enttäuschungen erlebt hatte, da hab ich mich mit vierzig endlich selbst gefunden, ich bin Titine du Bac geworden, frei, frei wie der Wind, und hört mir nur gut zu, ihr da draußen, die ihr mit euren Taschen voller Fressalien vorbeilauft, mit euren Ringen an den Fingern und euren Perlen am Hals, ihr, die ihr immer genug essen könnt und jeden Abend in einem Bett schlaft, ihr mit eurem feinen, sauberen kleinen Leben, ihr, die ihr euch aus Angst vor eurem Chef in die Hosen macht, ich brauch keine Steuern zu zahlen, ich geh nicht wählen, ich zahl keine Beiträge, ich krieg nicht mal Arbeitslosengeld, ich will von keinem was, ich hab keine Sozialversicherungsnummer mehr, ich bin keinem was schuldig, das Land geht auch ohne mich voran, ich bleibe für mich, ich gehöre zu einer anderen Spezies, einer freien Spezies, der eure Zwänge am Arsch vorbeigehen, aber diese Freiheit hat ihren Preis, und das lerne ich jeden Tag wieder neu.

Im ersten Moment erkennt er die Frau im Frotteebademantel, die gerade die Küche betreten hat, nicht wieder. Das frisch gewaschene lange graue Haar fällt ihr seidig glänzend über die Schultern, von seiner üblichen Schmutzschicht befreit, wirkt ihr Gesicht verjüngt, die rosig gerubbelte Haut kann endlich wieder atmen, und selbst ihre Falten scheinen sich geglättet zu haben.

»Was, Martin Dujeu, erkennst du deine alte Freundin nicht mehr?«

Sie fährt sich mit einer Hand durch das gezähmte Haar und dreht sich im Kreis.

»Meine Güte, wenn die anderen mich so sehen könnten ... Mich würd keiner von der Bettkante schubsen, was? Ich wär der Hit! Du hättest mal das Badewasser sehen sollen, als ich rausgekommen bin. Das kannst du dir nicht vorstellen.«

»Sie sind schön«, sagt Martin leise.

»Ach was, übertreib mal nicht, gib mir lieber was zu trinken. Ich verdurste.«

Er reicht ihr ein Glas Wasser.

Sie nimmt es, trinkt es in einem Zug aus und sieht ihm geradewegs in die Augen.

»Da bist du platt, was?«

»Ja, schon.«

»Dachtest du, ich wär sauer, weil du mir Wasser gibst?«

»Für einen Moment, ja.«

»Siehst du, ich mache Fortschritte.«

Martin sieht ihr zu, wie sie sich ein weiteres Glas einschenkt, verblüfft von ihrem neuen Gesicht, in dem er die Spuren einer vergangenen Schönheit erkennt, jener Schönheit, die sie mit achtzehn Jahren besessen haben muss und die eigentlich gar nicht so weit weg ist.

Während des Essens ist er mehrmals versucht, sie auf das anzusprechen, was er in ihrem Tagebuch gelesen hat, aber jedes Mal, wenn er den Mund öffnet, sieht er in ihren Augen ein stummes Flehen, als wüsste sie, woran er denkt, und bäte ihn, kein Wort zu sagen. Also wagt er es nicht, und ihr festliches Mahl verläuft ruhig, beinahe stumm. Beeindruckt von dem mit alten Gemälden und Stichen ausgestatteten Esszimmer und den imposanten Ausmaßen der warmen, luxuriösen Wohnung, schweigt Célestine ebenfalls und bemüht sich, ihren Appetit zu zügeln und diskret zu essen.

Als sie gegen zehn Uhr mit dem Essen fertig sind, setzen sie sich ins Wohnzimmer, und Martin zündet im Kamin ein Feuer an. Erschlafft von dem heißen Bad und der üppigen Mahlzeit, dämmert Célestine auf dem Sofa allmählich ein und fragt sich zugleich, wie sie den Mut aufbringen soll, sich erneut der Kälte zu stellen, dem Schmutz und dem Hunger, wie sie es schaffen soll, wieder draußen auf der Straße zu leben.

Martin sieht zu, wie sie im Schein der Flammen einschläft. Er errät ihre Gedanken und ist froh darüber, ihr diese Momente des Glücks geschenkt zu haben. Könnte er sie nicht jedes Mal einladen, wenn sein Vater und Alexandra wegfahren? Das wäre eine geschickte Möglichkeit, Célestine während des Winters im Warmen zu halten. Praktischerweise ist sein Vater häufig auf Geschäftsreisen oder fährt mit seiner Verlobten übers Wochenende weg. Diese Gelegenheiten muss er nutzen, um Célestine in die Wohnung zu holen, ihr etwas zu essen zu geben und sie bei sich übernachten zu lassen. Ihre Verwandlung ist derart spektakulär, ihr Glück so offensichtlich, dass er sich nur zu seinem Einfall gratulieren kann und diese Aktion wiederholen möchte.

Auch Martin ist, vom sanften Knistern der Flammen gewiegt, schließlich eingedöst. Das Geräusch des Schlüssels in der Tür, die Stimmen von Alexandra und seinem Vater, die früher als erwartet zurückgekehrt sind, dringen nur undeutlich in seinen Halbschlaf, und er schreckt abrupt hoch, als sie das Wohnzimmer betreten.

Célestine schläft tief und fest. Victor Dujeu steht vor ihr und betrachtet sie.

»Was ist das denn?«, brummt er und deutet mit dem Finger auf Célestine.

Martin spürt, wie Zorn in ihm aufsteigt.

»*Das*«, sagt er und imitiert den Tonfall seines Vaters, »ist Célestine du Bac. Ich habe sie zum Essen eingeladen.«

Alexandras Schrei weckt Célestine schließlich auf.

»Das ist ja die alte Pennerin! Und sie trägt meinen Bademantel! Victor, tu etwas!«

Célestine hat sich aufgerichtet und reibt sich die Augen. Sie begreift nicht, wo sie ist. Beim Anblick ihres faltigen, verwirrten Gesichts zieht sich Martins Herz zusammen.

»Vater ...«, setzt er an.

Victor Dujeu unterbricht ihn mit einer drohenden Handbewegung.

»Holen Sie Ihre Sachen, ziehen Sie sich an, und verlassen Sie meine Wohnung!«, befiehlt er Célestine.

»Und geben Sie mir meinen Morgenmantel zurück!«, kreischt Alexandra.

Müde, aber würdevoll steht Célestine auf und verschwindet im Flur.

»Vater ...«, versucht es Martin aufs Neue.

»Sei still!«, braust Victor Dujeu auf. »Bist du völlig verrückt geworden, eine Obdachlose hier reinzulassen? Ist dir nicht klar, welche Kunstwerke in dieser Wohnung hängen? Leuten wie dieser Frau entgeht nichts, sie sehen alles, und später kommen sie wieder, um zu stehlen.«

»Sie ist eine Freundin«, sagt Martin und bemüht sich, ruhig zu bleiben. »Ich habe sie eingeladen, hier zu essen und ein Bad zu nehmen.«

»Ein Bad?«, ächzt Alexandra. »Sie hat ein Bad genommen? Das ist ja grauenhaft! Das ist nicht möglich!«

Martins Zorn schwillt an wie in einer langsam aufsteigenden Kurve.

»Falls ihr es nicht bemerkt haben solltet, draußen sind es zwei Grad über null. Célestine ist krank, sie hustet die ganze Zeit, sie ist deprimiert. Ich wollte sie ein bisschen aufmuntern, indem ich ihr angeboten habe, zu baden, etwas zu essen und heute Nacht hier zu schlafen.«

»Das kommt nicht infrage«, zischt Victor Dujeu.

»Vater, ich bitte dich, nur heute Nacht, damit sie sich ein bisschen erholen kann …«

»Martin, du gehst zu weit!«

»Kannst du nicht ein einziges Mal weniger egoistisch sein und auch mal an die denken, die nichts besitzen, während du alles hast?«

»Jetzt hält er dir auch noch eine Moralpredigt!«, kommentiert Alexandra hämisch.

»Martin, halt den Mund und geh in dein Zimmer.«

»Vater, ich bitte dich ein letztes Mal, lass sie heute Nacht hierbleiben. Ich ertrage den Gedanken nicht, dass sie bei der Kälte draußen auf der Straße schlafen soll.«

»Lass gut sein, Herzchen.«

Er sieht, dass Célestine angezogen neben der Wohnungstür steht.

Mit flehender Miene dreht er sich zu seinem Vater um. Doch dieser zeigt keine Regung, mit verschränkten Armen mustert er ihn kühl.

»Wie du willst«, lässt Martin daraufhin seiner Wut und Enttäuschung freien Lauf. »Dann begleite ich Célestine eben und schlafe bei ihr in der Rue du Bac.«

Er öffnet die Tür.

Aufgebracht packt sein Vater ihn beim Arm.

»Du bleibst hier, Martin, und du beruhigst dich gefälligst.«

»Fass mich nicht an!«, schreit Martin. »Wehe, du fasst mich an!«

Außer sich vor Zorn versucht Victor, ihn zu ohrfeigen, doch stattdessen trifft ihn ein kräftiger Stoß vor die Brust und schleudert ihn gegen die Wand. Vor Schmerz verzieht er das Gesicht. Alexandra schreit entsetzt auf. Einen kurzen Moment fürchtet Martin, er habe seinen Vater verletzt, doch dann gewinnt seine Wut wieder die Oberhand.

Victor Dujeu erkennt, dass er verloren hat, zumindest was die körperliche Auseinandersetzung angeht, und so versucht er es mit einer neuen Taktik.

»Martin, bitte, du kannst nicht draußen übernachten, sei doch vernünftig, es ist eiskalt.«

Martin nimmt Célestines Arm und führt sie zur Treppe.

»Eiskalt!«, wiederholt er in schneidendem Ton. »Ja, Vater, da hast du recht.«

»Du dämlicher Idiot!«, ruft Victor Dujeu, rot vor Wut. »Dann schlaf doch bei deiner Pennerin. Keine fünf Minuten hältst du es da draußen aus! Vergiss nicht, wo du herkommst, Martin, du bist ein junger Mann aus gutem Haus, du hast keine Ahnung von Armut und vom Leben auf der Straße. Ich gebe dir fünf Minuten, dann kommst du wieder angekrochen!«

Die Wohnungstür schlägt zu.

Unten angekommen, wendet sich Martin, verwundert über

Célestines Schweigen, der alten Frau zu. Verblüfft sieht er, dass ihr Tränen übers Gesicht laufen.

»Sind Sie traurig, weil Sie nicht oben in der Wohnung übernachten können? Das bin ich auch, glauben Sie mir, und ich verspreche Ihnen, ich finde eine Lösung.«

Endlich bringt sie wieder ein Wort heraus.

»Ach, Quatsch, das ist es nicht. Ist mir doch egal, dass ich nicht bei dir pennen kann.«

»Was ist es dann?«

»Du bist ein guter Junge, Martin Dujeu«, sagt sie schluchzend. »Dein Vater ist ein richtiges Arschloch, aber du, du bist ein Geschenk des Himmels, dich haben die Engel geschickt.«

Martin Dujeu verbringt seine erste Nacht auf der Straße starr vor Kälte, aber glücklich und stolz, weil er sich gegen seinen Vater behauptet hat. Victor Dujeu hingegen macht kaum ein Auge zu; davon überzeugt, dass Martin früher oder später zurückkommen wird, horcht er auf das Geräusch der Wohnungstür. Doch Martin kommt nicht, und als Victor Dujeu um fünf Uhr morgens auf dem Küchenthermometer sieht, dass draußen null Grad herrschen, schämt er sich dafür, dass er die alte Frau hinausgeworfen hat. Er fragt sich, wie er die Achtung seines Sohnes zurückgewinnen soll. Und dann wird ihm klar, dass er sie womöglich nie besessen hat.

Diese durchwachte Nacht Ende November brennt sich auch deshalb so unangenehm in Victors Gedächtnis ein, weil er zum ersten Mal nicht in der Lage ist, mit Alexandra zu schlafen.

8

Das Krankenhaus

Die Begegnung zwischen Oscar Duval und Célestine du Bac war ein Misserfolg. Martin bedauert, die beiden einander vorgestellt zu haben. An jenem Tag war Célestine deprimiert, sie hat kaum gelächelt, und Oscar hat sich arrogant und versnobt aufgeführt. Martin ist traurig über diesen Fehlschlag, und nun muss er auch noch die Spötteleien ertragen, die er von beiden Seiten zu hören bekommt.

Célestine lästert über Oscars geringe Größe, geradezu »grotesk« sei er »mit seinem dicken Kopf«.

»Die sieht ja aus wie eine Hexe«, höhnt dagegen Oscar. »Was findest du bloß an der alten Schabracke?«

Und gleich darauf wieder Célestine: »Was für 'n kleiner Trottel, der glaubt wohl, er hätte die Weisheit mit Löffeln gefressen. Dabei hat der überhaupt keine Ahnung!«

Seit dem Vorfall Ende November betrachtet Victor Dujeu die Freundschaft seines Sohnes zu Célestine mit Argwohn. Martin ist nach Hause zurückgekehrt, aber er redet nur noch mit seinem Vater, wenn es sich absolut nicht vermeiden lässt. Das macht die dienstäglichen Abendessen im Mandarin de Jade so unangenehm und still, dass Victor Dujeu Alexandra gebeten hat, sich ihnen anzuschließen, denn er erträgt es nicht mehr, einem Sohn gegenüberzusitzen, der den Mund nur noch zum Essen öffnet. Hocherfreut über diese Gelegenheit, Victor einen Gefallen zu tun, rekelt sich

Alexandra seitdem jeden Dienstagabend lasziv auf ihrem Stuhl, interessiert beäugt vom Besitzer des Lokals, der so etwas in seinem ehrenwerten Haus noch nicht erlebt hat.

Célestine hat Martin seinen Roman bisher nicht zurückgegeben. Inzwischen ist es mehr als anderthalb Monate her, seit er ihn ihr überlassen hat. Er wagt nicht, sie darauf anzusprechen, vermutet, dass sie nur mühsam und langsam liest, und will sie nicht drängen. Aber er braucht sein Manuskript – sein einziges Exemplar –, um weiterarbeiten zu können. Er kann unmöglich den Faden seiner Geschichte wiederaufnehmen, ohne noch einmal nachzulesen, was er bereits geschrieben hat. Die Tage werden ihm lang, und um sich abzulenken, konzentriert er sich stattdessen auf seine Hausaufgaben, geht häufiger als üblich mit seinem Hund spazieren, verbringt viel Zeit mit Célestine und geht früh ins Bett.

Die erste Dezemberwoche neigt sich dem Ende zu. Die Rue du Bac ist festlich geschmückt, zum hellen Entzücken der Kinder, die fasziniert die Lichterketten und funkelnden Schaufenster bestaunen. Martin hingegen hasst Weihnachten, weil seine Mutter kurz vor den Feiertagen ums Leben gekommen ist; die Zeit der Tannenbäume, der Geschenkpäckchen und der Weihnachtsmänner ist für ihn untrennbar mit ihrem Tod verbunden. Aus dem gleichen Grund hegt auch Victor Dujeu eine Aversion gegen die Festtage, und deshalb wird in der Rue du Bac weder Weihnachten noch Silvester gefeiert. Als Kind besuchte Martin seine Tante Mathilde, wo es einen Weihnachtsbaum gab, ein Festessen und eine Flut von

Geschenken, aber seit er alt genug ist, selbst zu entscheiden, zieht er es vor, zu Hause zu bleiben.

Vor allem der 23. Dezember ist für beide ein schwerer Tag, denn an diesem Datum jährt sich Kerstins Tod. Jedes Jahr gehen Martin und Victor an diesem Tag in die Basilika Sainte-Clotilde in der Rue Casimir Périer, wo Kerstin und Victor geheiratet haben, wo Martin getauft worden ist und wo Victor für sie an ihrem ersten Todestag eine Messe hat lesen lassen. Sie bleiben dort gerade lange genug, um eine Kerze anzuzünden, und Jahr für Jahr sieht Martin im Schein des Wachslichts Tränen in den Augenwinkeln seines Vaters. Martin weint nie in der Kirche. Er bleibt äußerlich unbewegt und steht stocksteif da, während der Rücken seines Vaters vor Gram gebeugt ist.

Erst später, allein in seinem Zimmer, weint er, und jedes Jahr scheint ihm, als sei der Schmerz größer als zuvor, als verschlimmere die Zeit seinen Kummer noch, anstatt ihn zu lindern. Das Gleiche empfindet er beim Blick auf das Foto, das er in Kerstins Handtasche gefunden hat, jenes Foto, das er so oft betrachtet hat, dass er es inzwischen nicht mehr ansehen kann, weil es so wehtut, vor allem je näher der 23. Dezember rückt.

Kerstin lächelt auf diesem Bild, genau wie der kleine Martin, dessen Haar so hellblond ist, dass es weiß erscheint, und der das Gesicht seiner Mutter mit seinen kleinen Patschhändchen umfängt. Martin betrachtet seine inzwischen so groß gewordenen Hände und versteht nicht, wie es sein kann, dass sie Kerstins Gesicht berührt haben und sich nicht mehr daran erinnern, wieso die Tastnerven an seinen Fingerspitzen keinerlei Erinnerung daran bewahrt haben, wie sich ihre Haut anfühlte.

Jedes Jahr im Dezember ruft Victor Dujeu Familie Sandström in Schweden an, immer lange vor dem unheilvollen Datum, sodass er nicht darüber zu reden braucht und gezwungen ist, die verstreichenden Jahre zu zählen. Man wünscht sich auf Englisch frohe

Weihnachten und alles Gute für das kommende Jahr, und Martin kommt ans Telefon und spricht mit seinen Großeltern, wobei er die wenigen schwedischen Wörter benutzt, die er kennt. Die Sandströms haben den Tod ihrer Tochter nie verwunden, tragen ihr Unglück jedoch mit Mut und Würde. Victor Dujeu vermutet, dass sie ihn indirekt für Kerstins Tod verantwortlich machen. Wenn sich ihre einzige Tochter während ihres Aufenthalts in Paris nicht in diesen jungen Anwalt verliebt hätte, wäre sie nach Schweden zurückgekehrt; dann würde sie heute noch leben, wäre mit einem Jungen aus der Gegend verheiratet und hätte viele Kinder.

In diesem Jahr sagt Anders Sandström seinem Enkel, dass er ihn gern wiedersehen möchte. Sein letzter Besuch liegt bereits drei oder vier Jahre zurück. Martin verspricht, so bald wie möglich zu kommen. Während er mit seiner Großmutter telefoniert, ruht sein Blick auf seinem Vater, der am Fenster des Arbeitszimmers steht und gedankenverloren auf den Jardin de Babylone und die wuselnde Kinderschar im Park hinabblickt. In der Hand hält er einen von Kerstins Löwen.

Martin hat das kleine Adressbuch, das er in der Kelly Bag seiner Mutter gefunden hat, ausgiebig studiert. Er kennt seinen Inhalt mittlerweile auswendig, genau wie er die runde, noch ein wenig kindliche Schrift jederzeit wiedererkennen würde.

Die Einträge faszinieren ihn. Wer sind diese Menschen, von denen ihm nur wenige Namen geläufig sind? Freunde, Bekannte, Flirts, frühere Liebhaber? Die meisten Adressen sind in Schweden. Martin findet nur drei Anschriften in Paris: Mélanie Ponsard, Rue Médéric 22, Alexis Joly, Rue du Mont Thabor 49, und einen Gynäkologen, der seine Mutter entbunden haben muss, denn Martin erkennt den Namen, Doktor Tourneur aus dem Krankenhaus Saint-Louis, wo er geboren wurde.

Plötzlich verspürt er den Drang, eine dieser Pariser Nummern zu wählen und der Stimme, die sich am anderen Ende der Leitung meldet, zu sagen: »Hallo, ich heiße Martin Dujeu, ich bin der Sohn von Kerstin Dujeu. Waren Sie mit ihr befreundet? Könnten Sie mir von ihr erzählen?« Würde man ihn für verrückt halten?

Nach sechzehn Jahren wohnen Mélanie Ponsard und Alexis Joly gewiss nicht mehr an derselben Adresse, es lohnt sich nicht, dort anzurufen. Und Doktor Tourneur muss so viele Frauen entbunden haben, dass es verwunderlich wäre, wenn er sich an eine Madame Dujeu erinnern würde, Mutter eines Martin Erik, dreitausendsiebenhundert Gramm schwer, der am 18. März vor achtzehn Jahren zur Welt gekommen ist.

Mit dem Adressbüchlein in der Hand gibt sich Martin seinen Träumereien hin, malt sich unerwartete Gespräche und überraschende Begegnungen aus. Mélanie Ponsard etwa würde rufen: »Kerstin Dujeu! Sie sind der Sohn von Kerstin Dujeu? Ich war eine gute Freundin Ihrer Mutter. Besuchen Sie mich doch heute Abend um sieben und trinken Sie etwas mir. Ich wohne gegenüber der Schwedischen Kirche, da habe ich Ihre Mutter übrigens auch kennengelernt.«

Alexis Joly, der, dem langen Schweigen, das auf Martins Erklärung, wer er sei, folgen würde, zweifellos in Kerstin verliebt gewesen war, würde leise sagen: »Ja, ich habe Ihre Mutter sehr gut gekannt. Aber am Telefon kann ich darüber nicht mit Ihnen reden. Treffen wir uns morgen früh um zehn Uhr auf der Place des Pyramides. Sehen Sie ihr ähnlich? Sehr ähnlich? Dann wird es mir nicht schwerfallen, Sie zu erkennen.«

Und der in seinem weißen Kittel einschüchternd wirkende Doktor Tourneur würde ihm, ein wenig kurz angebunden, weil er dringend zu einer Gebärenden musste, mitteilen: »Kerstin Dujeu? Aber natürlich erinnere ich mich an sie. Oh, diese Skandinavierinnen, die entbinden ohne Narkose und mit einem Lächeln im Gesicht!«

Martin erkennt, dass seine Mutter für ihn eine Fremde ist. Er weiß nicht mehr über sie als das, was man ihm seit seiner Kindheit erzählt, immer wieder die gleichen Anekdoten, die gleichen Geschichten. Je älter und reifer er wird, je stärker er Dinge zu reflektieren beginnt, umso deutlicher wird ihm bewusst, dass er über Kerstin Dujeu erst noch alles erfahren muss. Wer war diese junge Schwedin, die einen hartgesottenen Junggesellen auf den ersten Blick bezauberte und ihm einen Sohn schenkte, mit dem sie nur zwei Jahre verbringen durfte? Wie hatte ihre Vergangenheit ausgesehen, aus welchen Beziehungen, Freuden, Leiden und Ambitionen hatte ihr früheres Leben bestanden? Wie hatte ihre Stimme geklungen? War sie tief, sanft oder hoch? Wurde sie oft wütend, war sie ungestüm oder eher zurückhaltend? Hatte sie sich um ihn gekümmert, als er noch ein Baby war, war sie es, die nachts aufstand, wenn er weinte, die mit ihm im Park spazieren ging, ihn fütterte und wiegte, oder überließ sie das einer Kinderfrau? Was mochte sie, welche Bücher las sie, welche Musik gefiel ihr, was war ihre Lieblingsfarbe, ihr Lieblingsgericht, wer ihr Lieblingsschauspieler? Von dieser Fülle winziger Details, die eine Persönlichkeit, einen Menschen ausmachen, weiß Martin nichts. Seine Vorstellung von seiner Mutter ist nichts als ein Widerschein, den die anderen für ihn projizieren, wie die Schatten aus Platons Höhlengleichnis, und abgesehen von seinen immer stärker verblassenden Kindheitserinnerungen hat er kein eigenes Bild von ihr.

»Du wirst nicht begeistert sein.«

»Haben Sie meinen Roman verloren?«

»Guck nicht so grimmig, mein Großer. Nein, ich hab deinen Roman nicht verloren, aber du wirst trotzdem nicht begeistert sein.«

»Haben Sie ihn verliehen?«

»So was in der Art.«

Erschrocken sieht Martin sie an. Célestine beginnt sich die Seele aus dem Leib zu husten. Er muss warten, bis der Anfall vorüber ist.

»Das war mein einziges Exemplar, Célestine. Ich habe keine Kopie davon!«

»Kein Problem, Herzchen, da, wo er jetzt ist, kennen sie sich mit so was aus.«

»Was um Himmels willen haben Sie damit gemacht?«

Célestine lässt die Schultern hängen und beißt sich auf die Unterlippe.

»War mir klar, dass du sauer sein würdest, darum hab ich mich auch nicht getraut, dir was davon zu sagen. Ich wollte dich überraschen, als Dankeschön für alles, was du für mich tust …«

»Was denn, Célestine?«, ruft er ungeduldig.

»Na, ich hab ihn Roland gegeben.«

»Roland?«

»Von dem hab ich dir doch erzählt, weißt du nicht mehr? Der Typ, der in der Rue de l'Université wohnt und mich ab und zu besuchen kommt. Gibt mir Kippen und was zu essen.«

»Warum haben Sie ihm meinen Roman geliehen?«

Statt einer Antwort kichert Célestine bloß und reibt sich die Hände.

Martin findet das nicht witzig.

»Wie ist seine Adresse? Ich will mein Manuskript zurück, und zwar sofort!«

»Sekunde, Schätzchen! Setz dich und hör auf, so rumzuhampeln, mir wird ja ganz schwindlig. Ich erklär's dir.«

»Ich höre«, erwidert Martin eisig.

Ein weiterer Hustenanfall zwingt ihn, sich erneut zu gedulden.

»Also. Roland ist letzte Woche vorbeigekommen, um Hallo zu sagen. Da hab ich gerade deinen Schmöker gelesen. Er hat mich gefragt, was das ist, ich hab gesagt, das ist der Roman von 'nem Freund von mir, und da wollte er ihn sehen. Ich hab ihn ihm gezeigt, und er hat angefangen zu lesen. Und dann hat er sich neben mich gesetzt und doch glatt zwei Stunden weitergelesen!«

Martin lächelt wider Willen.

»Es hat ihm gefallen?«

Wieder kichert Célestine.

»Ob's ihm gefallen hat? Herzchen, er hat das ganze Ding gleich mitgenommen. Wie 'n Irrer ist er mit deinem Roman unterm Arm davongestürmt!«

Martins Lächeln verschwindet.

»Aber er bringt ihn doch zurück, oder?«

»Natürlich bringt er ihn zurück, du Pflaume! Er hat genau geguckt, ob auch dein Name und deine Adresse drinstehen, und er hat gesagt, er würde dich anrufen, um dir zu sagen, wie er sich entschieden hat.«

»Wie er sich entschieden hat? Was meinen Sie damit?«

»Ha! Das ist ja meine Überraschung! Ich wollte dich noch 'n bisschen zappeln lassen, aber du willst dein Buch ja unbedingt zurückhaben. Hier, das hat Roland mir für dich dagelassen.«

Laut hustend hält sie ihm eine Visitenkarte hin. Und Martin liest:

ROLAND ARGENÇON
Programmleitung Literatur
Éditions Rive Gauche

*E*ines Dienstagabends teilt ihm Victor Dujeu im Mandarin de Jade mit, dass Alexandra die Rue de Babylone verlassen werde.

»Und deine Verlobung?«, fragt Martin mit gespielter Überraschung.

»Die hat sich erledigt«, entgegnet Victor Dujeu verlegen, aber würdevoll.

»Ah«, brummt Martin.

Dann essen sie wortlos weiter.

Martin wird nicht länger das Klackern von Alexandras Absätzen auf dem Parkett hören, keine Wagner-Opern mehr um elf Uhr abends, und auch ihr spezielles Parfüm wird nicht mehr in der Luft hängen, dieser Duft, der (trotz seiner neuen Gleichgültigkeit ihr gegenüber) tief in seinem Inneren noch immer eine vage Unruhe wachruft.

Als er Célestine am darauffolgenden Morgen ihr Croissant bringen will, ist sie nicht da. Nur ihr von ein paar Kippen umringter Karton liegt noch im Torduchgang. Martin wartet eine Weile in der Kälte, weil er denkt, sie sei vielleicht nur kurz spazieren gegangen. Doch als sie nach einer Viertelstunde immer noch nicht aufgetaucht ist, muss er zur Schule – er kommt ohnehin schon zu spät.

Den ganzen Morgen über kreisen Martins Gedanken um Célestines unerklärliche Abwesenheit. Mittags verflucht er den Bus, der viel zu langsam in Richtung Saint-Germain-des-Prés kriecht, und nachdem er endlich ausgestiegen ist, rennt er in die Rue du Bac, wo er besorgt feststellt, dass der Durchgang noch immer verlassen ist. Er geht nach Hause, holt Germinal, der ungeduldig auf seinen Spaziergang wartet, und kehrt mit ihm zu Célestines Schlafplatz zurück.

Der Gemüsehändler ruft ihn zu sich.

»Haben Sie gesehen? Sie ist nicht mehr da!«

»Ja, das habe ich gesehen«, antwortet Martin. »Und ich mache mir Sorgen.«

»Ach, sie hat sich bestimmt mal wieder betrunken, und die Polizei hat sie mit auf die Wache genommen. Sie ist bald wieder zurück, wenn sie sich ein bisschen aufgewärmt hat. Furchtbare Kälte, nicht wahr?«

»Ja«, antwortet Martin geistesabwesend. »Glauben Sie wirklich, sie hat sich betrunken? Sie hat doch in letzter Zeit weniger getrunken.«

Der Gemüsehändler zuckt mit den Schultern.

»Ach, wissen Sie, diese Leute haben ein hartes Leben. Da genügt eine Kleinigkeit, und schon verlieren sie wieder den Boden unter den Füßen. Sie war vielleicht deprimiert, eine Art Winterblues oder so. Wann haben Sie sie denn zum letzten Mal gesehen?«

Martin denkt nach.

»Gestern Mittag. Da ging es ihr gut. Ich meine, abgesehen von ihrem Husten.«

»Ach ja, ihr Husten ... Damit sollte sie unbedingt mal zum Arzt.«

»Wie soll sie denn zu einem Arzt gehen? Sie hat kein Geld, und eine Untersuchung ist teuer. Außerdem würde kein Arzt sie anfassen wollen, so wie sie aussieht.«

Der Gemüsehändler nickt und wendet sich, an Martins Worten offensichtlich nur mäßig interessiert, beflissen einer Kundin zu.

Martin setzt sich mit seinem Hund vor den Tordurchgang und verbringt seine Mittagspause mit Warten. Doch Célestine kommt nicht, und noch beunruhigter als zuvor bringt er Germinal nach Hause und macht sich auf den Weg zurück in die Schule.

Am darauffolgenden Morgen ist Célestine immer noch nicht zurück. Die Kälte ist noch eisiger, noch schneidender geworden. Der Wetterbericht meldet zum Ende der Woche hin Schnee. Verzweifelt betritt Martin das Polizeirevier an der Ecke Rue Perronet und Rue du Pré-aux-Clercs. Ein recht sympathischer Beamter teilt ihm mit, dass Obdachlose nur selten mehr als eine Nacht auf dem Revier verbringen.

»Wir behalten sie so lange hier, bis sie ausgenüchtert sind, und dann setzen wir sie wieder vor die Tür. Bis zum nächsten Mal.«

Man zeigt Martin die Namen der Wohnsitzlosen, die im Lauf der vergangenen drei Tage auf die Wache gebracht wurden, und während er feststellt, dass sich kein einziger weiblicher Vorname darunter befindet, wird ihm bewusst, dass er nicht einmal Célestines Nachnamen kennt, was ihm die Suche nicht gerade erleichtern wird.

»Versuchen Sie es bei den Krankenhäusern«, rät ihm der Beamte, »oder, wenn Sie weniger zuversichtlich sind, in der Leichenhalle ...«

Martin bedankt sich und geht ratlos hinaus. Sein Kopf ist leer. Ein Blick auf die Uhr verrät ihm, dass er viel zu spät zum Unterricht kommen wird. Mit anderen Worten: Er wird nachsitzen müssen. Doch das ist ihm gleich, er muss Célestine wiederfinden, koste es, was es wolle.

Am Boulevard Saint-Germain bleibt er unschlüssig stehen, doch dann erinnert er sich an das Krankenhaus in der Rue de Sèvres, nicht weit von ihrer Wohnung entfernt. Vielleicht ist sie ja dort ... Und die Leichenhalle? Obwohl er nicht daran denken mag, sieht er Célestine unwillkürlich vor sich, die Haut bereits grau, in einem Regal voller gekühlter Leichen, einen Zettel am Zeh, verstaut in einem dieser langen Schubfächer, die auf der Suche nach ihr einzeln geöffnet werden müssen, weil Martin den Namen der Verstorbenen nicht kennt, während der zuständige Mitarbeiter, den dieses makabre Ballett schon lange nicht mehr beeindruckt, ihn spöttisch beäugt.

Im Krankenhaus geht er auf den Empfangsschalter zu. Dort hat man jedoch keine Zeit für ihn, da erst die Notfälle abgefertigt werden müssen. Zurückhaltend, wie es seine Art ist, tritt Martin zur Seite. Nach einer Viertelstunde teilt man ihm mit, dass er sich bei der Aufnahme erkundigen soll, wenn er jemanden sucht: »Folgen Sie den roten Pfeilen, gehen Sie ins Gebäude B, erster Stock, dann am Ende des Flurs hinter der Glastür links.«

Über sich selbst fluchend, verirrt er sich in dem Labyrinth aus Pfeilen und Stockwerken und verliert so eine gute halbe Stunde. Das Krankenhaus erscheint ihm riesig und unheilvoll. Die überall verteilte Weihnachtsdekoration reicht nicht aus, um die bedrückende Atmosphäre aufzulockern. In den endlosen, überhitzten Fluren hängt der Geruch von Desinfektionsmittel, Krankheit und stickiger Luft. Durch die halb offenen Türen sieht Martin bleiche Gesichter und reglose Körper. Nur das energische Hin und Her der Krankenschwestern scheint die Trostlosigkeit ein wenig mindern zu können.

Als eine von ihnen sieht, wie Martin zum dritten Mal durch eine Station irrt, bekommt sie Mitleid mit ihm und erkundigt sich, was er suche.

»Die Aufnahme«, antwortet er erschöpft, »aber das nutzt nichts: Ich kenne den Nachnamen der Person, die ich suche, nicht, außerdem weiß ich nicht einmal, ob sie überhaupt hier ist.«

Die Krankenschwester mustert ihn, dann lächelt sie.

»Nur nicht aufgeben! Wir werden diese Person schon finden. Kennen Sie denn wenigstens ihren Vornamen?«

»Ja«, sagt Martin, »aber vermutlich sortiert der Computer die Patienten nicht nach ihrem Vornamen.«

»Das stimmt. War diese Person denn krank, bevor sie hergekommen ist? Vorausgesetzt, sie ist überhaupt hier …«

»Sie war ziemlich krank, ja, sie hatte starken Husten.«

»Eine Bronchitis?«

»Sie hat schon lange gehustet. Und dass sie auf der Straße lebt, hat es nicht besser gemacht.«

»Die Person ist obdachlos?«

»Ja. Eine Frau. Haben Sie sie gesehen?«

Die Krankenschwester zuckt mit den Schultern.

»Ach, wissen Sie, wir sehen hier viele Obdachlose, genau wie in allen Pariser Krankenhäusern, vor allem im Winter. Aber Sie sagten, sie hatte Husten?«

»Ja. Und sie heißt Célestine.«

»Dann sehen wir als Erstes in der Pneumologie nach, dort werden Atemwegserkrankungen behandelt. Sie haben Glück, ich habe gerade eine Viertelstunde Pause. Ich bringe Sie hin, einverstanden?«

Célestine ist nicht dort.

Gerührt von Martins Sorge, verspricht ihm Michèle, die Krankenschwester, weiterzusuchen. Sie bringt ihn in einen Warteraum, versorgt ihn mit Zeitschriften und verschwindet mit den Worten: »Warten Sie hier auf mich, gehen Sie ja nicht weg!«

Eine Dreiviertelstunde später tritt eine jüngere, weniger freundliche Schwester in grünem Kasack und mit einer grünen Papiermaske um den Hals auf ihn zu.

»Sind Sie auf der Suche nach einer gewissen Célestine?«

»Ja«, sagt Martin und steht auf.

»Meine Güte, sind Sie groß!«, ruft die Krankenschwester, die höchstens einen Meter fünfzig misst. »Setzen Sie sich wieder hin, ich kann Sie ja kaum noch sehen!«

Martin gehorcht.

»Michèle schickt mich, ihre Pause ist rum, und sie musste wieder an die Arbeit. Ihre Freundin liegt auf ITS.«

»ITS?«, wiederholt Martin verwirrt.

»Die Intensivstation.«

»Was hat sie denn?«

»Ich habe keine Ahnung, Monsieur. Mehr wollte man mir nicht sagen. Sie finden Sie im Gebäude C, dritter Stock, auf der Station von Professor Gaubert. Und jetzt entschuldigen Sie mich, ich muss in den OP.«

9

Célestines Gabe

»Célestine Marie Brigitte, geborene Baudoin, geschiedene Lambert, ist sie das?«

»Ja«, antwortet Martin, beeindruckt von all den Namen, die er bislang noch nicht kannte.

Eine anstrengende Nachtschicht hat in den müden Zügen der Assistenzärztin ihre Spuren hinterlassen.

»Sind Sie ein Angehöriger?«, fragt sie und hebt den Blick von Célestines Akte.

»Nein«, sagt Martin.

»Ah«, entgegnet die Assistenzärztin zögernd.

»Ich glaube, sie hat gar keine Familie, zumindest nicht, soweit ich weiß. Ich bin ein Freund von ihr. Ein sehr enger Freund.«

Die Ärztin betrachtet ihn lange, ohne ein Wort zu sagen.

»Darf ich zu ihr?«, bittet Martin.

»Kommen Sie mit, wir sollten das nicht im Flur besprechen.«

Sie führt ihn in ein leeres Büro.

»Ihrer Freundin geht es nicht gut«, sagt sie dort.

»Was hat sie denn?«

»Ein Bronchialkarzinom, erschwerend hinzu kommt eine eitrige Rippenfellentzündung. Ein Passant hat sie vorgestern Abend um neun Uhr bewusstlos in der Rue du Bac gefunden. Der Rettungswagen hat sie hergebracht, und wir konnten nur noch feststellen, wie weit ihre Erkrankung bereits fortgeschritten ist.«

Martins Kopf dröhnt: Karzinom? Rippenfellentzündung?

Er bemüht sich nach Kräften, seine Angst und seinen Schmerz zu unterdrücken.

»Kann ich sie sehen?«, fragt er mit seltsam emotionsloser Stimme.

»Heute nicht, sie wird künstlich beatmet und darf keinen Besuch bekommen.«

»Wann kann ich zu ihr?«

»Ich sage Ihnen Bescheid.«

»Ich muss sie sehen. Und ich bin mir sicher, dass sie mich auch sehen muss.«

Die Ärztin lächelt.

»Ich weiß. Sind Sie Martin Dujeu?«

»Ja.«

»Sie spricht oft von Ihnen.«

»Bitte, ich wüsste gern ...«

»Ja?«

»Wird sie sterben?«

Er sieht, wie sie nach Worten sucht. Sie arbeitet noch nicht lange genug in diesem Beruf, um sich jene höfliche Gleichgültigkeit, jene Distanziertheit angeeignet zu haben, die die meisten älteren Ärzte ausstrahlen. Sie sieht Martin direkt in die Augen und wagt doch nicht, ihm die Wahrheit zu sagen. Unter dem Ansturm der Gefühle haben sich ihre Wangen gerötet.

»Sie brauchen mir nichts zu verschweigen, ich will es lieber wissen. Bitte sagen Sie es mir.«

Die junge Frau fängt sich wieder.

»Ihr Zustand ist nicht der allerbeste, daher sind wir eher skeptisch, was die Prognose angeht.«

»Mehr wollen Sie mir nicht sagen?«

»Morgen früh können Sie mit dem Klinikleiter und Professor Gaubert reden. Sie werden Ihnen nähere Einzelheiten nennen. Kommen Sie gegen halb elf.«

»Ich bin hier, um mich zu verabschieden.«

Martin hebt den Kopf von seinem Philosophieaufsatz und sieht Alexandra in einem langen schwarzen Mantel an der Zimmertür stehen.

»Wo willst du hin?«

»Das weißt du doch. Ich ziehe aus. Das hat dein Vater dir doch erzählt, nicht wahr?«

Lächelnd kommt sie auf ihn zu und streicht ihm mit einer Hand durchs Haar.

»Du hast einen hübschen Schopf, Martin Dujeu.«

Er zuckt nicht mit der Wimper.

»Gefalle ich dir nicht mehr?«

»Nicht im Geringsten.«

Sie wirkt enttäuscht.

»Hast du eine andere?«

»Eine andere was?«

»Eine andere Frau.«

»Und was ist mit dir? Zu wem ziehst du jetzt? Einem deiner jungen Lover, die in der Mittagspause hier waren, um dich zu vögeln?«

Erstaunlicherweise zeigt sie keine Regung, sie lächelt nur.

»Weißt du, was mir während der zwölf Monate, in denen ich hier gewohnt habe, am meisten Spaß gemacht hat, Martin? Das war zu sehen, wie du dich entwickelst. Anfangs warst du schüchtern, du hast kein Wort gesagt und wurdest rot, sobald ich dich anschaute. Ich habe begriffen, dass du mich nicht mochtest, dass du in mir jemanden sahst, der den Platz deiner Mutter einnehmen könnte. Du standst im Schatten deines Vaters, wurdest von ihm erdrückt, und man spürte in deiner Gegenwart die Leere, die der Tod deiner Mutter hinterlassen hatte. Doch nach und nach bist du selbstsicherer geworden, du hast dich emanzipiert, hast angefangen, deinem Vater zu widersprechen, dich nicht länger vor ihm zu fürchten. Als du die Nacht bei der alten Pennerin auf der Straße verbracht hast, war er krank vor Sorge. Er hat kein Auge zugetan. Alle zehn Minuten ist er aufgestanden, um nachzusehen, ob du nach Hause gekommen warst. Aber du hast ihn schmoren lassen. Und auch bei mir hast du dich geschickt angestellt, geradezu perfide, so wie ich es mag. Du hast mein Begehren geweckt und mich dann zurückgewiesen. Das war mir noch nie passiert. Ich habe lange darauf gewartet, dass du doch noch zu mir kommst, aber dann habe ich erkannt, dass du der Stärkere von uns beiden bist, dass der kleine Martin – der junge Martin, sollte ich lieber sagen, denn klein bist du ganz gewiss nicht – zu einem Mann geworden war, der seinem Vater die Stirn bieten kann. Einem Mann, der in der Lage ist, seinem eigenen Vater die Geliebte auszuspannen …«

Sie kommt noch näher, ihre Augen funkeln, und Martin sieht, dass sie unter dem Mantel nackt ist.

»Martin …«, haucht sie.

Erregt vom plötzlichen Anblick ihres nackten Bauchs unter dem schwarzen Stoff, springt er auf.

»Wo ist mein Vater?«

»Er hat einen Termin mit einem Klienten und kommt erst spät nach Hause. Ich habe mich heute Morgen schon von ihm verabschiedet.«

Martin begehrt sie nicht.

»Komm …«, flüstert sie.

Der Mantel klafft auf und gibt den Blick auf ihre runden Brüste und ihren Unterleib frei.

»Nein«, sagt er fest. »Bitte, Alexandra, lass mich in Ruhe! Geh!«

Sie mustert ihn kalt, den Mund vor Ärger und Enttäuschung verzogen.

»Wie du willst. Dein Pech.«

Sie dreht sich auf dem Absatz um und verlässt eilig das Zimmer. Zum letzten Mal hört Martin das Klappern ihrer Absätze im Flur. Zehn Minuten später fällt die Tür krachend ins Schloss. Martin rennt ins Wohnzimmer und sieht vom Fenster aus gerade noch ein Taxi am Ende der Rue de Babylone verschwinden.

Tiefe Erleichterung durchströmt ihn.

Martin trifft sich mit Oscar vor dem Publicis Drugstore in der Rue de Rennes. Der Schnee hat einen ersten zaghaften Versuch gewagt und Bürgersteige und Straßen mit pudrigem Weiß überzogen, doch Autos und Fußgänger haben den hellen Teppich in schmutzigen, glitschigen Matsch verwandelt, auf dem die alten Damen ausrutschen.

»Du siehst scheiße aus«, bemerkt Oscar.

»Ich habe auch allen Grund dazu.«

»Sollen wir einen Kaffee trinken gehen?«

Es ist sechs Uhr abends. Martin fehlt der Mut, in die Rue de Babylone und die stille Wohnung zurückzukehren. Sie setzen sich in ein Café in der Rue du Dragon.

»Was ist denn los?«, fragt Oscar und reibt sich die Hände, um sie zu wärmen.

»Um diese Jahreszeit bin ich nie besonders aufgekratzt, das weißt du doch.«

»Ja, stimmt. Tut mir leid.«

Martin bestellt einen heißen Kakao, Oscar einen Café crème.

»Aber da ist noch etwas anderes«, fügt Martin hinzu.

»Raus mit der Sprache.«

»Es geht um Célestine.«

»Deine alte Hexe?«

»Sie liegt im Sterben.«

Oscar weiß nicht, was er darauf erwidern soll.

»Sie liegt im Krankenhaus. Gestern habe ich mit dem Arzt gesprochen, der sich um sie kümmert. Ein Professor. Er hat gesagt, dass sie es nicht überstehen wird.«

»Was hat sie denn?«

»Krebs.«

»Hast du sie besucht?«

»Nein, im Moment lassen sie mich nicht zu ihr.«

»Das ist hart«, sagt Oscar leise.

»Ich weiß, dass du sie nicht magst, und ich weiß auch, dass du nicht verstehst, was ich an ihr finde. Ich hätte mir gewünscht, dass du Gelegenheit gehabt hättest, sie besser kennenzulernen, aber dafür ist es jetzt zu spät.«

Ungläubig sieht Oscar, wie sich die Augen seines Freundes mit Tränen füllen. Er hat ihn noch nie weinen sehen, nicht, wenn er auf dem Pausenhof hinfiel und sich wehtat, nicht, wenn jemand den Tod seiner Mutter erwähnte, und erst recht nicht, wenn sein Vater ihn ausschimpfte. Er hat Martin immer für emotionslos, distanziert und vollkommen gleichmütig gehalten.

Die Tränen seines Freundes rinnen unter der Brille hervor und fallen wie Regentropfen in seinen Kakao.

»Wenn du dich für mich schämst, kannst du gehen«, sagt Martin. »Das stört mich nicht.«

»Ich schäme mich nicht«, murmelt Oscar, der seine übliche Schlagfertigkeit eingebüßt hat. »Ich bin traurig deinetwegen.«

Martin weint noch eine Weile stumm vor sich hin. Dann trocknet er seine Brillengläser, schnäuzt sich und trinkt den Kakao in einem Zug aus.

»Was machst du in den Weihnachtsferien?«, will Oscar wissen.

»Erst mal habe ich vier Stunden Nachsitzen, weil ich zu spät gekommen bin. Danach weiß ich noch nicht. Ich werde versuchen,

Célestine zu besuchen. Ich möchte so viel Zeit wie möglich bei ihr verbringen und mich um sie kümmern.«

»Mach dir keine Gedanken, Dujeu, deine Célestine ist hart im Nehmen. Die hat schon ganz andere Sachen überstanden.«

Aber Martin hört ihm nicht mehr zu, geistesabwesend starrt er hinaus auf die Straße, wo die Passanten durch die Kälte nach Hause eilen.

Von Célestine sieht er nur zwei lange, knochige, beinahe durchsichtige Hände auf dem Laken. Zwei Katheter in ihren Unterarmen sind mit Infusionsbeuteln verbunden, und neben dem Bett steht eine Krankenschwester mit Maske, die die Tropfgeschwindigkeit der Flüssigkeit kontrolliert. Martin wird aufgefordert, ebenfalls eine Maske anzulegen. Nachdem die Schwester einen der Regler neu justiert hat, verlässt sie den Raum.

Endlich kann er näher an das Bett heran, und unter einem Gewirr von Schläuchen erkennt er ihr abgemagertes Gesicht. Ihre Augen sind geschlossen, der untere Teil ihres Gesichts ist von einer Art Saugnapf bedeckt, in beiden Nasenlöchern steckt ein Schlauch. Von ihrem langen Haar ist nur noch ein zarter, wenige Millimeter langer weißer Flaum übrig.

»Sie hatte Läuse«, flüstert die junge Assistenzärztin hinter ihm. »Wir mussten ihr die Haare abrasieren.«

»Was hat sie da in der Nase?«

»Das soll ihr das Atmen erleichtern. Sie wird nicht länger künstlich beatmet.«

»Das heißt, es geht ihr besser?«

»Nein, es geht ihr nicht besser«, antwortet die Ärztin leise.

»Wollen Sie damit sagen, Sie schalten alles ab und lassen sie krepieren?«

»Reden Sie bitte nicht so laut, Sie erschrecken sie noch. Sie haben doch vorgestern mit dem Professor gesprochen, oder nicht?«

»Ja, das habe ich.«

»Und er hat es Ihnen erklärt?«

Martin lächelt bitter.

»Er hat mir nichts erklärt, er hat mir die Wahrheit gesagt. Das war hart, aber zumindest mache ich mir jetzt keine falschen Hoffnungen mehr.«

»Dann wissen Sie es also.«

»Was weiß ich?«

»Treiben Sie bitte keine Spielchen mit mir.«

Plötzlich schämt sich Martin.

»Tut mir leid«, sagt er leise. »Ja, ich weiß, dass sie sterben wird.«

»Lassen Sie sich nicht anmerken, dass Sie traurig sind. Tun Sie so, als sei alles in Ordnung. Ich lasse Sie jetzt allein. Aber strengen Sie sie nicht zu sehr an.«

Leise schließt sich die Tür hinter ihr.

Er beugt sich über Célestine und lauscht ein paar Minuten voller Entsetzen ihrem einschüchternden, rasselnden, knisternden Röcheln. Dann zieht er einen Stuhl ans Bett, setzt sich neben sie und greift nach ihrer Hand.

Sie öffnet die Lider, und er sieht zwei dunkle Augen, deren Glanz zwar abgestumpft, aber noch nicht erloschen ist. Sie versucht, etwas zu sagen, aber er hört nur ein unverständliches Gurgeln. Daraufhin hebt sie die Hand und zerrt wütend an dem Plastiksaugnapf, der ihr Kinn umschließt.

»Vorsicht, Célestine!«, ruft Martin. »Sie tun sich noch weh.«

»Oh, ich bin dieses verflixte Ding so leid! Mit dem Apparat im Gesicht kann ich nicht reden, als wären die Dinger, die sie mir in die Nase stecken, nicht schon schlimm genug …«

Ihre Stimme ist nicht mehr wiederzuerkennen, bloß noch ein raues, heiseres Flüstern.

»Wie fühlen Sie sich?«

»Ging schon mal besser. Hörst du den Krach in meiner Brust?«

»Ja«, sagt Martin, »aber das ist nichts, Sie sind bald wieder auf den Beinen.«

»Von wegen«, erwidert Célestine spöttisch. »Die schwirren alle um mich rum, als wär ich die Königinmutter persönlich. Das kleinste Wehwehchen, und schon steht das hohe Tier mit seiner ganzen Truppe da. Und dann heißt es nur ›Wie geht es Ihnen, Madame?‹ und ›Madame‹ hier und ›Madame‹ da. Wenn ich nix hätte, dann wär ich auch nicht hier, Martin Dujeu, das weißt du genauso gut wie ich. Dann hätten die mich schnurstracks wieder vor die Tür gesetzt, die haben hier keinen Platz für Penner, nur für die, die bald den Löffel abgeben. Ich bin hier, weil ich's nicht mehr lange mach, und das wissen alle.«

Martin blickt zu Boden.

»Na komm, mein Großer, jetzt lass mal nicht den Kopf hängen. Und nimm die Maske ab, damit ich dein Gesicht sehen kann, oder hast du Angst vor meinen Mikroben? Nicht? Recht hast du, die können dir nix anhaben. So … Ui, du siehst ja fix und fertig aus. Was ist denn los? Sag nicht, du hast dir Sorgen um deine alte Titine gemacht?«

»Doch«, antwortet Martin. »Ich hatte Angst, ich wusste ja nicht, wo Sie sind. Und dann musste ich vier Tage warten, ehe sie mich zu Ihnen gelassen haben.«

»Aber mir geht's gut hier, weißt du. Abgesehen von den ganzen Sachen, die mir beim Atmen helfen sollen. Ich krieg endlich was zu essen, ich werd jeden Tag gewaschen, ich bin blitzsauber wie 'ne frische Münze. Und sie haben mir den Kopf rasiert, hast du gesehen? Mach dir keine Gedanken um mich, Herzchen. Das ist besser, als auf der Straße abgemurkst zu werden, davor hatte ich immer Angst. Wenigstens hab ich's hier warm und gemütlich, es ist in Ordnung, im Krankenhaus zu sterben. Das ist ein schöner Tod.«

»Ja«, entgegnet Martin mit erstickter Stimme.

Die Assistenzärztin öffnet die Tür und gibt Martin ein Zeichen.

»Ich muss gehen«, sagt er zu Célestine. »Aber morgen komme ich wieder.«

»Das will ich auch hoffen! Ich hab dir ein paar wichtige Dinge zu sagen.«

»Brauchen Sie etwas?«

»Bring mir was zu lesen mit, das Buch da, du weißt schon, von dem du mir mal erzählt hast. Das von Zola, das ganz gut ausgeht.«

»*Der Traum*? Das bringe ich Ihnen, versprochen.«

»Bis morgen, Herzchen.«

»Bis morgen, Célestine.«

Nach einem letzten Blick auf sie geht er hinaus.

Plötzlich wirkt sie wie ausgehöhlt, als würde die Krankheit sie von innen her auffressen. Die Ärztin legt ihr den Saugnapf wieder an und misst mit ein paar leisen beruhigenden Worten ihren Puls.

Martin verlässt das Krankenhaus und geht in die Bücherabteilung des Bon Marché, wo er Zolas *Der Traum* kauft.

Am nächsten Morgen wirkt sie noch blasser und dünner. Das Sprechen fällt ihr schwer, sie hustet ununterbrochen, und ihre Stimme ist nur noch ein schwaches, krächzendes Flüstern. Sie klagt über einen trockenen Mund und verlangt ständig nach etwas zu trinken. Als Martin eintritt, wird sie lebendiger, ein Lächeln erstrahlt auf ihrem Gesicht, doch er beginnt zu ahnen, dass sie während seiner Abwesenheit reglos und mit geschlossenen Augen auf dem Kissen gelegen und nach Luft gerungen hat.

»Die lassen mich nicht rauchen!«, murrt sie.

»Das ist auch gut so.«

»Streber!«

Um halb vier erscheint die Schwester, um Célestines Temperatur zu messen, ihr Medikamente zu geben, ihren Blutdruck zu kontrollieren und zu überprüfen, ob der Tropf noch richtig funktioniert. Um vier Uhr bringt ein junger Mann ein Tablett mit einem Imbiss: dünner Tee, Kuchen und ein kleiner Becher Quark. Er bietet auch Martin ein Tablett an.

»In diesem Krankenhaus hat man nie seine Ruhe«, sagt Célestine.

»Ach, wirklich? Essen Sie Ihren Quark.«

»Morgens um sechs wecken sie dich, um zu sehen, ob du Fieber hast, Blutdruck messen, dann gibt's Frühstück. Du hast kaum Zeit, dein Brot zu essen, da kommen sie, um dich zu waschen und das

Bett zu machen. Danach guckt das hohe Tier mit seinen Groupies vorbei. Kurzes Nickerchen und zack, wieder Essen! Nachmittags kommt so 'ne Sozialarbeiterin vorbei, die Frau, die für die Menüauswahl zuständig ist, dann wieder der Arzt, dann die Schwester, und dann ist schon wieder Zeit für 'n Imbiss.«

»Essen Sie Ihren Kuchen, Célestine.«

»Ja, Chef. Und um sieben Uhr Abendessen. Das Essen hier ist übrigens gut, alle behaupten, Krankenhausfraß könnte man nicht essen, aber ich find's gut. Danach guck ich Fernsehen. Ich hab seit fünfzehn Jahren kein Fernsehen mehr geguckt. Weißt du, was ich am liebsten mag?«

»Nein, was?«

»Werbung! Da sind lauter adrette Frauen, die einem was von ihrem Waschpulver erzählen. Und Damenbinden! Völlig bekloppt! Das hab ich ja noch nie erlebt, dass in der Glotze von Weibergeschichten die Rede ist. Scheint, als würden sich die Zeiten ändern.«

»Also geht es Ihnen hier gut?«

»Die sind nett zu mir. Das bin ich nicht gewohnt.«

»Können Sie aufstehen?«

»Nicht so richtig.«

Célestines Zimmer geht auf eine freie Fläche hinaus, die hinten an den Jardin de Babylone angrenzen muss. Es ist zwar winzig, aber immerhin recht hell.

»Sie haben Glück, dass Sie ein Einzelzimmer bekommen haben.«

»Schon, ja! Mit so 'nem alten, stinkenden Knochen, der mir den ganzen Tag auf die Nerven gegangen wär, hätt ich's auch nicht ausgehalten. Ich bin gern allein.«

»Das sind Sie ja gewohnt.«

»Genau wie du.«

»Ich habe mich an Sie gewöhnt.«

Sie betrachtet ihn lange, und er spürt den Blick ihrer schwarzen Augen auf seinem Gesicht wie einen zärtlichen Sonnenstrahl.

»Du bist ein guter Junge, Martin.«

Darauf folgt ein kurzes Schweigen. Nur Célestines Bronchien sind zu hören, in denen es knistert wie Butter in der Pfanne.

»Ich hab dich so lieb, als wärst du mein eigener Sohn, und darum möchte ich dir was schenken.«

»Etwas schenken?«

»Ich hab gründlich darüber nachgedacht, verstehst du. Glaub mir, ich hatte genug Zeit dazu. So 'n Krankenhausbett ist 'ne langweilige Sache, da hat man reichlich Zeit, sich das Hirn zu zermartern.«

»Worüber haben Sie denn nachgedacht?«

»An dich hab ich gedacht und an alles, was du seit letztem Sommer für mich getan hast.«

»Sie haben auch einiges für mich getan.«

Célestines Augen funkeln wie zwei schwarze Diamanten.

Sie nimmt Martins Hand, drückt sie fest und versucht mit übermenschlicher Anstrengung, sich in ihrem Bett aufzurichten.

»Das ist es ja! An all das hab ich gedacht, ich hör überhaupt nicht mehr auf, daran zu denken!«

»Woran?«

»Es muss erwidert werden, damit es funktioniert ... Das ist es, er-wi-dert. Verstehst du?«

»Ich muss gestehen, nein.«

Sie wird ungeduldig, hustet, das Gesicht wie von einer Art Fieber gerötet.

Ihre Erregung macht ihm Angst, und er versucht, sie zu beruhigen.

»Sag, hast du mich lieb, Martin?«

»Ja, ich habe Sie lieb, Célestine.«

»Was für 'ne Art von Liebe ist das?«

»Ich empfinde für Sie aufrichtige, respektvolle Liebe, wie ein Kind zu seinen Eltern.«

»Und ich liebe dich, als hätt ich dich gemacht, als wärst du aus meinem eigenen Bauch gekrochen! Also, siehst du, es wird klappen, ich weiß, dass es klappen wird! ›Reine, tiefe Liebe‹, das hat Maman immer gesagt, verstehst du?«

Martin fällt ihr Tagebuch wieder ein, und er erinnert sich an die Geschichten, die ihre Mutter ihr erzählt hat. Keuchend und kreidebleich hat sich Célestine auf ihr Kissen zurücksinken lassen.

»Gib mir 'n Glas Wasser«, flüstert sie mit dem letzten bisschen Stimme, das ihr noch geblieben ist.

Er reicht ihr das Glas.

»Bitte, Célestine, versuchen Sie, sich zu beruhigen, es kann nicht gut für Sie sein, wenn Sie sich so aufregen.«

Jemand klopft an die Tür.

Es ist der junge Mann, der die Tabletts holen kommt.

»Ich soll Ihnen von der Assistenzärztin ausrichten, dass Madame sich jetzt ausruhen muss«, meldet er.

»Madame sagt, Sie können sie mal!«, brummt Célestine und sieht ihn finster an.

Verängstigt zieht sich der junge Mann zurück.

Martin steht auf und greift nach seinem Mantel.

»Martin Dujeu, setz dich gefälligst wieder hin!«, befiehlt sie.

»Einverstanden, aber Sie müssen sich beruhigen.«

»Hör mir zu, das ist kein Scherz! Meine Mutter war 'ne gute Frau, die hat keine Lügenmärchen erzählt.«

»Davon bin ich überzeugt.«

»Und das ist mein Geschenk: Ich werde dir drei Wünsche erfüllen.«

»Célestine …«, beginnt Martin, aber sie starrt ihn mit derart Furcht einflößender Miene an, dass er verstummt.

»Hör mir gut zu, Martin Dujeu. Du überlegst dir jetzt, was du dir am allermeisten auf der Welt wünschst, und ich, Célestine du Bac«, sie richtet sich stolz auf, die Haut genauso weiß wie das Nachthemd der öffentlichen Wohlfahrt, das sie trägt, »ich werde es dir erfüllen.«

»Sie nehmen das ja ziemlich ernst.«

»Und wie!«

Martin beschließt, das Spiel mitzuspielen, um sie nicht noch mehr zu erschöpfen, denn ihr Gesicht ist aschfahl geworden, und sie bekommt immer schwerer Luft.

»Na gut. Mein erster Wunsch also.«

Sie legt sich wieder hin, verschränkt vorsichtig die Arme, damit sich die Infusionsschläuche nicht verheddern, und schließt die Augen.

»Ich konzentrier mich. Los jetzt!«

»Ich wünsche mir, dass Sie wieder gesund werden.«

Wütend reißt sie die Augen wieder auf.

»Nein, nein, das ist geschummelt!«

»Wieso denn?«

»Du weißt ganz genau, dass du dir nix für mich wünschen darfst! Sonst klappt es nicht. Mach schon, verdammt, streng dich an.«

»Verzeihen Sie mir. Aber eigentlich möchte ich Ihnen Gesundheit, Glück und Wohlstand wünschen. Das sind meine drei Wünsche.«

»Tja, das wird dann wohl nix, mein Lieber, fang noch mal von vorn an, und pass diesmal besser auf.«

In dem Moment kommt die Assistenzärztin herein.

»Er geht ja schon, Frau Doktor!«, ruft Célestine gereizt. »Er geht gleich!«

»Sie wirken recht erregt«, bemerkt die Ärztin mit gerunzelter Stirn.

»Es ist alles in Ordnung, glauben Sie mir«, sagt Martin ruhig. »Ich bin sofort draußen.«

»Ich verlasse mich auf Sie«, entgegnet die Ärztin und geht wieder hinaus.

»Und?« Célestine schreit beinahe. »Was ist dein erster Wunsch? Mach schnell, Herzchen!«

»Ich überlege ja.«

Martin weiß nicht, was er sich ausdenken soll. Er will sie nicht verletzen, indem er zugibt, dass er kein Wort von ihrer Geschichte glaubt.

Plötzlich fällt ihm etwas ein.

»Ich möchte im Lotto gewinnen.«

»Wann ist die Ziehung?«

»Heute Abend, glaube ich.«

»Hast du noch genug Zeit, um einen Schein auszufüllen?«

»Wenn ich mich beeile.«

»Dann beeil dich.«

»Ich mache mich gleich auf den Weg.«

Endlich besänftigt, lächelt sie glücklich.

»Du wirst gewinnen, Martin Dujeu, wart's nur ab.«

Zärtlich lächelt er sie an.

»Bis morgen, Célestine.«

»Bis morgen, Herzchen. Und vergiss nicht, dir die Ziehung im Fernsehen anzugucken.«

Einzig und allein um Célestine eine Freude zu machen, kauft Martin also für rund zwanzig Francs einen Lottoschein. Aufs Geratewohl kreuzt er die Zahlen 16, 3, 7, 22, 33 und 28 an – Zusatzzahl ist die 8 –, steckt den Beleg in die Tasche und vergisst ihn im selben Augenblick.

Als Martin nach Hause kommt, sitzt sein Vater im Wohnzimmer und liest die Zeitung. Germinal liegt zu seinen Füßen.

»Guten Abend«, sagt Victor Dujeu, als er hört, wie die Wohnungstür zufällt.

Seit Alexandras Auszug reden sie wieder mehr miteinander.

»Guten Abend«, antwortet Martin.

»Oscar hat angerufen und wollte mit dir sprechen. Ich wusste nicht, dass deine Freundin krank ist.«

»Dabei hatte ich es dir an dem Abend gesagt, als du sie aus der Wohnung geworfen hast.«

Victor Dujeu faltet die Zeitung zusammen, steht auf und nähert sich seinem Sohn.

»Er hat gesagt, sie sei im Krankenhaus.«

»Ja.«

»Und da kommst du jetzt her?«

»Ja.«

»Wie geht es ihr?«

»Schlecht.«

»Das tut mir leid für dich, Martin.«

»Wirklich?«

Victor Dujeu sieht seinem Sohn in die Augen.

»Ja, wirklich. Ich habe verstanden, dass sie dir sehr viel bedeutet.«

Martin spürt die Aufrichtigkeit in der Stimme und dem Blick seines Vaters.

»Danke.«

»Ich hoffe, sie erholt sich wieder.«

»Dafür ist es wohl zu spät.«

»Bist du sicher?«

»Ich habe mit ihrem Arzt gesprochen. Es gibt keine Hoffnung mehr. Wir warten auf das Ende. Es kann noch drei Tage dauern oder drei Wochen.«

»Krebs?«

»Ja. Und Komplikationen.«

»Hat sie Schmerzen?«

»Sie lässt sich nichts anmerken. Sie ist extrem tapfer.«

Martin tritt ans Wohnzimmerfenster. Hinter den dunklen Umrissen des Klosters zeichnen sich undeutlich die Dächer des Krankenhauses ab. Irgendwo da hinten ist Célestine und isst in ihrem kleinen Zimmer zu Abend. Wenigstens, denkt Martin, ist ihr nicht mehr kalt, und sie hat genug zu essen.

»Ich glaube, dein Hund wartet sehnsüchtig auf sein Futter«, sagt Victor Dujeu, bevor er wieder zu seiner Zeitung greift und sich eine Zigarre anzündet.

Martin pfeift und geht in die Küche. Freudig mit dem Schwanz wedelnd, folgt der Beagle ihm. Martin füttert ihn, geht eine Viertelstunde mit ihm spazieren und beginnt anschließend mit dem Entwurf für einen Philosophieaufsatz, den er während der Ferien schreiben soll: »Trifft die Aussage zu, dass man versuchen soll, sich an die Stelle eines anderen zu versetzen, um ihn wirklich zu verstehen?« Das Thema sagt ihm zu, und so macht er sich mit Feuereifer ans Werk.

Um acht Uhr ruft ihn sein Vater.

»Wir können essen!«

Madame Leclerc, die Hausmeisterin, bereitet ihre Mahlzeiten vor, sodass sie sie nur noch aufzuwärmen brauchen. Der Tisch ist wie jeden Abend im Esszimmer vor dem Fernseher gedeckt, denn Victor Dujeu legt Wert darauf, die Nachrichten zu schauen. Wie üblich essen sie schweigend, den Blick unverwandt auf den Bildschirm gerichtet. Martin denkt über seine Hausaufgabe nach, fragt sich, ob er vielleicht Sartre und Bergson in der Antithese zitieren soll, nachdem er im ersten Teil Husserl angeführt hat, und versucht, sich an ein Aristoteles-Zitat zu erinnern, das sich perfekt für die Einleitung eignen würde.

Um halb neun klingelt das Telefon. Martin steht auf und geht ran. Eine Frau wünscht seinen Vater zu sprechen.

»Und wer ist da?«, erkundigt sich Martin neugierig.

»Estelle.«

Etwa eine neue Eroberung? Sein Vater verliert keine Zeit. Kaum ist Alexandra weg, da ersetzt er sie auch schon durch eine Nachfolgerin.

»Es ist für dich«, sagt Martin, nachdem er ins Esszimmer zurückgekehrt ist.

Sein Vater geht in den Flur.

In Gedanken immer noch bei seinem Aufsatz, isst Martin zu Ende. Er achtet kaum auf die Werbung, den Wetterbericht, die Ergebnisse der Pferderennen und einen weiteren Werbeblock. »Der Mensch ist von Natur aus ein soziales Wesen.« Endlich hat er das Zitat und seine Einleitung; jetzt braucht er nur noch ein überzeugendes Fazit. Sein Vater wird von der geheimnisvollen Estelle mit Beschlag belegt und kommt nicht wieder. Martin räumt sein Gedeck weg, lässt den halb vollen Teller seines Vaters stehen und wischt den Tisch sauber. Er mag seinen Philosophielehrer, einen klugen, gewitzten Mann mit schwarzem Humor. Zum ersten Mal in seinem Leben hat Martin einen Lehrer, der ihn dazu motiviert, über sich hinauszuwachsen und noch bessere Noten in einem Fach zu schreiben, in dem er ohnehin schon immer hervorragend war.

Martin geht zum Fernseher, um ihn auszuschalten.

Auf dem Bildschirm ist eine Blondine zu sehen, die sich, das Mikrofon dicht vor den Lippen, zum Klang einer schmalzigen Melodie wiegt.

Martin drückt den Aus-Knopf genau in dem Moment, als sie verkündet: »Und die Zusatzzahl ist ...«

Plötzlich kommen ihm Célestine und sein Wunsch in den Sinn, und hastig schaltet er den Fernseher wieder ein. Nicht, weil er sich tatsächlich etwas davon verspricht, sondern um die gezogenen Zahlen aufzuschreiben und Célestine am nächsten Morgen vorspielen zu können, er habe gewonnen.

Wieder erscheint die Blondine mit dem starren Lächeln.

»Und hier, meine Damen und Herren, noch einmal die heutigen Lottozahlen: die 16, die 3, die 7, die 22, die 33, die 29 und als Zusatzzahl die 7. Wir haben heute Abend die Summe von einundzwanzig Millionen Francs im Lostopf, die unter den Gewinnern aufgeteilt werden.«

Martin vergleicht die Zahlen auf dem Bildschirm mit denen auf seinem Lottoschein. Es sind die gleichen, abgesehen von der letzten und der Zusatzzahl. Er kontrolliert noch einmal. Es sind wahrhaftig die Zahlen 16, 3, 7, 22 und 33.

Martin spürt, wie ihm schwindlig wird, er bekommt kaum noch Luft und muss sich hinsetzen.

Als Victor Dujeu zurück ins Zimmer kommt, sieht er seinen Sohn zusammengesunken auf einem Stuhl vor dem Fernseher sitzen.

»Martin? Was ist los? Du bist ja ganz weiß im Gesicht!«

Martin schaut zu seinem Vater auf, ohne ihn zu sehen, stammelt ein paar unhörbare Worte und stürmt zum Telefon. Der Hörer ist noch warm und riecht nach dem Aftershave seines Vaters.

»Duval? Dujeu hier. Ich muss mit dir reden. Sofort, okay? Ich bin gleich da.«

Irritiert hört Victor Dujeu, wie die Wohnungstür zuschlägt und Martin, gefolgt von Germinal, die Treppe hinunterstürmt.

10

Die Zweifel

»Das ist unmöglich, Alter, vollkommen unmöglich!«

Die Arme vor der gewölbten Brust verschränkt, schüttelt Oscar energisch seine Locken.

Völlig außer Atem, weil er die ganze Strecke von der Rue de Babylone bis zur Rue de Vaugirard gelaufen ist, stampft Martin so erregt mit dem Fuß auf, wie Oscar es noch nie bei ihm erlebt hat.

»Ich bitte dich, Duval! Fünf von sieben richtig! Du willst mir doch nicht erzählen, das sei nur ein Zufall!«

»Reiner Zufall«, entgegnet Oscar bestimmt.

»Ich weiß, dass du nicht an solche Dinge glaubst, und bis heute habe ich ja auch nicht daran geglaubt, aber das ist doch echt erstaunlich, oder?«

»So was kommt vor, auch wenn die Chancen dafür eins zu einer Million stehen. Du hast einen Haufen Geld gewonnen, das ist schön für dich. Großartig! Aber lauf jetzt bloß nicht rum und erzähle allen, dass deine alte Pennerin magische Kräfte hat und du nur ihretwegen gewonnen hast. Damit würdest du dich nur lächerlich machen, und glaub mir, das bist du schon genug.«

»Du hast selbst gesagt, dass sie aussieht wie eine Hexe!«

»Weil sie eine Hakennase und faule Zähne hat. Komm schon, Dujeu, hör auf, dich zum Affen zu machen, Hexen gibt es nicht.«

Oscar wirft einen Blick auf seine Uhr, dann streicht er sich vor dem Flurspiegel sorgfältig übers Haar.

»Hör zu, Alter«, sagt er und kontrolliert dabei seine Zahnzwischenräume für den Fall, dass sich darin ein verräterischer Speiserest verklemmt hätte, »ich hab um neun Uhr ein Date. Ich will dich ja nicht rauswerfen, aber ...«

Martin seufzt.

»Schon gut, ich habe verstanden. Ich bin ja schon weg.«

Ein wenig besorgt sieht Oscar ihm nach. Doch dann wandern seine Gedanken weiter zu seiner neuesten Flamme und der Frage, wie er sie am besten rumkriegen kann, und Martin ist vergessen.

Dieser geht zurück nach Hause. Kaum hat er die Wohnungstür hinter sich geschlossen, als sein Vater nach ihm ruft.

»Du bist wie ein Irrer rausgerannt! Was ist denn in dich gefahren?«

»Ich habe im Lotto gewonnen.«

»Wie viel?«

»Ich weiß nicht genau. Das erfahre ich erst morgen. Es waren einundzwanzig Millionen im Spiel, und ich hatte fünf Richtige.«

Victor Dujeu stößt einen Pfiff aus.

»Das gibt ein hübsches Sümmchen! Dürfte man erfahren, was du damit vorhast?«

»Ich habe da schon eine Idee ...«

Als Martin am darauffolgenden Morgen im Krankenhaus eintrifft, erlebt er eine böse Überraschung. Célestine ist nicht mehr in ihrem Zimmer. Stattdessen liegt dort ein alter Herr in blau gestreiftem Pyjama. Martin versucht, die junge Assistenzärztin zu finden, aber sie hat ihren freien Tag. Es bleibt ihm nichts anderes übrig, als sich an einen gestressteren, weniger sympathischen jungen Mann zu wenden.

»Ich bin heute der Assistenzarzt vom Dienst. Wie kann ich Ihnen helfen?«

»Ich suche die Patientin, die in Zimmer Nummer neun war.«

Der Arzt sieht in seinen Unterlagen nach.

»Madame Baudoin?«

»Ja, genau.«

»Sie ist zurück auf Intensiv.«

Martin wird blass.

»Sind Sie ein Angehöriger?«

»Ja«, lügt Martin. »Sie ... sie ist meine Tante.«

»Ihr Zustand hat sich gestern Abend verschlechtert, wir mussten sie wieder künstlich beatmen.«

»Ich möchte zu ihr ... bitte.«

»Das wird nicht leicht für Sie ...«

»Hören Sie«, entgegnet Martin, »ich weiß, dass sie nicht mehr lange zu leben hat. Ich bin über ihren Zustand informiert, und ich bin der einzige Mensch, der für sie noch von Bedeutung ist. Sie wartet auf mich, sie braucht mich. Wenn ... wenn etwas passiert und sie ...«

Der Arzt schaut auf seine Uhr.

»Können Sie noch ein wenig warten?«

»Die ganze Nacht, wenn ich weiß, dass ich dann zu ihr darf.«

»Sie dürfen zu ihr.«

Diesmal muss er ein steriles Set überziehen: einen im Rücken verschließbaren Kittel, eine Hose und Überschuhe aus grünem Papier, dann eine Haube, Handschuhe und eine Maske.

»Jetzt sind Sie richtig ausgestattet«, sagt der Arzt, der alles in allem doch nicht so unsympathisch ist. »Kommen Sie mit. Sie haben fünf Minuten. Sie kann nicht sprechen, aber Sie können hierüber mit ihr kommunizieren.«

Er reicht ihm Notizblock und Kugelschreiber.

»Danke«, sagt Martin.

»Gehen Sie, und vergessen Sie nicht: fünf Minuten, mehr nicht.«

In Célestines neuem Zimmer treten drei Krankenschwestern vom Bett zurück, um ihm Platz zu machen, und er hört das Röcheln, das ihm lauter und einschüchternder erscheint als je zuvor. Ihre Augen sind offen, und das ist alles, was er von ihr erkennen kann: zwei schwarze, glänzende Augen, die unablässig hin und her huschen. Ihr Körper ist unter einer komplizierten Apparatur und zahllosen Schläuchen verborgen. Endlich erfasst ihn Célestines Blick, und Martin sieht, wie die Angst in ihren Augen erlischt und Freude aufleuchtet.

»Sind Sie Martin Dujeu?«, erkundigt sich eine der Krankenschwestern.

»Ja, das bin ich.«

»Sehen Sie.«

Sie hält ihm ein Blatt Papier hin. Martin erkennt die ungelenke Schrift wieder, ungefähr zehnmal hat Célestine darauf gekritzelt:

wo ist martin dujeu? martin dujeu soll kommen
Langsam hebt Célestine die Hand und greift nach dem Notizblock und dem Stift. Hinter den ganzen Schläuchen kann sie kaum sehen, was sie schreibt.
Mühsam entziffert er:
und?
Martin wartet, bis sich die Krankenschwestern entfernt haben.
»Es hat funktioniert. Ich habe viel Geld gewonnen, Célestine. Dank Ihnen.«
wie viel?
»Drei Millionen Francs.«
alle zahlen richtig?
»Fünf von sieben.«
ich hab getan was ich konnte war nicht so einfach ich wusste dass was nicht richtig geklappt hat
»Das Geld ist für Sie, Célestine. Es gehört Ihnen. Ich möchte es Ihnen schenken.«
vergiss das oder ich werd sauer
Aus dem Konzept gebracht, weiß Martin nicht mehr, was er sagen soll. Was soll er denn mit dem Geld machen, wenn Célestine es nicht haben will?
Sie hält ihm den Block hin.
dein zweiter wunsch?
Diesmal ist Martin vorbereitet.
»Meine Füße«, flüstert er.
was ist mit deinen füßen?
Martin blickt hinter sich. Die Krankenschwestern sind fort. Hastig streift er einen der Papierüberzieher ab, zieht die Socke aus und zeigt Célestine seinen Fuß.
Er sieht, wie sich ihre schwarzen Augen vor Verblüffung weiten. Eine Hand tastet sich vor und berührt scheu das feine Häutchen zwischen den Zehen.

»Ich möchte, dass Sie meine Schwimmhäute verschwinden lassen«, sagt Martin.

Célestine schreibt, so schnell sie kann.

nicht zu fassen deine füße, ich tu mein bestes, aber das wird nicht leicht

»Sie dürfen sich auf keinen Fall überanstrengen.«

schadet jetzt auch nicht mehr

»Monsieur Dujeu!«

Er hört die Stimme des Arztes.

Martin beugt sich vor, sucht unter dem Gewirr von Schläuchen eine freie Stelle auf ihrer Stirn und küsst sie durch die Maske hindurch.

»Bis morgen, Célestine.«

Langsam schließt sie die schwarzen Augen und öffnet sie wieder.

Martin verlässt das Zimmer und geht in die Umkleide, wo er die Schutzkleidung ablegt.

Bevor er die Schuhe wieder anzieht, mustert er prüfend seine nackten Füße.

Die Schwimmhäute sind unverändert.

Plötzlich erinnert er sich an Oscars Worte, und zum ersten Mal, seit er das Ergebnis der Lottoziehung gesehen hat, kommen ihm Zweifel.

Kaum hat Martin am nächsten Morgen die Augen aufgeschlagen, betastet er seine Füße. Die Schwimmhäute sind noch da. Arme Célestine! Wie soll er ihr vorgaukeln, dass es funktioniert habe? Sie wird seine Füße sehen wollen, und dann wird ihm nichts anderes übrig bleiben, als sie ihr zu zeigen …

Besorgt steht er auf, zieht sich an und geht mit seinem Hund spazieren. Während ihr Weg sie in die Rue de Sèvres und am Krankenhaus vorbeiführt, sucht er weiter nach einer Lösung für sein Problem. Ihm kommt ein verrückter Gedanke: Vielleicht könnte er Oscar bitten, ihn heimlich in ihr Zimmer zu begleiten und sich unter dem Bett zu verstecken. Dann könnte er Célestine Oscars Fuß zeigen und ihn als seinen eigenen ausgeben. Aber Oscar würde dabei niemals mitspielen. Und falls er wie durch ein Wunder doch dazu bereit wäre … wie sollte er ihn in dieses sterile, streng überwachte Refugium einschleusen?

Zum Mittagessen ist Martin bei Marcelle Dujeu eingeladen, der Mutter seines Vaters, die in der Nähe des Parc Monceau wohnt. Wie üblich wird er dort auch seine Vettern Quentin und Augustin und seine Cousine Arbella treffen, die Kinder seines Onkels Henri. Als Martin mit einem Blumenstrauß in der Hand bei seiner Großmutter eintrifft, ist er in Gedanken immer noch bei seinen Zehen. Wieso zum Teufel hat es nicht funktioniert? Vielleicht ist Célestine durch ihre Krankheit zu sehr geschwächt und kann sich nicht genug konzentrieren ... Vielleicht hatte Oscar aber auch recht, und der Lottogewinn war nur ein erstaunlicher Zufall.

Doch dann verdrängt er seine Grübeleien, amüsiert sich über Quentins neugeborenes Baby, scherzt fröhlich mit der hübschen Arbella und plaudert mit seiner entzückenden Großmutter, die genauso aussieht wie die alte Dame aus *Babar, der kleine Elefant.*

Während des Essens hat Martin plötzlich das Gefühl, dass seine Füße jucken. Er entschuldigt sich und geht ins Bad, wo er sich einschließt. Nachdem er seine Socken ausgezogen hat, stellt er fest, dass seine Flossen noch da sind. Zwar ist es tatsächlich die feine Haut zwischen seinen Zehen, die juckt, aber sonst hat sich nichts verändert. Enttäuscht zieht er die Schuhe wieder an und geht zurück ins Esszimmer. Er ringt sich ein Lächeln ab, als er während des Essens den Blick seiner Großmutter auf sich gerichtet spürt. Sie hatte schon immer eine besondere Schwäche für diesen verschlossenen kleinen Dujeu, der so ganz anders ist als seine offenherzigen Verwandten.

»Du wirkst bedrückt ...«, sagt sie, als er sich von ihr verabschiedet.

»Eine Freundin von mir ist krank.«

»Dein Vater hat mir davon erzählt.«

»Ich mache mir große Sorgen um sie.«

Er würde sich seiner weisen, mitfühlenden Großmutter gern anvertrauen, aber er weiß nicht, wie er anfangen soll. Wie soll er über besondere Kräfte, Magie und Hexerei reden, welche Worte, welche Formulierungen benutzen, damit sie ihn nicht für verrückt hält? Doch dann setzt sich Quentins Frau in ihre Nähe, um dem Baby das Fläschchen zu geben, und Marcelle Dujeu ist so entzückt von ihrem ersten Urenkelchen, dass sie gar nichts anderes mehr wahrnimmt. Martin bleibt nichts anderes übrig, als zu gehen.

Zu Hause erwartet ihn auf seinem Schreibtisch ein Brief der Éditions Rive Gauche. Roland Argençon bittet ihn um ein Treffen und schlägt einen Termin am Ende der Woche vor. Unter normalen Umständen hätte Martin vor Freude laut geschrien, wäre in seinem Zimmer herumgelaufen und hätte den Brief geschwenkt wie eine Siegesfahne. Heute jedoch wird jede gute Nachricht durch Célestines Zustand und seine Angst vor dem nächsten Besuch bei ihr getrübt. Was soll er bloß sagen, wenn sie sich am Nachmittag nach seinen Füßen erkundigt? Er erträgt die Vorstellung nicht, sie zu enttäuschen, mit ansehen zu müssen, wie sie an sich selbst zu zweifeln beginnt. Seine Füße jucken immer noch. Er zieht die Schuhe aus und reibt ausgiebig an dem rosa Häutchen.

Es ist vier Uhr. Célestine erwartet ihn sicher schon voller Ungeduld. Was tun? Martin zermartert sich das Hirn. Als ihm nichts einfällt, ruft er aus lauter Verzweiflung im Krankenhaus an und teilt einer Krankenschwester mit, dass er an diesem Nachmittag nicht kommen könne.

»Das ist auch besser so«, antwortet sie. »Madame Baudoin ist erschöpft, und der Arzt denkt darüber nach, heute keinen Besuch zuzulassen. Sie hat auf sie gewartet, Monsieur Dujeu. Ich richte ihr aus, dass Sie angerufen haben, dann kann sie sich ausruhen.«

Martin hat ein furchtbar schlechtes Gewissen. Es wird allmählich dunkel, die Kinder verlassen den Jardin de Babylone. Er schaut eine Serienfolge im Fernsehen, liest ein paar Seiten eines Romans, und ohne es zu merken, reibt er dabei die ganze Zeit an seinen Zehen. Als er gegen sechs Uhr aufsteht, entdeckt er lauter kleine, rosige Krümel auf dem dunklen Sofabezug. Neugierig beugt er sich vor.

Es sind Hautfetzen.

Er setzt sich wieder hin und untersucht seine Füße.

Bildet er sich das ein, oder ist die Haut zwischen seinen Zehen tatsächlich heller, dünner, beinahe durchscheinend geworden? Erbittert rubbelt er an dem Häutchen zwischen seinem großen Zeh und dem Zeh daneben. Das Jucken wird stärker, es ist kaum noch auszuhalten. Martin beißt die Zähne zusammen, kämpft gegen den Schmerz an und rubbelt mit aller Kraft. Dann hält er inne, atmet tief aus und mustert das Häutchen erneut. Es ist kein Zweifel möglich: Die Haut, an der er gerieben hat, ist mittlerweile so dünn, dass er Licht hindurchschimmern sieht. Er reibt an der gleichen Stelle weiter, kratzt, schabt, und ein abscheulicher Geruch steigt von der sich auflösenden, zerbröselnden Haut auf. Es riecht nach Verbranntem, und je länger Martin reibt, desto durchdringender wird der Gestank, ihm wird schwindlig davon und übel, aber trotz des Schmerzes, der ihn unwillkürlich aufstöhnen lässt, hört er nicht auf.

Verblüfft stellt er schließlich fest, dass das Häutchen vollständig verschwunden ist. Seine beiden voneinander gelösten Zehen sehen wie durch ein Wunder plötzlich aus wie ganz normale Zehen. Ermutigt traut sich Martin an die anderen Häutchen heran. Von Zeit zu Zeit hält er erschöpft inne, angewidert vom Geruch des zu Fetzen zerriebenen Fleisches und mit vor Schmerz tränenden Augen. Germinal beobachtet ihn ängstlich.

Nach einer Stunde, die ihm wie eine Ewigkeit vorkommt, hat Martin auch die sieben übrigen Häutchen weggerieben und betrachtet inmitten von Hautkrümeln seine neuen Füße. Füße, die endlich wie Füße aussehen und über die sich nie wieder jemand lustig machen wird. Der Schmerz ist so groß, dass er kaum aufstehen, geschweige denn Socken und Schuhe anziehen kann. Taumelnd holt Martin den Staubsauger, saugt die abgestorbenen Hautfetzen weg und entfernt die vereinzelten Blutspuren. Jetzt kann er Célestine besuchen und ihr triumphierend seine Füße zeigen!

Trotzdem nagt ein leiser Zweifel an ihm. Ist das Verschwinden seiner Schwimmhäute wirklich Célestines Werk? Martin ist noch nie zuvor auf die Idee gekommen, daran zu reiben, sie so heftig zu rubbeln, wie er es gerade getan hat. Was, wenn er das schon früher versucht hätte? Hätte er sie auch dann schon entfernen können?

Célestines Kräfte hätten eigentlich dafür sorgen sollen, dass die Häute wie durch Zauberhand und ohne Schmerzen verschwinden, und er hätte bloß noch glücklich seine neuen Füße zu bewundern brauchen. Das, was er gerade getan hat, hatte nichts Magisches, nichts von einem Zauber an sich. Ist womöglich er selbst dafür verantwortlich?

Plötzlich hört Martin den Schlüssel seines Vaters im Schloss. Hastig zieht er Socken und Schuhe wieder an und beißt sich auf die Unterlippe, um nicht laut aufzuschreien. Als sein Vater das Wohnzimmer betritt, steht Martin mit einem Buch in der Hand entspannt an die Fensterlaibung gelehnt. Sein Hund liegt zu seinen Füßen.

»Guten Abend, Martin«, sagt Victor Dujeu und zieht den Lodenmantel aus.

»Guten Abend, Vater.«

»Hier drin riecht es merkwürdig, findest du nicht?«

»Ach, ja?«, antwortet Martin und bewegt sich mit vorsichtigen Schritten zu seinem Zimmer.

»Hinkst du?«

»Meine Schuhe sind zu klein.«

Am nächsten Morgen erwacht Martin mit schwerem Herzen und begreift im ersten Moment nicht, was der Grund dafür sein könnte. Seine Füße schmerzen. Fasziniert betrachtet er eine Weile seine unverbundenen Zehen, bewegt einen nach dem anderen, spreizt sie, ja schiebt sogar staunend einen Bleistift zwischen zwei Zehen.

Draußen ist es kalt und trüb, der Himmel ist von einem tristen Grau bedeckt. Immer noch von dieser rätselhaften Melancholie erfüllt, steht Martin auf, doch als er Kerstins Foto auf seinem Nachttisch sieht, fällt es ihm wieder ein.

Heute ist der 23. Dezember, der Todestag seiner Mutter. Heute Abend wird er mit seinem Vater in die Rue Casimir Périer gehen, in der Basilika Sainte-Clotilde eine Kerze anzünden und an Kerstin denken.

Wie jeden Morgen, seit er ihn gefunden hat, heftet Martin den kleinen goldenen Löwen an seinen Pullover. Dann geht er langsam zum Krankenhaus. Seine Füße schmerzen so sehr, dass ihm das Laufen noch immer schwerfällt. Allmählich gewöhnt er sich an die neue Freiheit seiner Zehen, spürt, wie sie sich auf bisher ungekannte Weise bewegen: Nicht länger untrennbar miteinander verbunden, schieben sie sich in seinen Schuhen übereinander, verkreuzen sich, machen sich gegenseitig den Platz streitig.

Als Martin das Krankenhaus erreicht, hat er seine gute Laune beinahe wiedergefunden und kann fast schon wieder lächeln. Doch beim ersten Blick auf Célestines Gesicht, das er seit zwei Tagen nicht gesehen hat, verfliegt seine Fröhlichkeit genauso schnell, wie sie gekommen ist.

Célestine ist kreideweiß, und man spürt, dass der Tod nicht mehr fern ist. Hinter dem eisernen Bettgestell lauert er auf das letzte Röcheln, den letzten Atemzug, die letzte Anstrengung des von Krankheit gezeichneten Brustkorbs. Ihre Nasenlöcher sind zusammengezogen, ihr Teint ist fahl, ihr Gesicht wirkt wie von innen ausgehöhlt, sodass man nur noch die spitzen Wangenknochen, den scharf hervortretenden Nasenrücken und das schmal zulaufende Kinn wahrnimmt. Hinter den geschlossenen Lidern pochen ihre Augen in den zu groß gewordenen Höhlen, der welke Mund gleicht einem schmerzverkrümmten Stück Stacheldraht.

Diesmal ist es Professor Gaubert selbst, der Martin begleitet, gefolgt von einer respektvollen Eskorte aus Assistenzärzten, Oberärzten, Medizinstudenten und Krankenschwestern. Der Professor trägt eine Maske, und Martin sieht nur seine beiden braunen, müde dreinblickenden Augen.

»Es ist bald so weit, mein Junge«, sagt er, während Martin durch die Scheibe Célestines entstelltes Gesicht betrachtet.

»Was heißt das?«

»Es kann sein, dass sie die Nacht nicht übersteht.«

Martin schluckt. Er ist dankbar für die Maske, hinter der die Anwesenden nicht erkennen können, wie schwer ihn diese Nachricht trifft.

»Geh hinein«, sagt der Professor leise. »Du kannst so lange bleiben, wie du willst.«

Im ersten Moment wundert sich Martin über das Duzen und die ungewohnte Güte des sonst so nüchternen Mannes. Doch dann versteht er. Als er Célestines Zimmer betritt, greift der Professor noch einmal nach seinem Arm und sagt leise: »Du siehst sie heute zum letzten Mal.«

Martin dreht sich um und erkennt in den Mienen der hinter ihm Versammelten eine Mischung aus Mitgefühl, Verlegenheit und – was ihn erstaunt, denn er hatte das Krankenhauspersonal für abgestumpfter gehalten – einer gewissen Schamhaftigkeit im Angesicht des Todes.

Sie schreibt langsam und mühevoll, und es tut Martin weh zu sehen, wie die ausgezehrte Hand verbissen ein paar Buchstaben zu Papier bringt, die er anschließend entziffert:
deine füße
Er beugt sich über das ausgemergelte Gesicht und erschrickt vor der dünnen Haut, die ihren Schädel kaum noch zu bedecken scheint.
»Ich habe keine Schwimmhäute mehr, Célestine. Es hat funktioniert.«
lass sehen
Die Schwester, die neben ihnen Arzneifläschchen sortiert, sagt kein Wort, als sie sieht, wie Martin Überschuh und Strumpf auszieht.
Célestine berührt seine Zehen und lächelt, ein schwaches, schmerzverzerrtes Lächeln.
gut
»Ja«, sagt Martin mit zitternder Stimme, »das ist gut.«
glaubst du mir jetzt
Martin schiebt sämtliche Zweifel beiseite, jetzt ist nicht der passende Moment, um sie anzusprechen.
»Ja«, presst er hervor. Er spürt, wie ihm die Tränen kommen, und kämpft mit aller Macht dagegen an, um nicht vor ihr zu weinen.

Sie streichelt seine Wange, und er kann die Worte von ihren Lippen ablesen: »Armer Junge, mein armer Junge, nicht weinen, nicht weinen, Martin.«

Mit schier übermenschlicher Anstrengung gelingt es ihm, das Schluchzen zurückzudrängen.

der dritte wunsch?

»Es wird keinen dritten Wunsch geben, Célestine, Sie sind zu erschöpft.«

Das Schreiben fällt ihr immer schwerer.

als gefallen für mich tu es für mich

Er sieht ihr lange in die schwarzen, heute beinahe transparenten Augen, und ihm fehlt der Mut, ihr diese Bitte abzuschlagen. Was kann er sich auf ihrem Totenbett von ihr wünschen? Plötzlich fällt ihm Kerstin ein, jener 23. Dezember, an dem seine Mutter ihn verlassen hat, und ihre Leiche, die nie gefunden wurde.

»Ich möchte wissen, ob meine Mutter noch lebt.«

und wenn sie lebt willst du wissen wo sie ist?

»Ja.«

das wird ziemlich schwierig

»Bitte, strengen Sie sich ja nicht zu sehr an ...«

hast du was bei dir was ihr gehört hat?

Unter dem Papierkittel tastet Martin nach dem goldenen Löwen und nimmt ihn ab.

»Hier.«

Célestine nimmt die Brosche in die Hand und drückt sie ganz fest. Sie hat bereits die Augen geschlossen, ihr Gesicht wirkt ruhig und gelassen, und er spürt, dass sie sich an die Arbeit macht.

Lange steht er reglos neben ihr und hält ihre Hand.

Abends verlässt er das Krankenhaus. Eine junge Schwester ruft ihm »Frohe Weihnachten!« zu, und als er sie verständnislos ansieht, fügt sie hinzu: »Morgen ist doch Weihnachten!« Ohne ihr zu antworten, ergreift Martin die Flucht.

Draußen erblickt er die hochgewachsene Gestalt seines Vaters, der vor dem Eingang mit Germinal auf ihn wartet. Wortlos und mit hängenden Armen schauen sie einander an, dann kann Martin seinen Kummer nicht länger zurückhalten. Victor Dujeu sieht, wie sein Sohn auf dem Bürgersteig in die Hocke sinkt und sich zusammengekauert von seinem Hund liebevoll das Gesicht lecken lässt. Victor beugt sich zu ihm hinunter, zieht die einhundertachtundneunzig Zentimeter seines Sohnes in die Höhe und umschließt ihn mit bebenden Armen.

11

Der Brief

Am nächsten Morgen erhält Martin einen Anruf aus dem Krankenhaus: Célestine ist in der Nacht gestorben.

»Hier sind noch einige Sachen ...«, fährt die junge Assistenzärztin zögernd fort.

»Was für Sachen?«

»Die persönlichen Sachen von Madame Baudoin. Wollen Sie sie haben? Außer Ihnen wird sie niemand holen.«

Er geht ins Krankenhaus. Die Assistenzärztin hat ihn bereits erwartet und reicht ihm eine große Tüte. Martin wirft einen Blick hinein und sieht zerknitterte Kleidung, Zolas *Traum* und das Tagebuch.

Die junge Frau schaut ihn verlegen an. Dann räuspert sie sich.

»Ich muss mit Ihnen auch über die sterblichen Überreste von Madame Baudoin reden.«

»Ja?«

»Normalerweise werden die Leichen von Obdachlosen, die nicht von Angehörigen oder sonstigen Hinterbliebenen abgeholt werden, der Wissenschaft zur Verfügung gestellt.«

»Was bedeutet das?«

»Das bedeutet, dass die Körper in den Dienst der Medizin gestellt werden, für Experimente, Analysen, Entnahmen ... Wir angehenden Ärzte lernen unseren Beruf dank dieser Leichen.«

Martin spürt, wie sich seine Kehle zuschnürt.

»Wollen Sie damit sagen, dass Célestine seziert wird?«

Sie weicht seinem Blick aus.

»Gewissermaßen, ja.«

Aschfahl richtet Martin sich auf.

»Das kommt nicht infrage!«, erklärt er. »Was muss ich tun, um das zu verhindern?«

»Sie müssten die Beerdigungskosten übernehmen und sich um alles kümmern, als wäre sie eine Ihrer Angehörigen.«

»Das war sie.«

Mit den erforderlichen Dokumenten ausgestattet, sitzt Martin kurz darauf in der Rue Vaneau dem Angestellten eines Bestattungsunternehmens gegenüber und blinzelt zerstreut. Célestine ist tot, aber im Gegensatz zu Kerstin, die nicht beerdigt werden konnte, sind ihre sterblichen Überreste noch da, und zum ersten Mal in seinem Leben muss er jemanden begraben, den er liebt.

Die Fragen des Bestatters prasseln auf ihn ein:

»Einsargung?«

»Ja.«

»Das macht dreihundert Francs. Hygienische Versorgung?«

»Hygienische Versorgung? Was ist das?«

»Nun, Waschen und Ankleiden der Verstorbenen.«

»Einverstanden.«

»Vierhundert Francs. Was für einen Sarg?«

»Den besten, den Sie haben.«

»Den teuersten?«

»Nein, den schönsten.«

»Das läuft auf das Gleiche hinaus.«

»Dann den teuersten.«

»Welche Größe?«

»Sie war knapp einen Meter achtzig groß.«

»Sie werden wieder ein bisschen kleiner, vor allem, wenn sie lange krank waren. Wir überprüfen das zur Sicherheit noch einmal. Gepolsterter Sarg?«

»Ja.«

»Fünfundzwanzigtausend Francs. Haben Sie eine Vorliebe, was die Farbe der Polsterung angeht?«

»Nein.«

»Griffe?«

»Ja.«

»Vierhundert Francs. Ein Kreuz?«

»Ja.«

»Dreihundert Francs. Religiöse oder weltliche Trauerfeier?«

»Ich verstehe nicht.«

»War die Verstorbene gläubig? Getauft?«

»Ich bin mir nicht sicher.«

»Dann entscheiden Sie sich lieber für die weltliche Bestattung, Monsieur, das ist besser, wenn Sie es nicht genau wissen. Also nehme ich das Kreuz wieder raus, das macht dreihundert Francs weniger, und die fünfhundert Francs für den Gottesdienst sparen Sie auch. Organisation und Begleitung während der Trauerfeier, Behördengänge, sonstige Kosten, polizeiliche Aufsicht: eintausendfünfhundert Francs. Die Überführung wird Sie zweitausend Francs kosten. Darin inbegriffen sind der Leichenwagen und die Sargträger. Wo soll die Beisetzung stattfinden?«

»Auf dem Friedhof Montparnasse.«

»Blumen? Kränze?«

»Nein.«

Der Mann sieht Martin an.

»Der Friedhof Montparnasse ist sehr teuer, müssen Sie wissen, Monsieur. Es ist schwer, dort einen Platz zu bekommen, man braucht entweder eine bereits bestehende Grabstätte oder viel Geld.«

»Ich habe Geld.«

»Verzeihen Sie, aber Sie wirken noch sehr jung ...«

»Ich kann alles bezahlen, was nötig ist.«

»Wenn Sie bezahlen können, bekommen Sie auch einen Platz.

Also gut, dann weiter. Das Grab: Betonfundament? Tiefgrab? Gravur?«

»Ich will ein schlichtes Grab. Kein Marmor. Kein Granit. Und das hier soll eingraviert werden.«

Er reicht dem Mann ein Blatt Papier.

»Gut. Das ist Ihr Kostenvoranschlag. Sie müssen hier unterschreiben. Und wenn alles erledigt ist, kommen Sie noch einmal vorbei und begleichen die Rechnung.«

»Nein, ich zahle lieber sofort. Ich möchte nicht noch einmal herkommen.«

Er zieht ein dickes Bündel Geldscheine aus der Tasche. Die Augen des Bestatters werden kugelrund. Martin zählt das Geld ab und legt es auf den Tisch. Als er die Miene des Mannes sieht, muss er unwillkürlich lächeln.

»Ich habe im Lotto gewonnen«, erklärt er.

»Ah«, erwidert sein Gegenüber nur und starrt wie hypnotisiert auf die Scheine.

»Stellen Sie mir bitte eine Quittung dafür aus.«

Hastig kommt der Mann seinem Wunsch nach.

»Monsieur Dujeu«, sagt er in einschmeichelndem Ton, »wenn Sie wünschen, kann ich mich für Sie um einen Platz auf dem Friedhof Montparnasse bemühen ... Ich bin gut bekannt mit dem Direktor.«

»Könnten Sie auch das Rathaus übernehmen?«

»Eigentlich habe ich nicht sehr viel Zeit, wissen Sie ...«

Martin streichelt beiläufig einen Zweihundertfrancschein, und unwillkürlich schielt der Mann auf das Geld.

»Das wäre sehr freundlich von Ihnen. Ich wäre Ihnen ausgesprochen dankbar ...«

Er legt den Schein auf den Schreibtisch.

Blitzschnell schießt die Hand des Bestatters vor und greift danach.

»Ich werde mich um alles kümmern, Monsieur Dujeu, und rufe

Sie dann heute Abend an. Wir arrangieren eine weltliche Trauerfeier mit anschließender Beisetzung morgen Nachmittag.«

Beflissen springt er auf und öffnet Martin die gläserne Eingangstür.

Martin tritt hinaus auf die Rue Vaneau, froh darüber, wieder draußen an der frischen Luft zu sein, und angewidert von dieser Geschäftemacherei mit dem Tod. Aber immer noch lieber das als die Vorstellung, Célestine könnte Medizinstudenten zu Übungszwecken vorgeworfen werden.

Er geht zurück in die Rue de Babylone. Zu Hause packt er die Tüte aus, faltet die von Célestines intensivem, säuerlichem Geruch durchdrungenen Kleidungsstücke auseinander und verstaut sie in einer Ecke seines Zimmers. Die Szene hat etwas von einem Déjàvu. In einer kleinen Plastiktüte mit dem Aufkleber BAUDOIN, RAUM 3, STATION BOISSARD entdeckt er den kleinen goldenen Löwen. Er nimmt ihn heraus und steckt ihn an sein Sweatshirt.

Célestine hat ihrem Tagebuch keinen weiteren Eintrag hinzugefügt, seit er es gelesen hat. Er will es gerade weglegen, als ein zugeklebter Umschlag herausfällt und auf dem Boden landet. Er hebt ihn auf.

Der Umschlag trägt den Aufdruck der Sozialfürsorge. Darunter steht in einer säuberlichen, ihm unbekannten weiblichen Schrift sein Name:

Für Martin Dujeu

Neugierig macht er ihn auf.

Der Umschlag enthält eine Karte und ein Blatt Papier. Als Erstes liest er die Karte.

Lieber Martin Dujeu,
mein Name ist Charlotte, und ich war die diensthabende Krankenschwester, als es mit Mme Baudoin zu Ende ging. Sie hat mich gebeten, diesen Brief für sie zu schreiben. Sie war sehr müde. Es hat lange gedauert, ihn zu diktieren, und es war mühsam für sie,

weil sie kaum noch sprechen konnte. Aber ich habe trotzdem verstanden, was sie mir zuflüsterte, und so ist nun hier dieser letzte Brief für Sie. Sie haben ihr offensichtlich sehr viel bedeutet. Ich erlaube mir, Ihnen mein tief empfundenes Beileid auszusprechen.
  Mit freundlichen Grüßen
  Charlotte Martin

Bewegt faltet Martin das Blatt auf, das mit derselben ordentlichen, gut lesbaren Schrift bedeckt ist. Er setzt sich auf sein Bett und atmet tief durch.

Mein lieber Junge,
meine Zeit ist gekommen, mein Kleiner. Da ist nichts zu machen. Die nette Schwester schreibt diese letzten Worte für mich auf. Sie ist freundlich und geduldig. Es ist ein Glück, dass ich meinen Weg mit ihr an meiner Seite beenden darf. Mein Martin. Meine Sonne. Du hast an mich geglaubt, an die jämmerliche, saufende Obdachlose, die sonst keiner mehr gesehen hat. Du bist der kleine Zauberer, der meinem beschissenen Leben die Farbe zurückgegeben hat. Ich werde Dich niemals vergessen. Auch wenn mein Gesicht morgen früh ganz starr und blau ist und sie mich in so eine Schublade in der Krankenhausleichenhalle stopfen, auch dann bin ich noch für Dich da. Ich werde immer da sein, ganz in Deiner Nähe. Du wirst schon sehen. Geh Deinen Weg, mein Martin. Dieses Leben gehört Dir, pack es mit beiden Händen und halt es fest. Breite Deine Flügel aus. Hab keine Angst. Geh immer weiter. Such nach den Antworten.
  Deine Mutter ist dort, wo es keinen Lärm gibt.
  Leb wohl.
  Célestine, die Dich liebt,
  als hätte sie Dich selbst gemacht.

Martin wischt die einzelnen Tränen weg, die unter seiner Brille hervorlaufen. Sein Herz zieht sich vor Trauer zusammen, und eine Weile sitzt er einfach nur da, das Gesicht in den Händen vergraben. Dann fasst er sich wieder.

Dort, wo es keinen Lärm gibt.

Was hat sie damit gemeint?

Unwillkürlich stellt er sich einen magischen Ort vor, still, geheimnisvoll und von Gespenstern bevölkert, ein verborgenes Reich, wo vielleicht das, was Célestines Wesen ausgemacht hat, seine letzte Ruhestätte gefunden hat. Weilt dort etwa auch der Geist seiner Mutter?

Roland Argençon sieht, wie ein Riese sein Büro betritt und den platinblonden Kopf neigt, um nicht mit der Stirn gegen den Türrahmen zu stoßen. Er sieht eine Hakennase, einen Mund, der kindliche Sensibilität verrät, und dicke Brillengläser, hinter denen sich blaue Augen verbergen.

Martin setzt sich einem eleganten Mann mit silbergrauem Haar und klugen Augen gegenüber, der auf die sechzig zugehen dürfte.

Als Roland Argençon zu sprechen ansetzt, hebt Martin die Hand, um ihn zu unterbrechen.

»Monsieur Argençon, ich muss Ihnen etwas Wichtiges sagen.«
»Bitte, reden Sie.«

Martin faltet die Hände auf der Schreibtischplatte, und Roland Argençon betrachtet die scheinbar endlosen Finger, die sich wie lange Fäden miteinander verwinden.

»Célestine ist gestorben.«
Die hohe Stirn des Intellektuellen legt sich in Falten.
»Célestine?«
»Titine. Titine du Bac.«
»Mein Gott ...«
»Sie ist am 24. gestorben. Gestern war die Beerdigung.«
»Woran ist sie gestorben?«
»Sie war schwer krank.«
»Sie war es, die mir Ihr Manuskript gegeben hat.«

»Ich weiß.«

»Ich mochte Titine sehr gern. Was Sie mir da sagen, ist überaus traurig.«

»Ich wollte es Ihnen sagen, weil …«

Er bricht ab.

»Fahren Sie fort.«

Martins Hände sind so verkrampft, dass die Knöchel weiß hervortreten.

»Ich komme über ihren Tod einfach nicht hinweg.«

»Standen Sie sich nahe?«

»Es kommt mir vor, als hätte ich eine Angehörige verloren, und deshalb …«

Wieder verstummt Martin.

Bewegt vom Anblick seiner Trauer, lässt Roland Argençon ihm Zeit, sich zu fangen.

»Ich kann nicht mehr schreiben.«

Roland Argençon blinzelt.

»Wieso?«

»Seit sie tot ist, habe ich einfach keine Lust mehr, auch nur eine Zeile zu Papier zu bringen.«

»Sie trauern, Martin. Sie leiden. Die Lust zu schreiben wird wiederkommen.«

»Nein, das glaube ich nicht.«

Roland Argençon steht auf, geht um den Schreibtisch herum und stellt sich ans Fenster, das auf die Rue des Canettes hinausgeht.

»Ich will offen zu Ihnen sein, Martin. Ihr Roman ist herausragend.«

Verblüfft hebt Martin den Kopf. Roland Argençon steht im Gegenlicht, er kann sein Gesicht nicht erkennen.

»›Herausragend‹ ist ein Begriff, der im Zusammenhang mit einem Debüt nur selten verwendet wird. Debüts sind oft unbeholfen, narzisstisch und in der Regel autobiografisch. Ihr Roman dagegen ist so überraschend, dass ich gern mehr darüber erfahren möchte. Was hat Sie dazu bewogen, ihn zu schreiben?«

»Ich wollte eine spannende Geschichte erfinden und unterhalten. Das ist alles.«

»Warum Zola?«

»Weil er in meinen Augen der größte Romancier aller Zeiten ist. Weil ich ihn gern kennengelernt hätte. Weil er mich inspiriert. Und weil er zu Unrecht nur noch in der Schule gelesen wird.«

Roland Argençon setzt sich wieder hin.

»Ich verstehe Ihren Schmerz und Ihre Trauer. Ich bin auch traurig über ihren Tod. Sie hat mir oft von Ihnen erzählt, Sie haben ihr das Glück geschenkt, auf das sie ihr ganzes Leben lang gewartet hat. Sie waren für sie fast wie ein eigener Sohn.«

Martins Hände verkrampfen sich erneut.

»Sie müssen dieses Buch fertigstellen, Martin, lassen Sie sich dafür so viel Zeit, wie Sie wollen, aber schreiben Sie es zu Ende. Tun Sie es für Célestine, und tun Sie es für sich selbst, denn Sie haben Talent.«

»Und was, wenn ich es fertigstelle?«

»Dann werden wir es veröffentlichen. So, wie es jetzt ist, können wir das nicht. Es fehlt das Ende. Und ein Titel.«

Gedankenverloren blickt Martin aus dem Fenster. Roland Argençon sieht, wie sich über seinem Kopf die Träume des künftigen Jungschriftstellers formen, die ungläubige Freude darüber, veröffentlicht zu werden, seinen ersten Roman in den Händen zu halten, seine eigenen Worte auf Papier gedruckt zu sehen und in der Buchhandlung im Kreise der Großen zu stehen.

»Tun Sie es für Célestine«, wiederholt Roland Argençon leise. »Tun Sie es für sie.«

Martin richtet sich wieder auf.

»Geben Sie mir bitte mein Manuskript zurück.«

Roland Argençon reicht es ihm.

Mit neuem Schwung steht Martin auf.

»Ich melde mich bei Ihnen, wenn ich fertig bin.«

Dann macht er auf dem Absatz kehrt und verlässt das Büro.

Roland Argençon lächelt, greift nach dem Telefonhörer und tippt eine Nummer.

»Geschafft«, verkündet er triumphierend. »Ich denke, wir haben die seltene Perle gefunden.«

Für Célestine macht sich Martin erneut an die Arbeit. Den Großteil seiner freien Zeit verbringt er nun damit, den Roman zu beenden und anschließend das Manuskript Korrektur zu lesen und zu überarbeiten. Er schreibt bis spät in die Nacht, und tagsüber gelingt es ihm kaum, seine quälende Müdigkeit zu ignorieren.

Martin hat nur noch dieses Buch im Sinn. Sein Vater muss mit ansehen, wie er erneut in seine frühere Verschlossenheit verfällt, jedem Gespräch, jedem Austausch aus dem Weg geht, und es ist ihm ein Rätsel, wie sie ihre schmale Verständigungsgrundlage wieder verlieren konnten. Nach ein, zwei vergeblichen Versuchen gibt er gereizt auf und überlässt Martin seiner Apathie. Er hat eine neue Geliebte, die ihn seine familiären Sorgen vergessen lässt. Und Oscar respektiert die Zurückgezogenheit seines Freundes, weil er als Einziger den Grund dafür kennt.

Auf dem Heimweg bemerkt Martin eines Tages vom Bus aus ein Plakat, das in ganz Paris aufgehängt wurde. Die herrliche Fotografie zeigt eine riesige goldene, vom Wind geformte Sanddüne, die sich vor einem strahlend blauen Himmel abzeichnet. Die Schönheit der Landschaft, das Blau des Himmels und die klaren Umrisse der Düne sind atemberaubend. Am unteren Rand des Plakats stehen die Worte, die Martins Blick angezogen haben: »Dort, wo es keinen Lärm gibt.«

Ein paar Tage später entdeckt Martin ein neues Plakat im

gleichen Stil. Diesmal zeigt es ein orientalisch anmutendes Gebäude mit ockerfarbenem Putz, vor dem sich ein herrlicher grüner Pool erstreckt, eingefasst von einem schwarz-weißen schachbrettförmigen Fliesenbelag. Abgesehen von einigen bequemen Liegestühlen und mit Obstschalen und Getränken garnierten Tischen ist die Umgebung des Pools leer. Der exotische Ort strahlt eine Atmosphäre der Ruhe und des Friedens aus. Martin liest: »Hier gibt es immer noch keinen Lärm«, und ihm fällt das Logo eines Reiseveranstalters ins Auge.

Fasziniert betrachtet er das Plakat. Eine ganze Weile überlegt er hin und her, denkt nach, zweifelt. Dann zuckt er mit den Achseln und geht weiter.

Das letzte Plakat der Werbekampagne empfängt ihn am darauffolgenden Samstag auf dem Weg zu seinem Augenarzt.

Die goldene Düne und das orientalische Gebäude sind nun auf einem Bild vereint, und darunter steht: »Ouarzazate bedeutet in der Sprache der Berber ›dort, wo es keinen Lärm gibt‹. Hier regiert die Sonne, und Schweigen ist Gold. 5600 Francs pro Woche, alles inklusive. MarocTours.«

Gleich nach seinem Arzttermin geht Martin in ein Reisebüro und besorgt sich den Katalog von MarocTours, bevor er in die Rue de Babylone zurückkehrt. Eine Stunde lang studiert er Preise, vergleicht Hotels, informiert sich über Flugmöglichkeiten und erledigt ein paar Telefonate.

Dann ruft er Oscar an, und in einem Ton, der keinen Widerspruch duldet, fordert er ihn auf, sofort zu ihm zu kommen.

12

»Dort, wo es keinen Lärm gibt«

Oscar starrt ihn entgeistert an.
»Du willst, dass ich mit dir nach Ouarzazate fliege?«
»Ja.«
»Wo ist das?«
»In Marokko.«
»Wo in Marokko?«
»Im Süden.«
»Und du bezahlst mir die Reise?«
»Ja.«
»Ich träume wohl?«
»Tust du nicht.«
»Du willst also mit mir in Urlaub fliegen?«
Martin lächelt.
»So ist es.«
»Und das spendierst du uns von deinem Lottogewinn?«
»Genau.«
»Wann fliegen wir?«
»Morgen früh.«
»Für wie lange?«
»Zehn Tage.«
»Und dein Vater?«
»Was ist mit meinem Vater?«
»Kommt er mit?«

»Hast du sie noch alle? Ich nehme dich mit in den Urlaub, nicht meinen Vater.«

Oscar zögert noch.

»Mann, Dujeu, wir können nicht in Urlaub fliegen! Mitte Januar gibt es keine Ferien, soweit ich weiß. Wir müssen bis Februar warten.«

»Unmöglich. Ich kann nicht warten.«

»Wieso nicht?«

»Jetzt oder nie. Kommst du mit, ja oder nein?«

»Aber ...«

»Ja oder nein?«

Oscar blättert in dem Katalog, betrachtet einen Moment verträumt die exotischen Bilder und fremd klingenden Namen: »Eine kleine, trockene Stadt von wilder Schönheit am Rande der Wüste: Ausgangspunkt für die Erkundung des Südens – das Drâatal, Zagora, die Dadès- und die Todraschlucht, die Palmenhaine, die Ksur, die Kasbahs, die Suks. Lassen Sie sich von den Reizen Ouarzazates verführen!«

»Ja, ich komme mit!«

»Dann geh nach Hause, pack deinen Koffer, und denk dir eine glaubwürdige Geschichte für deine Eltern aus. Ich bringe dir nachher dein Ticket vorbei.«

»Das ist alles so megaromantisch. Zu schade, dass ich keine Tussi bin. Bist du sicher, dass du im Hotel nicht über mich herfallen wirst?«

»Wir können auch getrennte Zimmer nehmen, wenn dich das beruhigt.«

»Ja, das beruhigt mich etwas, aber ich bin trotzdem verwirrt ... Du verheimlichst mir doch was.«

»Los, Alter, beeil dich, ich habe noch eine Menge vorzubereiten.«

»Wer kümmert sich eigentlich um deine Töle?«

»Meine Cousine Arbella.«

»Und was ist mit deinem Roman? Ist er fertig?«

Martin schubst ihn zur Tür.

»Hör auf, mich zu löchern. Kümmere dich um deinen eigenen Kram, und geh packen.«

»Was willst du deinem Vater sagen? Und in der Schule? Die drehen doch durch ...«

»Raus jetzt!«

Martin schreibt drei Briefe: Der erste ist an den Direktor seiner Schule adressiert, er tippt ihn auf der Maschine und wirft ihn anschließend in den Briefkasten. Den zweiten, ebenfalls getippt und für Roland Argençon bestimmt, gibt er zusammen mit dem Manuskript in der Rue des Canettes ab. Schließlich schreibt er mit der Hand noch einen dritten Brief an seinen Vater, den er auf dem Küchentisch liegen lässt, wohl wissend, dass Victor übers Wochenende verreist ist und ihn nicht vor Montagabend lesen wird.

Sehr geehrter Herr Direktor,
wenn Sie diesen Brief am Montagmorgen erhalten, bin ich bereits weit weg. Eine äußerst wichtige Familienangelegenheit zwingt mich, dem Unterricht fernzubleiben, und zwar für mehr als eine Woche. Ich hoffe, Sie nehmen mir meine Abwesenheit nicht übel, aber die außergewöhnliche und höchst dringliche Natur dieser Angelegenheit erlaubt es mir nicht, noch länger in Paris zu bleiben. Es gibt Momente im Leben, in denen muss man reagieren, aktiv werden, und ich glaube, ich war bisher das willige Opfer eines verhängnisvollen Winterschlafs, aus dem ich jetzt endlich aufwachen muss.
 Mit respektvollen Grüßen
 Martin Dujeu

Lieber Monsieur Argençon,
hier ist das fertige Manuskript.
    Ich hoffe, der Titel und das Ende gefallen Ihnen. Ich verreise für ein paar Tage und werde in gut einer Woche wieder zurück sein.
    Mit respektvollen Grüßen
    Martin Dujeu

Lieber Vater,
ich bin für ein paar Tage verreist. Mach Dir keine Sorgen, ich bin nicht weggelaufen und komme wieder zurück. Ich muss mir lediglich in einer äußerst wichtigen Angelegenheit Gewissheit verschaffen. Arbella kommt nachmittags vorbei und kümmert sich um Germinal, und Mme Leclerc geht jeden Morgen mit ihm spazieren. Ich habe dem Direktor meiner Schule geschrieben und ihn darüber informiert, dass ich dem Unterricht aus familiären Gründen fernbleiben muss, aber ich vermute, er wird Dich anrufen, um den Grund für meine Abwesenheit zu überprüfen. Ich weiß, es ist viel verlangt, aber ich wäre Dir unendlich dankbar, wenn Du ihm bestätigen könntest, dass ich tatsächlich in einer Familienangelegenheit verreisen musste. Genau genommen entspricht das sogar fast der Wahrheit. Ich verspreche, Dir alles zu erklären, wenn ich in zehn Tagen wieder zurück bin.
   Dein Sohn Martin

Als Victor Dujeu am Montagabend nach einem höchst erfreulichen Wochenende mit Estelle um zwanzig Uhr aus dem Büro nach Hause kommt, trifft er im Treppenhaus auf seine hübsche Nichte Arbella, die Germinal an der Leine führt.

»Nanu, was machst du denn hier?«

Arbella errötet und weicht verlegen seinem Blick aus.

»Ich gehe mit Germinal Gassi ...«

»Kümmert Martin sich nicht mehr selbst um seinen Hund?«

Arbella sieht auf die Uhr.

»Ich muss jetzt wirklich los, Onkel Victor, sie warten schon auf mich. Germinal übernachtet heute bei uns, ich bringe ihn morgen früh zurück. Bis dann!«

Sie reckt sich auf die Spitzen ihrer Ballerinas, gibt ihrem Onkel einen flüchtigen Kuss auf die Wange und ergreift die Flucht. Verblüfft schaut Victor ihr nach, als sie, gefolgt von dem aufgeregten Beagle, mit wehendem braunem Haar auf langen Beinen die Treppe hinunterrennt. Dann fängt er sich wieder und betritt die Wohnung.

»Martin!«

Keine Antwort.

»Martin?«

Stille.

Er wirft einen Blick in die verlassene Küche, ohne den mitten auf dem Tisch liegenden Brief zu bemerken.

Dann geht er durch den schier endlosen Flur zum Zimmer seines Sohnes. Es ist leer. Er bleibt einen Moment im Raum stehen, betrachtet die Bücher, die Fotografien, die übrigen Sachen, bevor er sich ins Wohnzimmer begibt. Der Anrufbeantworter ist eingeschaltet. Drei Nachrichten sind gespeichert.

Eine erste Stimme, ernst und leicht beunruhigend: »Hier ist Monsieur Rabagny, Direktor des Lycée Fraguier. Es ist vierzehn Uhr dreißig am Montag. Ich würde mich gern mit Maître Victor Dujeu über seinen Sohn Martin unterhalten. Bitte rufen Sie mich so schnell wie möglich zurück. Danke.«

Die zweite Stimme, ein unbekannter Mann: »Guten Abend, das ist eine Nachricht für Martin Dujeu. Er möchte bitte gleich nach seiner Rückkehr bei den Éditions Rive Gauche anrufen. Es geht um seinen Vertrag, und es ist dringend. Danke!«

Die dritte Stimme, eine Frau: »Hallo, Victor, hier ist Marguerite Duval. Es ist Montag, achtzehn Uhr. Ist Oscar zufällig bei Ihnen? Er ist seit gestern Abend verschwunden. Bitte rufen Sie mich an, wenn Sie das hören, danke. Bis bald!«

Martin schläft in der Sonne, er ist erschöpft von dem sechsstündigen Flug, dem Zwischenstopp in Fes, der Höhe (man hat ihnen erklärt, das Ouarzazate im Hohen Atlas liegt) und der Aufregung über seine Reise.

Im Gegensatz zu Martin, der noch seine Jeans trägt, hat Oscar bereits eine Badehose angezogen und trinkt gerade seinen zweiten Pfefferminztee. Hinter seiner Sonnenbrille verborgen, mustert er wie üblich die verschiedenen Vertreterinnen des weiblichen Geschlechts, die sich um den jadegrünen Pool versammelt haben, und fragt sich, welche von ihnen er wohl ins Visier nehmen könnte. Hinten links massiert eine dürre Bohnenstange den Rücken ihres Begleiters, von dem er nur den kahlen, von den mörderischen Strahlen der im Zenit stehenden Sonne geröteten Schädel sieht. Zu mager, denkt Oscar. Daneben entdeckt er eine junge Frau mit hübscher Figur, deren harmonische Kurven von einem schwarzen Badeanzug perfekt in Szene gesetzt werden. Doch als Oscar beobachtet, wie sie sich umdreht und den neben ihr liegenden Mann genießerisch auf die Schulter küsst, denkt er: zu verliebt, und wendet sich ab. Ein Stück weiter liest eine Dame mit rotbrauner Haut (zu alt!) einem jungen, schuldbewusst dreinblickenden Mädchen die Leviten, von dem Oscar nur ein freundliches Profil und das braune, im Nacken zusammengebundene Haar erkennen kann. Um der unangenehmen Predigt zu entfliehen, steht sie auf und macht einen

Kopfsprung ins Wasser. Als sie das Becken wieder verlässt, kommt sie direkt an ihm vorbei. Zu dick, denkt Oscar. Eine Jugendliche, die nicht älter als fünfzehn sein kann, erregt seine Aufmerksamkeit. Oscars Blick weidet sich an langen, grazilen Beinen, einer Wespentaille und einem von Sommersprossen übersäten Teenagergesicht. In ein paar Jahren, so sein Expertenurteil, wird sie perfekt sein. Hinreißend. Ein wahres Wunder. Aber jetzt noch zu jung ... Oscar seufzt.

Martin schläft immer noch, und sein blasses Gesicht färbt sich in der Sonne allmählich rosa. Oscar verschiebt den Sonnenschirm, sodass der Kopf seines Freundes im Schatten liegt, und bestellt noch einen Tee.

Eine Magere, eine Dicke, eine Vergebene, eine Alte, eine zu Junge ... Nicht gerade prickelnd, die Auswahl, murrt Oscar. Er schüttelt sich und betrachtet das Hotel hinter ihnen. Es ist genauso schön wie in der Werbung, im Stil einer Kasbah aus rosa Stampflehm erbaut, und die Zimmer strahlen erlesenen Luxus aus. Zum x-ten Mal fragt er sich, warum Martin ihn ausgerechnet hierher eingeladen hat. Ein leichtes Unwohlsein befällt ihn, als er daran denkt, wie seine Eltern reagieren werden, wenn er nach Paris zurückkehrt. Was soll er ihnen erzählen? Plötzlich lässt ihn eine sanfte Stimme aufschrecken.

»Entschuldigung, sind Sie Monsieur Dujeu?«

Das Erste, was Oscar sieht, sind zwei schwarze, mit Kajal umrandete Augen, dann ebenholzschwarzes, mit Henna getöntes Haar. Schließlich erfasst sein bewundernder Blick eine schlanke Gestalt in blassgrüner Dschellaba.

»Nein«, stammelt er, fasziniert von einem Lächeln, das leuchtend weiße Zähne in einem dunklen Gesicht aufblitzen lässt.

Die junge Frau blickt zu Martin.

»Ist er Monsieur Dujeu?«

»Ja.«

»Dann sind Sie Monsieur ...«

Sie sieht auf ihrer Liste nach.

»Sie sind Monsieur Duval, stimmt's?«

Oscar nickt.

»Ich heiße Amina. Ich bin Ihre Reiseleiterin.«

»Reiseleiterin?«, wiederholt Oscar.

»Ja, ich arbeite für den Reiseveranstalter MarocTours und betreue Sie während Ihres Aufenthalts.«

Martin ist aufgewacht.

»Guten Tag«, begrüßt Amina ihn und schenkt ihm ihr strahlendes Lächeln.

»Sehr erfreut«, entgegnet Martin bezaubert.

»Das ist unsere Reiseleiterin!«, säuselt Oscar. »Wir haben eine Reiseleiterin ganz für uns allein!«

»Ich bin nicht nur für Sie zuständig«, korrigiert Amina ihn freundlich.

»Ach ja?«, fragt Oscar enttäuscht.

»Aber um diese Jahreszeit sind nicht viele Gäste da. In dieser Woche sind Sie nur zu sechst, das ist wenig, verglichen mit der Hauptsaison, da sind es rund dreißig.«

»Was für ein Glück!«, jubiliert Oscar.

»Sie sind natürlich nicht verpflichtet, an meinen Ausflügen teilzunehmen, das können Sie ganz frei entscheiden.«

»Wir wären entzückt, Sie zu begleiten«, entgegnet Oscar stürmisch.

»Hier ist das Programm, das wir für Sie ausgearbeitet haben.«

Sie reicht jedem von ihnen ein Faltblatt.

»Sie sprechen sehr gut Französisch«, bemerkt Martin.

»Ich habe meine Ausbildung in Paris gemacht.«

»Was für eine Ausbildung war das?«

»Ich war an einer Tourismusschule, danach habe ich noch einen Englischkurs, einen Deutschkurs und einen Spanischkurs gemacht. Und im Moment lerne ich Italienisch.«

»Wie lange arbeiten Sie denn schon als Reiseleiterin?«

»Zwei Jahre.«

Oscar ist der Ansicht, dass Martin zu viele Fragen stellt und ihm damit die Schau stiehlt, ein Verhalten, das er von ihm nicht gewohnt ist.

»Für das, was Sie schon alles gemacht haben, wirken Sie aber noch ziemlich jung«, mischt er sich schleunigst ein.

»Was halten Sie davon, wenn wir uns nicht länger über mich unterhalten, was ohnehin nicht sehr interessant ist, sondern ich Ihnen stattdessen unser Programm vorstelle?«

»Natürlich!«, antwortet Oscar pikiert.

Martin lächelt verstohlen.

»Wir bieten Tages- und Halbtagestouren an. Wenn einer der Ausflüge Sie interessiert, sagen Sie mir am Abend vorher Bescheid, damit ich den Fahrer des Minibusses und die Restaurants für das Mittagessen organisieren kann. Am Ende Ihres Aufenthalts werden die Kosten für die Ausflüge, an denen Sie teilgenommen haben, über Ihre Rechnung beglichen. Hier ist meine Karte, vergessen Sie nicht, dass Sie mich jeden Abend unter dieser Nummer anrufen müssen, um mir zu sagen, wie Sie sich für den darauffolgenden Tag entschieden haben.«

»Amina Agoujil, Reisebegleiterin«, liest Oscar laut vor.

»Was steht denn heute auf dem Programm?«, erkundigt sich Martin.

»Ausruhen! Sie sind gerade erst angekommen und noch etwas müde. Der erste Ausflug beginnt morgen früh um acht Uhr dreißig. Wir fahren durch den Hohen Atlas hinauf zum Tizi-n'Tichka-Pass, eine herrliche Strecke. Auf zweitausenddreihundert Metern Höhe essen wir zu Mittag, und auf dem Rückweg machen wir einen Abstecher zum Ksar Aït-Ben-Haddou, wo einige Szenen aus *Lawrence von Arabien* gedreht wurden. Ein toller Ausflug. Hätten Sie Lust dazu?«

»Ja«, murmelt Martin, der den Blick nicht von dem dunkelhäutigen jungen Mädchen abwenden kann.

»Und wie!«, ruft Oscar.

»Dann rufen Sie mich heute Abend an, und bestätigen Sie Ihre Teilnahme. *Ouakha?* Das bedeutet ›Einverstanden‹ auf Arabisch.«

»*Ouakha*«, antworten die beiden wie aus einem Mund.

Sie geht davon, und in der Luft bleibt ein Hauch von würzigem Ambraduft zurück.

»Ich habe sie zuerst gesehen!«, keift Oscar schrill. »Sie gehört mir!«

Er rechnet damit, dass Martin sich mit seiner üblichen Gleichgültigkeit zurückziehen und die Beute dem Raubtier überlassen wird.

Doch Martin richtet sich auf.

»Wie, sie gehört dir?«

»Alter, du hast geschlafen. Ich habe sie vor dir gesehen, also darf ich mich auch an sie ranmachen. Seit einer Stunde guck ich mir hier die Weiber an, und es ist keine Brauchbare dabei. Nur hässliche Nieten! Also sei so nett und überlass die einzige Granate gefälligst mir.«

»Nein, das werde ich nicht.«

»Seit wann interessierst du dich denn für Frauen?«

Da tut Martin etwas Unerwartetes und noch nie Dagewesenes: Er nimmt seine Brille ab und hält lächelnd das unbedeckte Gesicht in die Sonne.

Zum ersten Mal in seinem Leben erkennt Oscar mit leisem Erstaunen, dass Martin Dujeu attraktiv ist.

»Na gut ... Dann überlassen wir unserer Herzdame die Wahl. Sie soll entscheiden, wen sie lieber mag. *Ouakha*, Duval?«

13

Eine Familienangelegenheit

»Warum siehst du dich die ganze Zeit um, seit wir angekommen sind? Würdest du mir endlich mal verraten, was du hier eigentlich suchst?«

Martin senkt den Kopf über seine Tajine.

»Nichts«, brummt er.

»Klar doch, nichts!«, entgegnet Oscar sarkastisch.

Martin wendet sich der Pastilla zu und verspeist sie wortlos.

Oscar mustert ihn mit verschränkten Armen und finsterer Miene.

»So langsam verstehe ich, warum du deinen Vater wahnsinnig machst. Du bist ein Meister in der Kunst des Schweigens geworden.«

Statt zu essen, beobachtet Oscar seine Umgebung. Der Speisesaal des Hotels füllt sich allmählich zum Abendessen. Oscar entdeckt die große Dürre und ihren kahlen Begleiter, die junge Lolita und ihren kleinen Bruder und die alte Dame, die immer noch auf die pummelige Brünette einschimpft. Die Verliebte im schwarzen Badeanzug ist noch nicht erschienen. Vielleicht kommt sie auch gar nicht runter, denkt Oscar, wahrscheinlich hat sie ein romantisches Dinner aufs Zimmer bestellt. Und Amina? Oscar seufzt. Um sieben Uhr haben er und Martin sich beinahe darum geprügelt, wer sie anrufen darf. So etwas ist ihnen noch nie passiert. Bevor es zu Blutvergießen kam, einigten sie sich auf einen Kompromiss, der darin bestand, dass sie abwechselnd mit ihr sprachen, um ihr beide das Gleiche mitzuteilen: dass sie auch wirklich am morgigen Ausflug teilnehmen würden.

»Sie muss uns für zwei komplette Idioten gehalten haben«, brummt Oscar wütend.

Das Eintreffen einer Folkloregruppe lässt sie zusammenzucken. Vier dickbäuchige Frauen in bunten Kostümen beginnen unter lasziven Bewegungen aus voller Kehle zu singen. Tamburine, Geigen, Lauten und Kesseltrommeln begleiten ihren gurrenden Gesang, was jegliche Unterhaltung unmöglich macht. Zum Schweigen verdammt, macht sich nun auch Oscar über sein Essen her. Nach einer schier endlosen halben Stunde verschwindet die Gruppe wieder, nicht ohne zuvor die Anwesenden um einige Dirham erleichtert zu haben. Oscar schickt sich gerade an, Martin erneut mit Fragen zu löchern, als wieder Musik einsetzt, diesmal noch lauter als zuvor.

Es handelt sich um einen Song aus dem Film *Saturday Night Fever*. Eine Discokugel wird von der Decke herabgelassen und taucht den Raum in eine Vielzahl von Lichtpunkten. Auf der Bühne erscheint eine in schwarzen Stoff gehüllte Gestalt. Das geheimnisvolle Geschöpf tritt nach vorn ins Licht und wirft mit einer dramatischen Geste den Umhang ab. Vor dem Publikum steht eine dunkelhäutige Frau in einem winzigen, mit Schmucksteinen besetzten Bikini. Ein konzentrierter Ausdruck liegt auf ihrem zu stark geschminkten Gesicht, als sie zu tanzen beginnt und dabei den Hüftschwung von John Travolta imitiert.

Oscar und Martin können sich nicht länger beherrschen und prusten beim Anblick der sich vor ihnen wiegenden halb nackten Frau lauthals los. Martin vergisst darüber sogar, was ihn hierhergeführt hat, und er genießt diese unerwartete Ausgelassenheit mit der Inbrunst eines Menschen, der schon lange nicht mehr gelacht hat.

Mittlerweile wagt er nicht mehr, an Célestines Kräften zu zweifeln. Seit er den ersten Fuß auf marokkanischen Boden gesetzt hat, denkt er ununterbrochen darüber nach, wie er seine Mutter wiederfinden soll. Er muss aktiv werden, ganz Ouarzazate nach ihr durchkämmen, Erkundigungen einziehen, hartnäckig bleiben, sich anstrengen, und je nachdem, zu welchem Ergebnis seine Bemühungen führen, wird sich zeigen, welche Schlüsse er daraus ziehen und wie er darauf reagieren soll. Er hat keine Minute zu verlieren. Soll er Oscar ins Vertrauen ziehen? Er hat daran gedacht, aber es erscheint ihm unmöglich: Er ahnt, dass Oscar ihm nicht glauben und ihn für verrückt erklären wird, selbst wenn er ihm seine von den Schwimmhäuten befreiten Füße zeigt. Doch wer könnte ihm stattdessen helfen?

Plötzlich hat er eine Eingebung. Amina. Aminas Hilfe und Unterstützung sind es, die er jetzt braucht. Sie weiß nichts über ihn, hat keine vorgefasste Meinung; so kann er ihr seine Geschichte erzählen, ihr alles vollständig und ohne Auslassungen erklären, ohne befürchten zu müssen, sich lächerlich zu machen. Sie kennt ihre Heimat, diese Stadt, diese Region, diese Sprache, in- und auswendig, mit ihr an seiner Seite kann er seine Mutter wiederfinden. Und zwar nur mit ihr.

Um acht Uhr dreißig erwartet Amina ihre sechs Passagiere zum ersten Ausflug dieser Woche. Sie weiß aus Erfahrung, dass die Tour am Montag stets großen Anklang findet. Meist sind, so wie heute, alle Gäste zur Stelle. Doch im Lauf der Woche nimmt ihre Zahl immer weiter ab, auch wenn es sie große Überwindung kostet, abends anzurufen, um ihr Bescheid zu sagen, dass sie am nächsten Morgen nicht mit von der Partie sein werden. Der letzte Ausflug der Woche schließlich, ein dreißigminütiger Flug nach Marrakesch, hat trotz des reizvollen Ziels nur noch wenige Teilnehmer.

Anfangs hat dieses mangelnde Interesse Amina verletzt, doch als ihr klar wurde, dass die meisten hierherkommen, um sich zu erholen, braun zu werden und ihre Müdigkeit und ihre Sorgen zu vergessen, hat sie sich damit abgefunden. Die Ausflüge sind oft anstrengend, denn an einem einzigen Tag werden über vierhundert Kilometer zurückgelegt.

Als der Fahrer hinter dem Steuer sitzt und die sechs Passagiere im Minibus mit dem Aufdruck von MarocTours Platz genommen haben, geht Amina ihre Liste durch:

»Monsieur Dujeu und Monsieur Duval?«

»Hier!«, antworten beide gleichzeitig.

Martin findet sie an diesem Morgen noch schöner als tags zuvor. In dem eleganten beigen Leinenkostüm sind ihre schlanken Beine zu sehen, die die grüne Dschellaba vor seinen Blicken verborgen hatte. Ihr langes schwarzes Haar wird von einem Band zurückgehalten, und mit einem Hauch Lippenstift und einem zarten Kajalstrich auf den Lidern ist sie dezent geschminkt.

»Madame Bazin und Mademoiselle Lucchini?«

Martin erkennt die mürrische alte Dame und die Brünette mit dem im Nacken zusammengefassten Haar wieder.

»Und zu guter Letzt Monsieur und Madame Clément?«

Ein Paar um die dreißig, die Frau ist schwanger. Oscar hat sie am Abend zuvor schon beim Essen gesehen.

»Es sind alle da«, sagt Amina lächelnd. »Also dann, machen wir uns auf den Weg!«

Der Minibus fährt los.

Tief in Gedanken versunken, bemerkt Martin kaum, dass sich Ouarzazate im Aufschwung befindet. Die Straßen wurden erneuert, es riecht nach frischem Asphalt, und überall stehen Hotels.

»Die achttausend Einwohner zählende Stadt Ouarzazate entwickelt sich zu einem bedeutenden touristischen Zentrum«, erklärt Amina, »deshalb sehen Sie so viele im Bau befindliche Hotels. Die Behörden wollen Marrakesch entlasten und die Touristen in den Süden holen.«

Während Martin die relativ reizlose Garnisonsstadt und die breiten, von würfelförmigen Häusern gesäumten geraden Straßen betrachtet, fragt er sich, was Kerstin Dujeu an diesen Ort gelockt haben mag, der das genaue Gegenteil ihrer skandinavischen Heimat ist. Was hofft diese Tochter des Nordens, der Kälte, Tochter eines Landes, in dem im Winter nur vier Stunden am Tag die Sonne scheint, in diesen ausgedörrten, im grellen Sonnenlicht daliegenden Breiten zu finden? Was macht eine Nachfahrin der Wikinger im Reich des Propheten?

Wie jedes Mal, wenn sie eine neue Fuhre Touristen in Empfang nimmt, hat sich Amina gegen zwei Uhr, nach dem Besuch von Telouet, der letzten Residenz des Paschas von Marrakesch, bereits ein Bild vom Charakter und den Eigenarten ihrer Kunden gemacht.

Madame Bazin scheint, ihrer Gesellschafterin Bénédicte Lucchini zufolge, der Typ »Nervensäge« zu sein. Nichts ist gut genug für die Siebzigjährige; die Sitze im Minibus sind unbequem, der Ausblick von der Passhöhe wird ihr durch den fürchterlichen Wind vergällt, die Fleischspieße bei Didi sind ungenießbar, und die Straße ist zu kurvig, wovon ihr übel wird. Widerspruchslos lässt die arme Mademoiselle Lucchini ihre Beschwerden über sich ergehen.

Doch Amina ist solche Menschen gewohnt. Während der Besichtigung von Telouet hat sie sich fast ausschließlich der alten Dame gewidmet, hat sie mit ihrem Lächeln bezaubert und sie mit Anekdoten über den ehemaligen Palast Thami El Glaouis unterhalten, der hier im marokkanischen Gebirge seinen letzten Atemzug tat. Amina schätzt sie auf siebzig Jahre, aber vielleicht ist sie auch älter, denn ihr Gesicht wurde gestrafft (der Wind auf dem Gipfel des Tizi n'Tichka hat zwei rosige Narben hinter ihren Ohren freigelegt), unter der rötlichen Tönung versteckt sich weißes Haar, und beim Gehen muss sie sich auf Aminas oder Mademoiselle Lucchinis Arm stützen.

Weshalb ist Madame Bazin hierhergekommen? Sie ist offensichtlich reich und entsetzlich gelangweilt. Diskret erkundigt sich Amina bei Bénédicte Lucchini und erfährt, dass sie jedes Jahr mehrere Reisen in exotische Länder unternehmen; der alten Dame ist jedes Ziel recht, solange es sie nur weit genug fortführt von der Rue de Magdebourg im sechzehnten Pariser Arrondissement und den immer gleichen öden Bridgepartien.

»Wir waren schon überall«, flüstert Bénédicte Amina ins Ohr. »Sie ist unermüdlich. Letztes Jahr waren wir in Ägypten und über Ostern auf Mauritius, im Jahr davor war es Sierra Leone. Im Frühjahr will sie nach Hawaii. Aber bis dahin habe ich gekündigt.«

»Und Monsieur Bazin?«, fragt Amina.

»Ach, wo denken Sie hin! Monsieur Bazin ist schon lange tot!«

Oscar und seine Annäherungsversuche findet Amina eher amüsant. Auch das ist sie gewohnt. Wenn solche Avancen von einem ungebundenen Jungen ausgehen, ist das weniger lästig als bei einem verheirateten Mann, dessen Frau ebenfalls mit von der Partie ist – oft genug musste sie schon während des Besuchs einer Kasbah oder eines dicht bevölkerten Suks einen übergriffigen Mittfünfziger in die Schranken weisen. Oscars spöttische, ungezwungene Art ist unterhaltsam. Es macht Spaß, ihm zuzuhören und mit ihm zu plaudern. Aber es gibt eine Regel, die sie niemals übertritt: Mit Gästen zu flirten, ist strengstens untersagt. In diesem Punkt lässt Mustafa Sefrani, der Direktor von MarocTours in Ouarzazate, nicht mit sich reden. Als er bei Aminas Bewerbungsgespräch gesehen hat, wie schön sie ist, hätte er sie beinahe nicht eingestellt. Doch mit ihrer Professionalität, der Zahl der Sprachen, die sie fließend spricht, und ihrer ausgezeichneten Allgemeinbildung gelang es ihr schnell, ihn umzustimmen.

Martin Dujeu hingegen ist ihr ein Rätsel. Dieser riesenhafte junge Mann, der während der gesamten Fahrt nicht ein einziges Mal den Mund aufgemacht hat, nicht einmal angesichts der Schönheit von Aït-Ben-Haddou, der braunen, aus Lehm und Schilf erbauten Festung mit zinnenbewehrten Türmen, bei deren Anblick alle Touristen in Begeisterung ausbrechen, findet keinen Platz in der klassischen Typologie ihrer Gäste. Was will er hier, und was sucht er? Ihr ist die seltsame Art aufgefallen, wie er sich umsieht, vor allem, wenn Touristenbusse nahen oder wenn sie im Verlauf ihrer Besichtigungen anderen Gruppen begegnen. Er hat überhaupt kein Interesse an Marokko und seinen Reizen. Wenn sie bei ihren Ausführungen zu Aït-Ben-Haddou behauptet hätte, das Ksar sei von Gustave Eiffel erbaut worden, hätte er nicht mit der Wimper gezuckt, davon ist sie überzeugt. Er hört nicht zu, sieht nichts. Er ist in Gedanken anderswo, sucht etwas anderes. Sie muss ihre Unzufriedenheit verbergen, denn sie mag es, wenn die Menschen ihre Heimat bewundern. Mit jemandem wie Martin Dujeu verliert sie nur ihre Zeit.

Als sie abends erschöpft vor dem Hotel eintreffen und sich alle bei ihr für den Ausflug bedanken, bemerkt sie, dass Martin ein wenig abseits steht, als warte er auf eine Gelegenheit, mit ihr zu reden, während Oscar fröhlich mit Bénédicte plaudert.

»Ich wollte mich bei Ihnen bedanken«, sagt Martin.

Amina lächelt ironisch.

»Ich hatte Ihnen gesagt, dass Sie nicht verpflichtet sind, an den Ausflügen teilzunehmen, wenn es Sie nicht interessiert.«

Er errötet.

»Doch, es interessiert mich …«

»Schon gut, Monsieur Dujeu, ich mache nur Spaß. Guten Abend!«

Und sie schickt sich an zu gehen.

»Warten Sie!«

Martin hat beinahe geschrien.

»Ja?«

»Ich muss mit Ihnen reden.«

»Was ist denn?«

»Nicht hier. Können wir uns nachher treffen?«

Amina runzelt die Stirn.

»Es tut mir leid, Monsieur Dujeu, aber es gehört nicht zu

meinen Gewohnheiten, mich außerhalb der Arbeitszeit mit Gästen zu treffen.«

»Es ist nicht so, wie Sie denken«, sagt Martin. »Ich brauche Ihre Hilfe.«

»Wobei?«

»Das ist eine komplizierte Geschichte, die ich Ihnen jetzt nicht erzählen kann. Aber ich weiß, dass Sie mir helfen können. Sie und niemand sonst.«

Amina denkt nach. Er wirkt aufrichtig.

»Um achtzehn Uhr gehe ich in den Hammam. Wissen Sie, wo das ist?«

»Nein, aber das finde ich schon.«

»Treffen Sie mich um achtzehn Uhr dreißig davor.«

Martin Dujeus Lächeln, das sie jetzt zum ersten Mal sieht, ist so schön, dass sie das Gefühl hat, ein Sonnenstrahl treffe auf ihr Gesicht.

»Danke«, sagt er leise und drückt ihr Handgelenk, dann geht er davon.

Sie schaut der hochgewachsenen Gestalt mit den endlos langen Beinen nach und fragt sich, woher diese plötzliche Verwirrung kam, die sie erfasst hat, als er sie angelächelt hat.

Nachdem Victor Dujeu am Montagabend den Anrufbeantworter abgehört und Martins Brief auf dem Küchentisch entdeckt hat, stürmt er aus der Wohnung, springt in sein Auto und fährt in Rekordzeit zur Rue Lecourbe. Als Henri Dujeu die Tür öffnet, sieht er vor sich seinen Bruder, mit wirrem Haar, gerötetem Gesicht und vor Erregung bebenden Nasenflügeln.

»Wo ist deine Tochter?«, donnert Victor.

Henri, der keine Ahnung hat, worum es geht, mustert seinen Bruder.

»Sie ist noch nicht zurück. Aber sie müsste gleich kommen. Was ist denn los?«

Wütend zieht sich Victor Dujeu den Schal vom Hals.

»Warten wir auf sie, dann erfährst du es.«

Wenige Minuten später kommt Arbella mit dem Beagle nach Hause. Als sie ihren Onkel erblickt, wird sie kreidebleich.

»Arbella«, beginnt Victor mit seiner »Justizpalast-Stimme«, wie Mathilde, die hinter der Tür lauscht, sie immer nennt, »sag mir, wo mein Sohn ist.«

Stumm starrt Arbella auf das Parkett, ihr hübsches Gesicht ist vor Angst ganz faltig.

»Na komm schon, Kind«, brummt Henri. »Wenn du etwas weißt, solltest du es sagen. Ist Martin durchgebrannt?«, fragt er seinen Bruder leise.

»Ich weiß nicht, wo Martin ist«, murmelt Arbella.

»Was soll das heißen, du weißt nicht, wo er ist? Du sollst dich doch um seinen Hund kümmern, oder nicht? Also musst du etwas wissen.«

Arbella schaut auf und stellt sich dem Furcht einflößenden Blick ihres Onkels.

»Er hat mir nicht gesagt, wo er hinwollte.«

»Was genau hat er dir denn gesagt?«

»Er hat gesagt, dass er für zehn Tage wegmuss, weit weg, und er hat mich gebeten, auf Germinal aufzupassen.«

»Sonst nichts?«, hakt Victor Dujeu nach. »Und du hast auch nicht nachgefragt?«

»Doch, aber er wollte nicht antworten. Er hat gesagt, er würde es mir später erklären. Das ist alles, Onkel Victor, das schwöre ich!«

Victor Dujeu legt seinen Schal wieder um. An der Wohnungstür dreht er sich noch einmal um.

»Noch eine letzte Sache, Arbella. Hat er dir gesagt, es handle sich um eine Familienangelegenheit?«

Arbellas Züge hellen sich auf.

»Ja, das hat er gesagt, Onkel Victor, genau das hat er gesagt! Jetzt fällt es mir wieder ein.«

Victor und Henri Dujeu sehen sich wortlos an.

»Eine Familienangelegenheit?«, wiederholt Mathilde, die inzwischen aus ihrem Versteck hervorgekommen ist. »Meine Güte, Victor, was ist denn das für eine verrückte Geschichte?«

14

Die schöne Amina

»Bei Bénédicte hab ich einen Fuß in der Tür.«
Oscar steht vor dem Spiegel und gluckst zufrieden.
»Ich dachte, du findest sie hässlich.«
»So schlimm nun auch wieder nicht, sie hat einen fetten Arsch, das ist alles.«
»Und jetzt willst du sie flachlegen?«
»Klar! Gibt doch sonst nichts Vernünftiges zu vögeln in deinem Luxushotel. Apropos, würdest du mir vielleicht endlich mal verraten, warum wir überhaupt hier sind? Ich hab die Nase voll von deiner Geheimniskrämerei.«
»Das wirst du schon noch erfahren. Jetzt konzentriere dich erst mal auf deinen Abend, und lass noch ein bisschen Testosteron für die nächsten Eroberungen übrig.«
»Ich nehme an, du redest von Amina …«
Martin, der schon auf dem Weg zur Tür war, um zu seinem Treffen vor dem Hammam zu gehen, dreht sich um und sieht Oscar direkt in die Augen.
»Nein, ich rede nicht von Amina. Amina bekommst du nicht.«
»Was?«
»Du hast mich schon verstanden, aber ich sage es gerne noch einmal: Amina bekommst du nicht.«
Oscar läuft vor Wut rot an.
»Du verdammter Idiot! Für wen hältst du dich? Du hast es im

Leben doch noch keiner Frau richtig besorgt! Geh zurück zu deinen Scheißbüchern!«

Martin lächelt ungerührt.

»Ich bin mir sicher, dass deine erotischen Heldentaten genauso jämmerlich sind wie deine Ausdrucksweise, und ich würde wetten, das, was du für einen Orgasmus hältst, ist in Wahrheit nur vorgetäuscht. Viel Spaß noch.«

Und damit verlässt er das Zimmer.

Während Martin auf der Suche nach dem Hammam durch die Straßen von Ouarzazate schlendert, wird ihm bewusst, wie sehr er hier auffällt. Seine Größe, sein heller Teint und sein Haar faszinieren die Marokkaner. Die verblüfften Kinder vergessen darüber sogar die ewige Leier, mit der sie sonst die Touristen verfolgen. Keines von ihnen wagt, ihn um einen Dirham zu bitten, fassungslos begnügen sie sich damit, ihm nachzulaufen wie ein stummer Schwarm, den er nicht abschütteln kann. Er mag Kinder, aber diese hier haben Angst vor ihm. Er versucht, mit ihnen zu reden, doch sie sind so eingeschüchtert, dass sie nicht antworten. Also gibt er ihnen ein Päckchen Kaugummi, das er in seiner Tasche gefunden hat, und plötzlich herrscht wieder ausgelassene Freude.

Als Amina in einer weißen Dschellaba, die ihren dunklen Teint zur Geltung bringt, den Hammam verlässt, entdeckt sie Martin, der, von einer Horde Kinder umringt, die Passanten um mehr als eine Kopflänge überragt.

Mit leiser Sorge schaut sie sich um. Ouarzazate ist eine kleine Stadt, jeder kennt jeden, und Amina genießt einen guten Ruf, den sie nicht riskieren will. Sie ist dreiundzwanzig, und niemand weiß etwas von einem Verehrer. Es heißt, sie sei ein ernstes Mädchen, zu ernst vielleicht, und konzentriere sich voll und ganz auf ihre Arbeit. Die Leute sind es nicht gewohnt, sie in Gesellschaft eines Mannes zu sehen. Und so richten sich verwunderte Blicke auf sie, als sie zu Martin tritt. Was hat Amina Agoujil mit diesem großen jungen Mann zu schaffen?

Amina spürt die Blicke und zieht sich die Kapuze ihrer Dschellaba über den Kopf.

»Kommen Sie mit, schnell«, flüstert sie Martin zu.

Zügig geht sie neben ihm her.

»Was ist denn?«

»Die Leute beobachten uns, das ist alles.«

»Schämen Sie sich, mit mir gesehen zu werden?«

Sie lacht laut auf.

»Überhaupt nicht! Aber mein Chef, Monsieur Sefrani, versteht bei so etwas keinen Spaß. Wenn er mich mit Ihnen sieht, könnte ich meine Stelle verlieren.«

»Wo gehen wir hin?«

»Wir trinken einen Tee im Restaurant La Gazelle. Das ist nicht weit von Ihrem Hotel entfernt und liegt bei mir um die Ecke. Ich wohne in der Kasbah Taourirt, an der Straße nach Tinghir. Sie können Sie von Ihrem Hotel aus sehen.«

»Ach ja, ich erinnere mich«, entgegnet Martin, der überhaupt nichts gesehen hat.

»Wir werden sie bei einem unserer Ausflüge besichtigen, zusammen mit dem Suk von Ouarzazate. Das Zimmer der Favoritin ist ein Traum. Und in den Türmen nisten viele Störche.«

»Aha.«

»Sie wirken begeistert, Monsieur Dujeu.«

»Auch wenn Sie es nicht glauben, das interessiert mich wirklich. Aber ich befinde mich im Moment in einem derart merkwürdigen Geisteszustand, dass es mir schwerfällt zu registrieren, was um mich herum vorgeht.«

»Das können Sie mir nachher alles erzählen.«

Ein Kind kommt mit ausgestreckter Hand auf sie zu.

»Ein Dirham! Gib mir einen Dirham, Monsieur!«

Amina zischt ein paar Worte, nicht böse, eher so, als verscheuche sie eine Mücke.

Das Kind rennt davon.

»Was haben Sie zu ihm gesagt?«

»Dass es uns in Ruhe lassen soll. So, da hinten ist die Kasbah.«

In der Ferne erkennt Martin eine Vielzahl erleuchteter Fenster und die dunklen Umrisse des in den Hang gebauten befestigten Dorfs. Die Dämmerung bricht herein, der Himmel färbt sich in einem samtigen Dunkelblau, und hier und da funkeln Sterne. Kinder rennen vorbei, kleine Grüppchen von Frauen mustern das Paar. Alle eilen nach Hause. Ab und zu grüßt jemand Amina, obwohl sie ihr Gesicht unter der Kapuze verborgen hat, woraufhin sie nickt, ein paar Worte murmelt und ihre Schritte beschleunigt.

Martin wünscht sich, dieser Spaziergang in der Abenddämmerung würde noch länger dauern, er wünscht sich, an der Seite dieser Frau die ganze Stadt zu durchstreifen. Wie schön sie ist mit ihrem klar gezeichneten Profil und den langen schwarzen Wimpern. Ihr nach Ambra duftendes Parfüm betört ihn.

»Kommen Sie«, sagt Amina und wendet sich einer schmalen Gasse zu, »und achten Sie auf die Stufen.«

Martin, der keine Stufen erkennen kann, tastet sich vor in die zunehmende Dunkelheit, bleibt mit dem Fuß hängen und schlägt der Länge nach hin.

»Monsieur Dujeu, ist alles in Ordnung? Haben Sie sich wehgetan?«

Er kann ihre Gestalt kaum noch ausmachen.

»Es geht. Und bitte, hören Sie auf, mich Monsieur Dujeu zu nennen. Ich habe dann immer das Gefühl, Sie reden mit meinem Vater.«

»Wie soll ich Sie denn sonst nennen?«

Er hört eine Spur von Belustigung aus ihrer Stimme heraus.

»Martin.«

»Bleiben Sie, wo Sie sind. Ich komme Sie holen.«
Er spürt, wie sich eine warme Hand in die seine schiebt.
»Es ist tatsächlich ziemlich dunkel in dieser Ecke. Ich bin das gewohnt. Aber machen Sie sich keine Sorgen, jetzt lasse ich Sie nicht mehr los.«

Martin vergisst seinen schmerzenden Knöchel und drückt die Hand, die er am liebsten an seine Lippen führen würde.

Im Zimmer seines Sohnes setzt sich Victor Dujeu an den Schreibtisch und atmet tief ein.

Er denkt an seine Unterhaltung mit Monsieur Rabagny, dem Direktor von Martins Schule, zurück.

»Ihr Sohn ist mir ein Rätsel, Maître Dujeu. Er ist durchaus diszipliniert, macht nicht den geringsten Ärger, aber abgesehen von Philosophie, wo er hervorragende Leistungen erbringt, interessieren ihn die übrigen Fächer so gut wie gar nicht. Er ist ein ungewöhnlicher Fall. Ich habe Sie um ein Gespräch gebeten, weil mir sein plötzliches Fernbleiben merkwürdig vorkam und ich mich vergewissern wollte, dass Sie darüber auf dem Laufenden sind.«

»Ich danke Ihnen. Könnten Sie mir den Brief geben, von dem Sie gesprochen haben?«

»Der, den er mir geschickt hat? Natürlich. Hier ist er.«

»Ich werde versuchen, dieses Mysterium so schnell wie möglich aufzuklären.«

»Ist er tatsächlich wegen einer Familienangelegenheit verreist?«

»Ich weiß nicht, weshalb er verreist ist, Monsieur Rabagny. Jetzt muss ich ihn erst einmal wiederfinden.«

Von dort aus fuhr Victor Dujeu auf direktem Weg zu Marguerite Duval, die ihn mit Tränen in den Augen in der Rue de Vaugirard erwartete.

»Oh, Victor, ich habe solche Angst um unsere Kleinen! Wo sind sie? Was tun sie? Sollen wir die Polizei informieren?«

»Nein, auf keinen Fall. Machen Sie sich keine Sorgen, Marguerite, ich werde sie finden. Erzählen Sie mir, was Oscar vor seiner Abreise zu Ihnen gesagt hat. Vielleicht hilft mir das weiter.«

Marguerite tupfte sich mit einem rosenwassergetränkten Papiertaschentuch die geschwollenen Augen.

»Er hat gesagt, er wolle zu einem Mädchen.«

»Einem Mädchen?«

»Das hat er zumindest behauptet. Oscar spielt gern den Aufreißer, wissen Sie. Das ist das Alter, was will man machen. Ich dachte, er würde Sonntagnacht auswärts schlafen und am nächsten Tag zurückkommen. Aber als er am Montag nicht wieder aufgetaucht ist, begann ich mir Sorgen zu machen und habe Sie angerufen. Ich dachte, er wäre vielleicht bei Martin. Es ist nicht seine Art, einfach so zu verschwinden, Martin muss ihn dazu überredet haben. Er bewundert Ihren Sohn nämlich sehr, Victor.«

»Das stimmt!«, mischte sich Delphine Duval mit leiser, geschwätziger Stimme ein. »Er hat mir oft gesagt, dass Martin Dujeu einmal ein berühmter Autor sein wird.«

Zu guter Letzt rief Victor Dujeu bei den Éditions Rive Gauche an und wurde von Anschluss zu Anschluss weiterverbunden, bis er schließlich einen gewissen Roland Argençon erreichte, dessen affektierte Art ihn aufregte.

»Sind Sie der Vater von Martin Dujeu?«

»Ja.«

»Ah, fantastisch, dann können Sie mir ja sagen, wo Ihr Sohn ist!«

»Ich habe nicht die geringste Ahnung, wo Martin sich aufhält, Monsieur! Ich hatte eine Nachricht von Ihnen auf dem Anrufbeantworter, und ich rufe Sie an, weil ich hoffe, Sie können mich darüber aufklären.«

Am anderen Ende der Leitung herrschte Schweigen.

»Ah«, sagte Roland Argençon schließlich zögernd.

»Was ist das für ein Vertrag, von dem Sie in Ihrer Nachricht gesprochen haben?«

»Der Vertrag für seinen Roman.«

»Welcher Roman?«

Wieder Schweigen.

»Sie wissen nicht, dass Ihr Sohn einen Roman geschrieben hat und wir ihn veröffentlichen werden?«

»Nein«, antwortete Victor Dujeu gereizt.

Verlegenes Schweigen.

»Sie wohnen vielleicht nicht zusammen ...«

»Hat mein Sohn Sie über seine Abreise informiert?«, fiel ihm Victor Dujeu ins Wort, ohne auf die Bemerkung einzugehen.

»Er hat mir wie vereinbart sein Manuskript geschickt und dazugeschrieben, dass er für etwa zehn Tage verreisen werde.«

»Das war alles?«

»Ja, das war alles.«

»Er hat Ihnen nicht gesagt, wohin er verreist?«

»Nein, absolut nicht.«

»Warum haben Sie diese Nachricht hinterlassen?«

»Weil wir bereit sind, seinen Roman zu veröffentlichen, und schnellstmöglich seine Unterschrift brauchen.«

»Ich werde es ihm ausrichten, wenn ich ihn gefunden habe«, sagte Victor Dujeu und legte auf.

Victor Dujeu sitzt am Schreibtisch seines Sohnes, hat den Kopf in den Händen vergraben und denkt nach. Er denkt an diesen geheimnisvollen Roman, der bald erscheinen soll. Er würde viel darum geben, das Buch seines Sohnes in den Händen zu halten. Das war also Martins Geheimnis, der Grund, weshalb er sich stundenlang in seinem Zimmer eingeschlossen hat. Wenn die Schreibmaschine klapperte, tippte er nicht seine Aufsätze, sondern ein Manuskript.

Plötzlich kommt ihm Kerstins Stimme in den Sinn, so deutlich und nah, als befände sie sich im selben Zimmer: »Siehst du dieses kleine Wesen in meinen Armen, Victor Dujeu? Aus dem wird einmal ein bewundernswerter Mensch, auf den wir beide sehr stolz sein werden.« Er hatte sie als rührselige Mutter bezeichnet. Martin, das kleine, erst wenige Tage alte hungrige Würmchen, weinte an ihrer Brust. Obwohl Kerstin ihren Sohn nur so kurz gekannt hatte, war sie immer stolz auf ihn gewesen. Und heute ist Victor zum ersten Mal in seinem Leben ebenfalls stolz, so unglaublich stolz auf diesen Sohn, von dem er so wenig weiß.

Er legt die Hände auf Martins Schreibtisch. Hier hat Martin sein Buch geschrieben, heimlich und ganz allein.

Die Schreibtischplatte ist frei geräumt und glatt, sie riecht nach Möbelpolitur. Victor betrachtet die sechs Schubladen. Er öffnet eine davon und entdeckt zwei Brillen. Die unterste Lade ist bis auf ein paar Büroklammern und einen Radiergummi leer. Eine andere enthält Papier und Umschläge, zwei weitere quellen über von Stiften, Scheren, Leim, Klebeband und Postkarten. Einige davon stammen noch aus Martins Kindheit. Amüsiert liest Victor eine Karte, die er seinem Sohn zu dessen siebtem Geburtstag geschickt hat, als er gerade auf Geschäftsreise in New York war.

In der letzten Schublade findet er endlich, was er gesucht hat. Sie war abgeschlossen, doch es hat ihn nur wenige Minuten gekostet, das Schloss aufzubrechen. Darin liegt ein Katalog des Reiseveranstalters MarocTours, aufgeschlagen auf der Seite der Stadt Ouarzazate. Martin hat das Hotel Safir angekreuzt, das luxuriöseste von allen, wie es scheint.

Mit dem Katalog in der Hand stürzt Victor ins Wohnzimmer und greift zum Telefon.

»Hotel Safir Ouarzazate, guten Tag.«
»Guten Tag, wohnt bei Ihnen ein Monsieur Martin Dujeu?«
»Einen Moment bitte.«

Ein Knistern erfüllt die Leitung.

»Ja, aber er ist ausgegangen.«

»Und Monsieur Oscar Duval, ist der da?«

»Nein, der ist auch nicht da. Wollen Sie eine Nachricht hinterlassen?«

»Das ist nicht nötig. Auf Wiederhören.«

Victor Dujeu legt auf, dann ruft er seine Sekretärin an.

»Agnès, was steht für morgen früh in meinem Terminkalender? Ah. Ja. Und morgen Nachmittag? Verstehe. Gut, sagen Sie alles ab, ganz gleich, wie. Es wird nicht leicht, aber tun Sie Ihr Bestes. Und dann buchen Sie für mich einen Flug nach Ouarzazate, Marokko. Rückflug offen. Ich muss so schnell wie möglich los. Reservieren Sie ein Zimmer im Hotel Safir für eine Nacht. Wenn man Sie fragt, sagen Sie, es handele sich um eine Familienangelegenheit. Es geht um Martin. Ich rufe Sie an, sobald ich vor Ort bin. Vermutlich bin ich in zwei Tagen wieder zurück, aber ich lasse es Sie wissen. Danke, Agnès.«

Er legt auf und geht zurück ins Zimmer seines Sohnes.

»Und nun zu uns, Martin«, sagt er mit erhobener Stimme und legt den Katalog zurück in die Schublade.

Immer noch Hand in Hand steigen sie eine Reihe von Stufen hinauf.

»Wir sind da«, sagt Amina schließlich.

Sie treten hinaus auf einen von Lampen beschienenen Platz, und Martin entdeckt das Leuchtschild eines Restaurants.

»Wird Ihr Chef nicht wütend, wenn er uns hier zusammen sieht?«

»Aber nein, ich wohne hier. Der Besitzer des Restaurants ist mein Vermieter. Und einer meiner besten Freunde. Monsieur Sefrani würde sich niemals in diese Gegend wagen!«

Sie lässt seine Hand los. Er hätte sie gern noch länger gehalten, doch seine Schüchternheit hindert ihn daran, sie festzuhalten. Ihm bleibt nichts anderes übrig, als Amina in das Restaurant zu folgen.

Das Lokal ist brechend voll, hauptsächlich mit einer Gruppe lärmender Spanier, die laut reden und lachen. Sie haben sich auf sämtliche Räume verteilt, selbst in die kleinen Nebenzimmer, wohin sich Amina eigentlich mit Martin zurückziehen wollte. Sie wechselt auf Arabisch ein paar Worte mit einem der Kellner, doch dieser zuckt nur entschuldigend mit den Achseln.

Ratlos bleibt sie einen Moment stehen, ohne etwas zu sagen.

»Gibt es ein Problem?«, fragt Martin.

»Diese Spanier bleiben noch lange.«

»Na und?«

»Sie wollten doch mit mir reden, oder nicht?«

»Ja.«

»Diese Leute werden hier die ganze Nacht feiern. Wir bekommen keinen ruhigen Tisch. Ich weiß nicht, wohin ich mit Ihnen gehen soll.«

»Wieso nicht ins Safir?«, schlägt Martin vor.

»Das ist nicht Ihr Ernst! Die Angestellten würden es sofort Monsieur Sefrani erzählen.«

»Sie haben ja eine Heidenangst vor diesem Monsieur Sefrani.«

»Er ist mein Chef, Monsieur Duj… Verzeihung, Martin. Ich kann nicht riskieren, diese Stelle zu verlieren.«

»Ich verstehe, tut mir leid.«

Das Gelächter der Spanier ist inzwischen noch lauter geworden, sie klopfen beim Reden ausgelassen auf die Tische und schreien alle durcheinander.

Amina packt Martin beim Arm.

»Ach, was soll's!«, sagt sie. »Kommen Sie mit.«

»Wohin denn?«

»Na, zu mir.«

»Zu Ihnen?«, murmelt Martin wie gelähmt.

Sie verlassen das Restaurant. Amina wendet sich nach rechts, wieder nach rechts, dann geht sie eine Treppe hinauf. An deren Ende befindet sich eine schmale Tür. Sie zieht einen Schlüssel aus der Tasche und schließt auf.

»Kommen Sie rein«, fordert sie Martin auf, »ich mache Ihnen einen Tee, und dann erzählen Sie mir, wie ich Ihnen helfen kann. Kommen Sie schon! Und ziehen Sie Ihre Schuhe aus.«

Nur wenige Männer haben diese kleine Wohnung bisher betreten, und noch weniger haben dort eine Nacht verbracht. Amina hat erst einmal geliebt, platonisch geliebt, und zwar einen Franzosen, den sie während ihrer Ausbildung in Frankreich kennengelernt hatte. Er hat sie für paar Tage in Ouarzazate besucht, nachdem sie zu arbeiten begonnen hatte, doch mit der Zeit und der Entfernung erlosch ihre Liebe zu ihm. Danach war sie mit einem Jungen aus dem Viertel zusammen, der sie mit der körperlichen Liebe vertraut machte und den sie beinahe geheiratet hätte, aber letzten Endes zog sie das Alleinsein vor und trennte sich von ihm.

Ihre Eltern leben in Fes, sie sieht sie nur selten. Als Jüngste von acht Geschwistern regte sich in ihr früh der Drang nach Unabhängigkeit und Freiheit. Natürlich fällt ihr das Alleinsein auch manchmal schwer. Wenn sie müde von ihren Ausflügen heimkehrt und nach einem einfachen Abendessen im La Gazelle (meist eine Schale Harira und etwas Obst) in ihre kleine Wohnung an der Spitze der Kasbah hoch oben über der Stadt hinaufgeht, spürt sie, wie eine Leere von ihr Besitz ergreift. Sie denkt nicht gern über ihre Zukunft nach, kann sich nicht vorstellen, dass sie den Rest ihres Lebens in Ouarzazate verbringen soll, für ein kümmerliches Gehalt gewissenhaft ihre Arbeit erledigt und sich mit Menschen anfreundet, die nach zehn Tagen nach Hause zurückkehren, woraufhin sie sie nie wiedersehen wird. Manchmal denkt sie an ihre Schwestern, an Latifa, Fatima und Khadidja, die in Fes und Marrakesch leben. Sie sind verheiratet und haben bereits mehrere Kinder. Hätte sie auch diesen Weg wählen sollen? Sie wird oft gefragt, wieso sie nicht verheiratet ist. Sie ist ihrem Seelenverwandten noch nicht begegnet, auch wenn es ihr gewiss nicht an Verehrern mangelt. Sie weiß, dass sie hübsch ist, sie liest es in den Blicken der Touristen, die ihren Urlaub im Hotel Safir verbringen. Sie erkennt ihr Begehren ebenso wie die Eifersucht in den Augen ihrer Ehefrauen. Sie ist nicht eitel. Sie nimmt ihre Schönheit ebenso ergeben hin, wie sie ein unscheinbares Äußeres akzeptiert hätte, und manchmal fragt sie sich sogar, ob es nicht hilfreicher gewesen wäre, weniger hübsch zu sein, um das wahre Glück zu finden.

In Wirklichkeit hofft Amina nur auf eines, auch wenn sie nicht so recht daran glauben kann: dass sie irgendwann nach Paris zurückkehrt, in diese Stadt, die sie seit jeher fasziniert. Dort will sie leben. Sie liebt ihre Heimat, die Klarheit des Atlasgebirges, die fruchtbaren, üppig grünen Palmenhaine, die nach Gewürzen duftenden Suks, aber in Paris, inmitten der Auspuffgase, der Staus und des tristen Graus, möchte sie wohnen. Sie hätte längst alles hinter sich lassen, bei MarocTours und Monsieur Sefrani kündigen und den Flieger nach Frankreich nehmen können, aber sie traut sich nicht: Paris schüchtert sie ein, und sie fühlt sich in der lebensfeindlichen Steinwüste der Hammada sicherer als allein auf den Champs-Élysées.

Martin Dujeu steht in ihrem Wohnzimmer; er ist so groß, dass er den gesamten Raum auszufüllen scheint. Er schaut aus dem Fenster und blickt durch das Gitterwerk der Maschrabiyya auf die funkelnden Lichter der Stadt hinab.

Amina stellt das Tablett mit dem Tee auf den kleinen, niedrigen Tisch.

»Er ist fertig«, sagt sie.

Martin dreht sich um.

»Kommen Sie, setzen Sie sich.«

Er setzt sich ihr gegenüber und beobachtet, wie ihre braunen Hände die Kanne in die Höhe halten und auf rituelle Weise den Tee einschenken.

»Danke.«

»So, jetzt erzählen Sie«, sagt Amina. »Wie kann ich Ihnen helfen?«

Martin trinkt einen Schluck von dem süßen, heißen Tee.

»Das ist ganz einfach«, beginnt er und stellt das Glas wieder ab. »Ich möchte, dass Sie mir helfen, meine Mutter wiederzufinden.«

»Ihre Mutter? Ist sie denn hier?«

»Vielleicht. Ich bin mir nicht sicher. Aber ich muss sie suchen, und Sie sind die Einzige, die mir dabei helfen kann.«

Amina sieht ihn verständnislos an.

»Wieso ist Ihre Mutter hier? Hat sie Sie verlassen?«

»Das weiß ich nicht.«

»Haben Sie sie schon lange nicht mehr gesehen?«

»Seit sechzehn Jahren.«

»Ich verstehe nichts von dem, was Sie da sagen, Monsieur Duj… Martin. Überhaupt nichts.«

»Ich erkläre es Ihnen.«

Aber kein Wort kommt über seine Lippen. Sie mustert ihn verwirrt. Von draußen wehen das Gelächter und die Scherze der Spanier herein. Martin sucht nach Worten, überlegt hin und her und weiß nicht, wie er anfangen soll.

Er steht auf und geht ein wenig im Zimmer umher. Amina beobachtet ihn wortlos. Dann dreht er sich um und setzt sich neben sie, so nah, dass er ihr Parfüm und den Duft ihres Haares riechen kann. Er nimmt die Brille ab, und sein blauer Blick verschmilzt mit ihrem schwarzen. Lange, eine Ewigkeit, scheint ihnen, verschlingen sie einander mit den Augen, halten mit klopfendem Herzen den Atem an, es fehlte nicht viel, und Martin hätte den Kopf ein wenig vorgeneigt und sie geküsst, nicht viel, und Amina hätte ihr Gesicht ein kleines Stück nach vorn bewegt, bis ihre Lippen aufeinanderträfen.

»Sehen Sie mich genau an«, sagt Martin schließlich. »Ich bin meiner Mutter wie aus dem Gesicht geschnitten. Haben Sie eine blonde Frau gesehen, die genauso aussieht wie ich?«

Aufgewühlt von den blauen Augen, dem so nahen Gesicht, schüttelt Amina den Kopf.

»Ich werde Ihnen meine Geschichte erzählen. Auch wenn ich nicht weiß, ob Sie mir glauben werden. Und danach sagen Sie mir, ob Sie denken, dass Sie mir helfen können.«

Er setzt die Brille nicht wieder auf, denn es ist ihm lieber, sie vorerst noch verschwommen vor sich zu sehen, um nicht abgelenkt zu werden. Dann beginnt er mit seinem Bericht.

15

Eine Unterhaltung mit Madame Bazin

Gegen zehn Uhr abends streckt sich Martin neben dem von einigen starken Scheinwerfern erleuchteten Schwimmbecken aus. Oscar war nicht in seinem Zimmer, und Martin kann sich denken, wo er sich stattdessen aufhält: in dem von Bénédicte Lucchini.

Der Pool liegt verlassen da. Ein Kellner kommt heran und erkundigt sich, ob er einen Wunsch habe.

»Nein, danke«, antwortet Martin leise.

Der Mann verschwindet in der Dunkelheit.

Martin betrachtet das türkisfarbene Wasser, in dem sich das Mondlicht spiegelt; schillernde Insekten kreisen dicht über der Oberfläche.

Amina hat seine Geschichte bis zum Ende angehört, aufmerksam, ernst, das Kinn auf die angezogenen Knie gestützt. Als er zu reden aufhörte, stand sie auf und blieb eine weitere Minute stumm. Besorgt wartete er auf ihre Reaktion, davon überzeugt, dass sie ihn für verrückt halten, ihn auslachen würde. Doch dann sagte sie Worte, die er niemals vergessen will: »Ich finde, Ihre Geschichte ist voller Magie. Was Sie gerade erzählt haben, verwundert und berührt mich. Ich bin bereit, alles zu tun, was ich kann, um Ihnen dabei zu helfen, Ihre Mutter wiederzufinden. Das verspreche ich.«

Er sprang auf, stürzte unbeholfen auf sie zu, denn ohne seine Brille konnte er kaum etwas erkennen, und nahm sie in die Arme. Sie erstarrte, während er die unverhoffte Nähe genoss. Freundlich, aber entschieden schob sie ihn von sich. Verlegen tastete er nach seiner Brille und stieß überall an, bis sie sie ihm mit einem leisen Lachen reichte.

»Sie sehen ja wirklich überhaupt nichts ...«

Wieder dieses Lächeln, dessen Zauber sie sich nicht entziehen konnte.

»Kommen Sie mit auf unsere morgige Expedition?«, fragte sie, um ihrer Verwirrung Herr zu werden.

»Wohin geht es denn?«

»Durch das Drâatal nach Zagora. Hinter Zagora beginnt die Wüste. Und da besuchen wir eine Oase.«

»Ich komme gern.«

»Und Monsieur Duval?«

»Ich denke, Monsieur Duval wird auch dabei sein.«

»Nun, dann sind wir zu fünft. Madame Bazin und Mademoiselle Lucchini haben sich ebenfalls angemeldet.«

Schweigen senkte sich auf sie herab. Wieder schauten sie einander an, verloren sich in den Augen des anderen.

»Bis morgen, Monsi... Martin«, stotterte Amina, von innerem Aufruhr erfasst.

Martin setzte die Brille wieder auf.

»Bis morgen, Amina.«

Sie öffnete die Tür, woraufhin ein kühler Windhauch ihr Haar und ihre Dschellaba erfasste, und unter dem weißen Stoff erkannte er die Umrisse eines festen, sinnlichen Körpers.

Sie reichte ihm die Hand, und er drückte sie. Die Berührung ihrer Haut erzeugte einen leichten elektrischen Schlag. Amina zuckte zusammen, zog die Hand jedoch nicht zurück. Es war Martin, der als Erster losließ, sich umdrehte und hastig die Treppe hinuntereilte.

Als Martin gerade aufstehen und in sein Zimmer zurückkehren will, hört er hinter sich Schritte. Er erkennt die massige Gestalt und den schwerfälligen Gang von Madame Bazin. Er richtet sich auf. Sie geht an ihm vorbei und lässt sich auf einen Liegestuhl am Rand des erleuchteten Beckens sinken.

»Guten Abend, Madame«, sagt er.

Sie hebt den Kopf in Richtung der Stimme, die aus der Dunkelheit zu ihr dringt, dann erkennt sie ihn.

»Guten Abend, junger Mann.«

Martin wendet sich bereits zum Gehen, als er bemerkt, dass die alte Frau nur schwer Luft bekommt. Ihr Atem rasselt hörbar. Im tanzenden Licht der Poolbeleuchtung wirkt ihr Gesicht tiefrot verfärbt.

Er zögert einen Moment, dann geht er zu ihr hinüber.

»Brauchen Sie etwas?«

Sie zuckt zusammen.

»Wieso sollte ich etwas brauchen?«, versetzt sie so übellaunig wie gewohnt. »Ich will meine Ruhe, sonst nichts.«

»Verzeihen Sie. Dann lasse ich Sie allein. Gute Nacht.«

Er geht auf das Hotelgebäude zu.

»Nein, warten Sie!«, ruft die alte Dame keuchend.

Martin bleibt stehen.

»Bleiben Sie bei mir. Bitte.«

Mit einem mitleidigen Blick auf ihre geschwollenen Waden und Knöchel lässt sich Martin neben ihrem Liegestuhl nieder.

Eine Hand auf ihren üppigen Busen gelegt, ringt sie nach Luft.

»Machen Sie sich keine Sorgen, das ist nur das Alter. Das habe ich jeden Abend.«

»Möchten Sie etwas trinken?«

»Es geht schon, danke.«

Sie schaut ihn an.

»Sie sind bemerkenswert gut erzogen für Ihre Generation. Im Gegensatz zu Ihrem Begleiter.«

Martin lächelt.

»Er hat andere Vorzüge.«

Die alte Frau atmet inzwischen wieder ruhiger. Martin betrachtet ihr Profil, das mit den wulstigen Lippen und der niedrigen Stirn an ein altes Flusspferd erinnert.

»Waren Sie schon einmal hier?«

»Nein«, antwortet Martin.

»Ich auch nicht, dabei bin ich schon viel gereist. Dieser Ort gefällt mir.«

»Mir auch.«

»Was Ihnen gefällt, ist diese reizende junge Frau.«

Martin spürt, wie er errötet.

»Wen meinen Sie?«

»Spielen Sie nicht das Unschuldslamm. Ich meine unsere Reiseleiterin. Amina.«

Martin starrt in das smaragdgrüne Becken.

»Ja, sie gefällt mir«, gesteht er leise.

»Und Sie gefallen ihr auch.«

»Woher wissen Sie das?«

Das Flusspferd runzelt die Nase.

»Weil ich eine alte Frau bin, die schon einiges in ihrem Leben gesehen hat.«

Die unerwartete Neuigkeit lässt Martin hektisch blinzeln.
»Sind Sie sicher?«
Doch da beginnt sie mit geschlossenen Augen wieder zu keuchen.
»Meine Güte, was bin ich müde! Das muss an der Höhe liegen. Dabei will ich morgen fit sein. Die Kleine fährt mit uns in eine Oase.«
»Soll ich Sie in Ihr Zimmer zurückbringen?«
»Nein, ich bleibe hier und ruhe mich noch ein wenig aus.«
»Gute Nacht, Madame Bazin. Bis morgen.«
»Gute Nacht, junger Mann. Wie heißen Sie noch gleich?«
»Dujeu.«
»Nein, ich meine Ihren Vornamen.«
»Martin.«
»Gute Nacht, Martin. Danke, dass Sie mir alter Nervensäge Gesellschaft geleistet haben.«

Martin geht hinauf in sein Zimmer und duscht. Als er gegen elf Uhr die Vorhänge zuzieht, wirft er einen Blick nach draußen. Madame Bazin liegt immer noch auf ihrem Liegestuhl beim Pool, Kopf und Schultern sind nach hinten gesunken. Für einen Moment durchzuckt ihn Mitleid mit der alten, einsamen Frau.

Dann erblickt er über die Bäume hinweg im Mondlicht Aminas Kasbah. Mit etwas Mühe gelingt es ihm, ihr winziges, noch erleuchtetes Wohnzimmerfenster auszumachen, das wie ein kleiner heller Stern an der Hügelflanke klebt.

Was Amina wohl um diese Uhrzeit macht? Ob sie an ihn denkt, an die Verwirrung, die sie beide in der vertraulichen Umgebung ihres Zimmers erfasst hat? Oder denkt sie an die Mission, die er ihr anvertraut hat, an diese blonde Frau, die nicht ahnt, dass ihr Sohn sechzehn Jahre nach ihrem Verschwinden ihre Spur wiedergefunden hat?

Nachdem ihn das Zwitschern der Vögel vor seinem Fenster schon früh geweckt hat, steht Martin auf. Der Himmel ist blau, und es verspricht ein ebenso sonniger Tag zu werden wie gestern.

Er geht hinunter in den Speisesaal, wo ein opulentes Frühstücksbuffet angerichtet ist. Eine Gruppe belgischer Touristen in zu kurzen Shorts, Espadrilles und kunterbunten Hemden schlägt sich den Bauch mit der Spezialität des Hauses voll: mit Honig beträufelte Pfannkuchen.

Martin begrüßt das Ehepaar Clément.

»Nehmen Sie an dem Ausflug heute teil?«, erkundigt sich Diane Clément.

»Ja.«

»Wir nicht, ich bin ein bisschen müde.«

Sie legt eine Hand auf ihren runden Bauch.

»Ah«, entgegnet Martin, und er fragt sich, wie man eine solche Frau lieben kann, so blass, ohne jeden Reiz, mit biederer Frisur, kleinen, verwaschenen Augen und kraftlosem Haar.

Es gibt so viele von ihnen in Paris. Dabei ist sie nicht hässlich. Aber in seinen Augen mangelt es ihr an Charakter. Amina hat in ihm die Neigung des Nordländers zur Sinnlichkeit des Südens geweckt: einen Hang zu dunkler Haut, schwarzen Augen und ebenholzfarbenem Haar.

Während er beim Frühstück sitzt, erscheint Bénédicte Lucchini.

Wie ein Zombie durchquert sie mit bleichem Gesicht und geröteten Augen die Eingangshalle. Sie sieht so mitgenommen aus, dass er sich fragt, ob Oscar womöglich etwas nicht Wiedergutzumachendes getan hat. Just in diesem Moment kommt Oscar fröhlich pfeifend über die Terrasse in den Speisesaal. Mit einem selbstgefälligen Ausdruck im rundlichen Gesicht setzt er sich Martin gegenüber.

»Morgen, Dujeu.«

»Morgen, Duval.«

»Gut geschlafen?«

»Gut geschlafen.«

Martin macht sich über seinen dritten Pfannkuchen her.

»Willst du nicht fragen, wie ich die Nacht verbracht habe?«, fragt Oscar.

»Das brauche ich nicht.«

»Und wieso nicht?«, entgegnet Oscar gekränkt.

»Weil dein Opfer vorhin hier vorbeigekommen ist. Und sie hat nicht gerade vor Freude gestrahlt.«

»Du lügst!«

»Keineswegs. Sie wirkte am Boden zerstört.«

»Du träumst wohl!«, protestiert Oscar. »Die konnte gar nicht genug von mir bekommen, sie war nicht zu bändigen, um sechs Uhr morgens musste ich mich verziehen, weil ich Angst hatte, sie gibt mir den Rest. So etwas habe ich noch nicht erlebt …«

Scheinbar in die Morgenzeitungen vertieft, lauscht das Ehepaar Clément am Nebentisch interessiert ihrem Gespräch. Edouard Cléments abstehende Ohren haben sich knallrot verfärbt, während die Schultern seiner Gemahlin unter dem Hermès-Tuch beben.

Martin zieht die Augenbrauen hoch.

»Ich würde sagen, jetzt tut es ihr leid.«

»Unmöglich, Alter. Die war außer sich vor Glück. Wenn du mich fragst, war das die beste Nacht ihres Lebens!«

Aber Martin hört nicht mehr hin. Amina hat den Raum

betreten. Sie nähert sich den Tischen und begrüßt wie üblich die Gäste. Doch als sie zu ihnen tritt, bemerkt Martin ihre angespannten Züge und den traurigen Blick.

»Guten Morgen«, sagt sie leise.

»Wir frühstücken nur noch schnell zu Ende, dann gehören wir ganz Ihnen!«, ruft Oscar. »Bereit für die Fahrt nach Zagora!«

Amina wirft Martin einen Blick zu und beißt sich auf die Unterlippe.

»Ich muss Ihnen mitteilen ...«

»Was denn?«, fragt Martin und legt die Gabel hin.

»Madame Bazin ...«

»Die alte Nervensäge?«, brummt Oscar. »Was will sie denn jetzt schon wieder?«

»Sie ist tot«, antwortet Amina mit erstickter Stimme.

»Tot?«, wiederholt Martin.

»Die Alte ist tot!«, platzt Oscar ausgelassen heraus. »Ouarzazate sehen und sterben! Das ist ja nicht zu fassen!«

Als er Aminas entsetzte Miene sieht, verstummt er abrupt.

Martin bedeutet der jungen Frau, sich zu ihnen zu setzen.

»Was ist passiert? Erzählen Sie.«

»Das Zimmermädchen hat sie heute Morgen tot in ihrem Zimmer gefunden. Sie ist im Schlaf gestorben, es war ein Herzstillstand.«

Martin erinnert sich daran, wie er die alte Dame zum letzten Mal gesehen hat: ganz allein in der kühlen Nacht, den Blick auf den Pool gerichtet.

»Sie hat viel mit mir geredet«, sagt Amina. »Gestern Mittag noch haben wir zusammen Tee getrunken. Ich mochte die alte Dame ...«

Sie schweigt einen Moment, betrachtet den lärmenden Trubel ringsum, die Gäste, die lächelnd und sonnengebräunt zum Frühstück hereinkommen.

»Das Leben ist seltsam. Jemand stirbt, und man könnte meinen, dass alles stillsteht, aber nein, es geht einfach weiter. Die meisten dieser Leute wissen nicht, dass letzte Nacht jemand gestorben ist. Und selbst wenn sie es wüssten, würde es nichts ändern. Das Leben geht seinen Gang.«

Plötzlich springt sie auf.

»Was ist denn los?«, fragt Martin verwundert.

»Monsieur Sefrani. Ich muss gehen. Ich erwarte Sie draußen. Bis gleich.«

Und schon ist sie fort.

Ein dunkelhäutiger Mann von etwa fünfzig Jahren in hellem Anzug und mit einer Mappe in der Hand kommt an ihren Tisch und deutet einige leichte Verbeugungen an.

»Die Herren Duval und Dujeu? Ich bin Mustafa Sefrani, der Direktor von MarocTours in Ouarzazate. Ich möchte mich bei Ihnen für diesen entsetzlichen Zwischenfall entschuldigen und hoffe, er wird Ihnen nicht den Aufenthalt verderben.«

»Welcher Zwischenfall?«, erkundigt sich Martin.

»Der Tod dieser Madame Bazin.«

»Ach, das war Ihre Schuld?«, fragt Oscar mit einem spöttischen Grinsen. »Haben Sie sie umgebracht?«

Mustafa Sefrani sieht ihn verständnislos an.

»So etwas ist mir in zwanzig Jahren in diesem Beruf noch nicht passiert«, fährt er dann mit honigsüßer Stimme fort. »Ich muss mich jetzt um die Überführung der Leiche nach Frankreich kümmern, und das ist wirklich eine sehr aufwendige Angelegenheit. Vor allem bei dieser Hitze! Also noch einmal, meine aufrichtige Entschuldigung, meine Herren. Und trotz allem noch einen schönen Urlaub!«

Er wendet sich ab und geht zu den Cléments hinüber, die es kaum erwarten können, endlich den Grund für all das Getuschel zu erfahren.

»Was für ein grauenvoller Kerl!«, murmelt Martin.

»Irgendwie tut sie mir trotzdem leid ... die arme Alte«, sagt Oscar.

»Du warst fürchterlich zu ihr. Ständig hast du dich beschwert, dass sie nicht schnell genug läuft, dass sie die ganze Zeit furzt und dass sie allen auf den Geist geht.«

Ein wenig beschämt steht Oscar auf.

»Jetzt verstehe ich, warum Bénédicte so drauf war, als du sie gesehen hast. Ich gehe zu ihr und rede mit ihr ...«

Und so nimmt nur Martin an Aminas Ausflug teil.

Zur selben Zeit, als sie in Zagora eintreffen, hebt Victor Dujeus Flugzeug am Pariser Flughafen Charles de Gaulle ab.

Seit Kerstins Tod hasst er das Fliegen. Sein Beruf zwingt ihn dazu, aber es ist ihm zuwider, dass heutzutage alles so schnell geht und man in Rekordzeit von einem Ort zum nächsten gelangen soll. Während das Flugzeug an Höhe gewinnt, denkt er darüber nach, was er seinem Sohn sagen wird. Wie soll er auf ihn zugehen? Wie von ihm eine Erklärung für seine überstürzte Abreise und diese geheimnisvolle Familienangelegenheit verlangen? Und welche Familie überhaupt? Martin hat nur einen Vater, eine Großmutter, einen Onkel, eine Tante, drei Vettern und Cousinen und die beiden schwedischen Großeltern. Kerstin war ein Einzelkind. Welche Familie hat Martin also gemeint? Und wieso Ouarzazate? Ratlos schüttelt Victor den Kopf. Irgendwo tief in seinem Inneren spürt er ein dumpfes Rumoren, etwas so Unglaubliches, so Maßloses, dass er nicht wagt, es weiter anschwellen zu lassen. Und doch hat diese leise Stimme in seinem Ohr, dieses kaum hörbare Flüstern ihn seit sechzehn Jahren Tag und Nacht unbemerkt verfolgt.

Um seiner Unruhe Herr zu werden, greift er nach seiner Aktentasche, nimmt einige Akten heraus und beginnt zu arbeiten.

Doch kurz vor der Landung in Fes, wo er einen Anschlussflug nehmen soll, lässt er dieses wahnwitzige Flüstern schließlich zu, lässt es immer lauter werden, bis es sich von einem unterdrückten Zweifel in eine konkrete Frage verwandelt: Was, wenn Martin Kerstin wiedergefunden hat?

16

Zagora

Während des ersten Teils ihrer Fahrt wechseln Martin und Amina kaum ein Wort. Martin bewundert die Landschaft, die vor seinen Augen dahinzieht, staunt über die Farben des felsigen Tals, dessen seltsam zerklüftete, mondähnlich anmutende Erdformationen an manchen Stellen schwarz und dunkelbraun erscheinen, an anderen violett und tiefblau. Die gewundene Straße steigt in zahllosen Kurven an, die ihr Fahrer Ahmed geschickt meistert.

Amina, die die Landschaft in- und auswendig kennt, da sie die Strecke mehrmals im Monat zurücklegt, ist ihm dankbar für das Schweigen. Normalerweise erzählt sie während der Fahrt Anekdoten, gibt Informationen und beantwortet die Fragen der Gäste. Doch sie ist traurig über Madame Bazins Tod und nicht in der Stimmung zu reden.

Als sie den Tizi-n'Tinifift-Pass erreichen, bricht sie schließlich doch die seit einer ganzen Weile herrschende Stille.

»Wollen Sie eine Fotopause einlegen? Der Ausblick von hier oben ist fantastisch.«

»Ich habe keine Kamera, aber ich würde gern eine Erinnerungspause machen.«

Amina bedeutet Ahmed anzuhalten, und sie steigen aus dem Minibus. Zwei Jungen, die hinter den Felsen verborgen auf Touristen gewartet haben, kommen heran und halten zwei große

Eidechsen in die Höhe, die sie an der Leine führen wie Hunde. Martin gibt ihnen ein paar Münzen.

Während sie die weißen Gipfel des Anti-Atlas betrachten, sagt Amina, mit erhobener Stimme gegen den Wind anredend: »Ich habe darüber nachgedacht, was wir tun können, um Ihre Mutter wiederzufinden.«

Obwohl die junge Frau in der Uniform der Fluggesellschaft durchaus attraktiv ist, gelingt es Victor Dujeu nicht, seinen Ärger zu unterdrücken.

»Wie, das Flugzeug hat eine Panne?«

»Ja, Monsieur, es tut mir sehr leid, aber der heutige Anschlussflug nach Ouarzazate wurde aufgrund technischer Probleme gestrichen.«

»Es ist vier Uhr nachmittags, und ich muss heute Abend in Ouarzazate sein. Sie wollen mir doch jetzt nicht allen Ernstes erzählen, dass ich bis morgen auf einen Flug warten muss!«

»Doch, Monsieur, es gibt leider keine andere Möglichkeit. Wir übernehmen die zusätzlichen Kosten und informieren das Safir über Ihre Verspätung. Mehrere andere Passagiere befinden sich in derselben Lage wie Sie. Wir bringen Sie gleich alle ins Hotel Splendid, wo Sie die Nacht verbringen werden.«

Aufgebracht vor sich hin schimpfend, folgt Victor Dujeu den übrigen Reisenden zu einem Bus.

»Was für ein Abenteuer!«, flüstert eine brünette junge Frau ihrem Begleiter zu.

»Fes soll wunderschön sein«, antwortet dieser.

Sie wirken erfreut über den unverhofften Zwischenstopp.

Victor Dujeus Gereiztheit legt sich ein wenig, als er vier bildschöne Models entdeckt, die ebenfalls Teil ihrer Gruppe sind. Die hochnäsige, verbiesterte Moderedakteurin der Zeitschrift, für die sie posieren sollen, wettert auf Amerikanisch über die unerwartete Komplikation, die ihre Fashion-Reportage in Ouarzazate zu ruinieren droht, und bemüht sich, den ausgelassenen Übermut ihrer »Mädchen« zu dämpfen wie eine strenge Lehrerin, die lärmende Schülerinnen zu disziplinieren versucht.

Fasziniert von diesen impertinenten, einen Meter achtzig großen Gazellen, vergisst Victor Dujeu für einen Moment seine Mission, Martin, den unvorhergesehenen Halt und seine aktuelle Geliebte Estelle. Besonders eines der Topmodels erregt sein Interesse. Die rothaarige junge Frau mit dem milchweißen Teint bemerkt seinen Blick und zwinkert ihm unverfroren zu, während sie ihre Freundinnen mit dem Ellbogen anstupst.

»Als Erstes können wir alle Hotels in Ouarzazate abklappern. Es sind ungefähr zwanzig. Das wird zwar mühsam, aber wenigstens haben wir dann Gewissheit.«

Der Minibus fährt die Passstraße hinunter in Richtung Agdz im Tal des Drâa, und die Landschaft verändert sich. Das karge Gebirge mit seinem Chaos aus Felsgeröll weicht allmählich üppig grünen Palmenhainen, und die ersten Ksur kommen in Sicht, ockerfarbene Zitadellen, deren durchbrochene Türme sich am Ufer des friedlichen Wadis erheben.

»Das ist eine gute Idee«, sagt Martin. »Aber wir müssen gleich nach unserer Rückkehr damit anfangen. Falls meine Mutter tatsächlich hier ist, weiß ich nicht, wie lange sie noch bleiben will. Wir dürfen keine Zeit verlieren.«

»Haben Sie daran gedacht, im Safir nach ihr zu suchen?«

»Ja, natürlich. Gleich nach meiner Ankunft. Das Hotel ist nicht sehr groß, und mir war schnell klar, dass sie nicht dort ist.«

Aminas professionelle Reflexe bleiben von ihren Planungen unberührt.

»Schauen Sie dort hinten, auf der anderen Seite des Flusses«, fordert sie Martin auf. »Das ist das Ksar Tamnougalt. Es ist sehr gut erhalten, was nur noch selten der Fall ist. Viele dieser befestigten Dörfer sind in einem erbärmlichen Zustand. Sie schmelzen dahin wie Schnee in der Sonne. Alles stürzt ein, alles wird wieder zu

Staub. Die Gebäude wurden aus Stampflehm errichtet, wissen Sie, aus nackter, in der Sonne getrockneter Erde. Da genügt ein etwas stärkerer Regenguss, und alles bricht zusammen.«

»Das ist traurig.«

»Ja, das ist traurig. Mögen Sie ein paar Datteln? In diesem Palmenhain gibt es ganz köstliche zu kaufen.«

Wieder verlassen sie den Minibus und tauchen ein in das herrlich frische Grün.

»Hier«, sagt Amina und reicht ihm ein kleines, mit Datteln gefülltes Körbchen. »Aber nehmen Sie nicht zu viele davon, in einer Stunde essen wir in Zagora zu Mittag.«

Zagora selbst hat kaum Sehenswürdigkeiten zu bieten, abgesehen davon, dass es der letzte Ort vor der Wüste ist. Amüsiert betrachtet Martin ein Schild am Ende der Hauptstraße: »Timbuktu: 52 Tage per Kamel«.

Während des Mittagessens im Restaurant La Rose des Sables gehen sie, ohne es zu bemerken, zum Du über. Eine deutsche Touristengruppe kommt herein, und ihr Reiseführer winkt Amina zu.

»Kennst du ihn?«

»Wir kennen uns alle. Er arbeitet im Hotel Essada in Ouarzazate und betreut hauptsächlich deutsche Gruppen.«

»Kannst du ihn fragen, ob er meine Mutter gesehen hat?«

Sie steht auf. Der Mann mustert Martin neugierig, während Amina mit ihm spricht. Dann schüttelt er nachdrücklich den Kopf.

Martin seufzt. Er fühlt sich erschöpft. Die Fahrt war anstrengend, und er fürchtet sich vor dem Rückweg.

»Du wirkst traurig«, sagt Amina, als sie ihm wieder gegenübersitzt.

»Ich frage mich, ob es richtig war hierherzukommen.«

»Wenigstens hast du bald Gewissheit.«

»Wenigstens habe ich dich kennengelernt.«

»Und ich dich.«

»Kommst du gelegentlich noch nach Paris?«
»Nein. Ich habe selten Urlaub.«
»Weil die Touristen ständig Urlaub machen?«
Sie lacht.
»Genau!«
Amina blickt auf die Uhr.
»Wir müssen los. Aziz wartet schon auf uns.«
»Aziz?«
»Der Vorsteher des Oasendorfs.«

Der Minibus biegt von der Hauptstraße ab auf eine mit Steinen übersäte Sandpiste. Martin bemerkt, dass die Haut der Menschen immer dunkler wird, je weiter sie nach Süden kommen, und alle schwarz gekleidet sind. Die Frauen tragen funkelnden Goldschmuck wie zu einem Fest, selbst wenn sie sich nur ihren alltäglichen Aufgaben widmen – der Heuernte, dem Sammeln von Futter, dem Versorgen des Viehs. Sie haben Babys auf ihrem Rücken festgebunden, und von ihren verschleierten Gesichtern sieht man nur die neugierigen Augen, die dem Minibus hinterherblicken.

Die verschwenderischen Palmenhaine gehen in eine weite, steinige Ödnis über.

»Schau«, sagt Amina, »das sind die ersten Dünen der Wüste. Die Oase liegt gleich dahinter, und die algerische Grenze ist nur noch rund vierzig Kilometer entfernt.«

Es wird immer heißer.

»Im Hochsommer ist es hier unerträglich«, erklärt Amina.

In der Ferne erkennt Martin zwei riesige goldene Dünen, die sich wie in der Werbung gelb vor dem blauen Himmel abzeichnen. Zwei von einem Mann in blauer Dschellaba geführte Kamele kommen ihnen entgegen. Der Mann wechselt einige Worte mit Amina.

»Das ist ein ›blauer Mann‹«, erklärt sie Martin. »Er gehört zum Volk der Tuareg, den Nomaden der Wüste. Er will wissen, ob du auf seinem Kamel reiten möchtest. Es ist nicht teuer.«

»Nein, ich bin müde.«

Der Mann, der dank der zahlreichen Touristen Französisch versteht, zuckt mit den Schultern und wendet sich ab. Am Horizont ist ein Reisebus aufgetaucht.

»Lass uns weiterfahren«, sagt Amina. »Die Oase ist nur noch fünf Minuten entfernt.«

Martin steigt wieder in den Minibus. Benommen von der Hitze und der Sonne, träumt er vom Pool im Hotel. Plötzlich taucht ein grüner Fleck in der ausgedörrten beigefarbenen Ebene auf. Er richtet sich auf, um ihn besser sehen zu können. Je näher sie kommen, desto größer wird der Fleck, Palmen zeichnen sich ab, und Martin erkennt eine Gestalt, die sie vor dem Wadi erwartet, das sie, auf unebenen Steinen balancierend, zu Fuß durchqueren müssen. Der Minibus hält an.

»Das ist Aziz«, wispert Amina beim Aussteigen. »Sein Vater war Dorfvorsteher, und jetzt ist er es. Er hat sechs Kinder.«

Martin betrachtet den jungen Mann in grüner Dschellaba, der nicht älter als dreißig sein kann.

»Willkommen!«, ruft er ihnen zu. »Willkommen!«

Eine Schar von Kindern, die meisten von ihnen nackt, tollt laut kreischend um ihn herum.

»Komm!«, fordert er Martin auf. »Ich zeige dir.«

Martin sieht fragend zu Amina.

»Er führt dich durch die Oase. Verteil hier und da ein paar Münzen, vor allem da, wo die Töpferwaren hergestellt werden. Danach trinken wir bei Aziz mit seiner Mutter und seiner Frau zusammen Tee.«

»Machst du das jede Woche?«, fragt er sie lächelnd.

»Ja«, antwortet Amina und lächelt nicht mehr. »Fast jede Woche.«

»Dann ruh dich aus, bis wir zurück sind. Ich komme schon allein zurecht. Und danach trinken wir Tee.«

»Danke!«

Sie setzt sich mit Ahmed, dem Fahrer, am Ufer des Wadis in den Schatten einer hohen Palme.

Martin folgt Aziz, die Kinder bleiben dicht hinter ihnen. Man zeigt ihm Frauen, die Brot backen (er probiert ein Stück und findet es lecker), die Werkstätten und Öfen, in denen die für den Suk von Zagora bestimmten Töpferwaren hergestellt werden, und weitere Frauen, die im Wadi Wäsche waschen und sie zum Trocknen auf dem nackten Boden in die Sonne legen. Berührt von der Schönheit dieses Ortes, kommt ihm flüchtig der Gedanke an Madame Bazin, die sich so auf diesen Ausflug gefreut hatte.

Bald hat Martin alle seine Münzen verteilt. Mit seinem stockenden Französisch, seiner Freundlichkeit und seiner Spontaneität heitert Aziz ihn allmählich wieder auf. Ab und zu dreht er sich zu Martin um, schaut ihn an, klopft ihm auf den Rücken und sagt: »Du bist mein Freund! Mein Freund!«

Amina hingegen amüsiert der Kontrast zwischen diesen beiden vollkommen gegensätzlichen Männern, der eine so dunkel, der andere so blond. Fröhlich fordert Aziz die beiden auf, ihm in sein Haus zu folgen, wo sie sich auf bequemen Teppichen niederlassen, während die Kinder um sie herum spielen. Eine alte, schwarz gekleidete Frau mit stolzer Haltung und von Falten durchzogenem, aber immer noch schönem Gesicht begrüßt Amina mit einer Geste, die Martin bei den Einheimischen schon häufiger beobachtet hat: Sie wendet der jungen Frau mit gespreizten Fingern die Handfläche zu. Amina tut es ihr gleich. Und Martin erkundigt sich nach der Bedeutung dieses Grußes.

»Damit wehrt man Flüche ab«, erklärt Amina.

Aziz bereitet den Tee zu. Eine Frau steckt den Kopf durch eines der Fenster zum Innenhof, begrüßt Amina und Ahmed, mustert Martin aufmerksam und verschwindet wieder.

»Das ist Aziz' Frau. Sie ist sehr schüchtern. Es kommen nicht viele Touristen hierher, sie ist den Umgang mit ihnen nicht gewohnt.«

»Sie kann ruhig reinkommen«, sagt Martin. »Ich bin sehr nett!«

Aziz lächelt, dann ruft er mehrmals nach seiner Frau. Endlich gesellt sie sich zu ihnen. Vor Verwirrung ganz rot im Gesicht und mit einem Baby auf dem Arm lässt sie sich neben Aziz' Mutter nieder.

Aziz schenkt Tee ein, verteilt die Gläser und bietet seinen Gästen Brot an, das gerade frisch aus dem Ofen kommt.

»Hier, mein Freund! Das ist für dich!«, sagt er zu Martin.

»Er mag dich«, flüstert Amina.

»Behandelt er nicht alle so?«

»Er ist zu allen freundlich, das schon, aber ich finde, bei dir ist er besonders herzlich.«

»Kommst du aus Frankreich?«, erkundigt sich Aziz und bedeutet den Kindern mit einem Wink, anderswo weiterzuspielen.

»Ja. Aus Paris.«

»Eines Tages besuche ich dich in Paris!«

»Ich würde mich freuen.«

»Gibst du mir deine Adresse?«

»Natürlich.«

Aziz steht auf und holt einen bunten Rucksack, der an einem Nagel an der Wand hängt.

»Jetzt zeigt er dir sein Fotoalbum«, flüstert Amina. »Schreib ihm deine Adresse auf und dazu ein paar nette Worte.«

Stolz zieht Aziz ein Spiralheft aus dem Rucksack.

»Schau, mein Freund! Das sind meine Besucher!«

Höflich öffnet Martin das Heft, doch er spürt, wie eine leise Mattigkeit von ihm Besitz ergreift. Er blättert die Seiten um, gibt vor, die zahlreichen Unterschriften zu betrachten, die sorgsam eingeklebten Fotos, die Kommentare, die Adressen. Amina hält ihm einen Stift hin. Er nimmt ihn und blättert zur letzten Seite vor, um dort eine Nachricht und seine Anschrift zu hinterlassen.

Oh, Aziz! Deine Oase ist ein Paradies, in dem ...

Abrupt hält er inne. Der letzte Eintrag vor seinem eigenen ist erst einen Tag alt, und er ist auf Schwedisch. Er versteht nur einzelne Wörter, die Schrift ist ihm unbekannt. Er liest den Namen und die Adresse:

Leine, Valhallagatan 16, Uppsala, Sverige.

Das sagt ihm nichts. Dann bemerkt er einen Umschlag, der über der schwedischen Nachricht auf die Seite geklebt wurde. Was mag er enthalten? Einen Brief? Fotos? Wenn Aziz ihn dort eingeklebt hat, dann muss er etwas mit diesen Leines zu tun haben.

Aziz unterhält sich mit Amina und Ahmed; lachend und vergnügt plaudernd, achten sie nicht auf Martin, nur seine Mutter und seine Ehefrau beobachten ihn mit starrem Blick. Aziz' Frau wiegt ihr Baby und singt leise vor sich hin.

Er muss unbedingt in diesen Umschlag schauen, um sicher zu sein, keine Spur zu verpassen. Er bemüht sich, entspannt zu wirken, und öffnet ihn betont beiläufig.

Darin befinden sich zwei Polaroidfotos. Auf einem davon trinkt Aziz mit einem etwa fünfzigjährigen Mann und einem blonden Mädchen Tee. Auf dem anderen posiert eine Frau mit großer Sonnenbrille zusammen mit demselben Mann und dem kleinen Mädchen vor dem Wadi. Die Frau muss etwa vierzig Jahre alt sein. Ihr Haar ist blond. Ein sehr helles Blond.

Trotz der schlechten Qualität der Aufnahme erkennt Martin am Kragen ihrer kurzärmeligen Bluse ganz deutlich eine kleine goldene Brosche, bei der es sich um einen geflügelten Löwen handeln könnte.

Victor Dujeu erledigt einige Telefonate, nimmt ein entspannendes Bad, zieht sich an und geht zum Abendessen hinunter in den Speisesaal. Das Hotel Splendid mit seiner etwas altmodischen Einrichtung gefällt ihm, es erinnert ihn an die Reisen, die er mit Kerstin während ihrer dreijährigen Ehe unternommen hat, Jahre, die er heute als die glücklichsten seines Lebens betrachtet.

Zwischen vier wunderschönen jungen Frauen sitzend und die neidvollen Blicke der anwesenden Männer spürend, lebt Victor wieder auf; vergessen sind die beruflichen Ärgernisse, verflogen die Probleme des Alltags und die Sorgen wegen der geheimnisvollen Reise seines Sohnes.

Er hat nur wenig Freizeit. Seit er diesen Beruf ausübt, dreht sich sein ganzes Leben um seine Fälle, seine Akten und seine Klienten. Das einzige Mittel, diesem gehetzten Dasein hin und wieder zu entkommen, lässt sich in einem Wort zusammenfassen: Frauen. Er fährt nur selten in Urlaub, stattdessen verbindet er Geschäftsreisen mit romantischen Wochenenden und nutzt häufig Besprechungen in fremden Städten, um eine Geliebte dorthin mitzunehmen.

Sich nun allein an einem fremden Ort wiederzufinden, ohne berufliche Verpflichtungen oder eine offizielle Begleiterin an seiner Seite, bereitet ihm ein unerwartetes Vergnügen. Er fühlt sich frei, jung. Er muss diesen unverhofften Moment nutzen.

»Haben Sie Kinder?«, will Claudia, die Rothaarige, wissen.

Sie ist Deutsche und beherrscht, genau wie ihre drei amerikanischen Kolleginnen, kaum ein Wort Französisch. Victor, der dank seines Berufs fließend Englisch spricht, ist entzückt über die Gelegenheit, sein Sprachtalent unter Beweis zu stellen.

»Vielleicht hat er ja Enkel!«, bemerkt die blonde Deborah spöttisch.

»Gott sei Dank noch nicht!«, entgegnet Victor hastig, denn er will in den Augen der jungen Frauen nicht als Großvater dastehen. »Ich habe einen achtzehnjährigen Sohn, Martin.«

»Und was macht dieser Martin so?«, fragt Brooke, eine Brünette mit Pfirsichhaut.

Unfassbarer Stolz durchströmt Victor Dujeu, als er es zum ersten Mal ausspricht: »Er ist Schriftsteller.«

Beeindrucktes Schweigen. Ha, das stopft diesen eitlen Dingern den Schnabel!

»Verdient man damit gut?«, erkundigt sich Claudia, deren Gagen mit Sicherheit höher sind als Victors beileibe nicht geringes Honorar.

»Um die Wahrheit zu sagen, ich habe keine Ahnung.«

Die Rothaarige verbirgt ein Gähnen hinter der grazilen Hand.

»Für weniger als zehntausend Dollar stehe ich morgens gar nicht erst auf«, erklärt sie lässig.

Die drei anderen Models, die noch nicht in diese einträglichen Sphären vorgedrungen sind (Claudia gehört zu den Top Ten), erkennen ihre Vorherrschaft widerspruchslos an.

»Und was machen Sie beruflich?«, fragt Alison, die zweite Blondine.

»Ich bin Anwalt.«

»Machen Sie hier Urlaub? Mit Ihrer Frau?«

Wie neugierig diese Zeitschriftengöttinnen sind …

»Nein. Nun ja, nicht direkt. Ich bin auf dem Weg zu meinem Sohn in Ouarzazate.«

»Das heißt, Sie sind ganz allein?«, erkundigt sich Claudia in ihrem von einem starken deutschen Akzent gefärbten Englisch.

»Heute Abend?«, entgegnet Victor mit einem breiten Lächeln. »Mit Ihnen an meiner Seite bin ich doch nicht allein!«

Wenn Estelle ihn jetzt sehen würde ...

»Hätten Sie Lust, uns in einen Club zu begleiten, Herr Anwalt?«

»Aziz!«, ruft Martin so laut, dass alle zusammenzucken und das Baby zu weinen beginnt.

Kreidebleich stürzt er auf seinen Gastgeber zu, wirft dabei sein Glas um und tritt auf seine Brotscheibe.

»Dieses Foto ... Diese Frau ... Wer ist das ...?«

Verwundert betrachtet Aziz die Aufnahme.

»Diese Frau war hier, gestern«, sagt er. »Mit ihrem Mann und ihrer kleinen Tochter.«

»Weißt du, wo sie heute ist?«

Verblüffung bei Aziz. Er lacht schallend auf.

»Nein, natürlich nicht!«

Martin beruhigt sich allmählich wieder.

»Hör zu, Aziz, das ist wichtig. Ich bin nach Ouarzazate gekommen, um diese Frau zu finden. Hat sie dir irgendetwas über ihr Hotel gesagt, darüber, wo sie sich im Moment aufhält? Und ist dir ihre Brosche aufgefallen? War es ein Löwe, so wie meiner?«

Er deutet auf sein eigenes Schmuckstück.

Aziz schüttelt verdattert den Kopf.

»Ich verstehe nicht«, murmelt er.

Amina wirft einen Blick auf das Foto.

»Martin, die Aufnahme ist nicht besonders gut. Bist du sicher, dass sie es ist?«

»So gut wie. Sieh nur ihre Brosche. Die sieht doch aus wie ein geflügelter Löwe, oder nicht?«

Amina verzieht das Gesicht.

»Es könnte genauso gut ein goldener Skarabäus sein. Davon werden eine Menge in den Suks verkauft. Und selbst wenn es ein geflügelter Löwe wäre, solche Broschen gibt es zuhauf. Jeder, der schon einmal in Venedig war – und das waren viele! –, kann sie dort gekauft haben.«

»Wie dem auch sei«, entgegnet Martin, »es lohnt sich, diese Frau ausfindig zu machen. Ihr Alter, ihre Nationalität und ihr Äußeres passen. Du hast versprochen, mir zu helfen, also frag Aziz, ob er mehr über sie weiß. Bitte.«

Amina wendet sich dem Dorfvorsteher zu und redet auf Arabisch auf ihn ein. Er hört aufmerksam zu und schaut hin und wieder zu Martin. Als er antwortet, übersetzt Amina nach und nach seine Worte:

»Sie sind allein gekommen, nicht mit einem Reiseführer oder einer Gruppe. Sie fuhren einen R4, wie man sie für Tagesausflüge mieten kann. Aziz sagt, dass sie vor allem Englisch mit ihm gesprochen haben, aber die Frau sprach auch ein bisschen Französisch. Er hat den Mann und die Tochter durch die Oase geführt, die Frau war müde. Sie ist im Schatten geblieben. Danach haben sie Tee getrunken, sich in das Heft eingetragen und sind weitergefahren. Aziz weiß nicht, in welchem Hotel sie wohnen.«

Unvermittelt beginnt Aziz' Frau zu reden, ihre Stimme klingt schrill, ihr Gesicht ist gerötet, und sie deutet immer wieder auf Martin und das Foto.

»Was sagt sie?«, will Martin wissen.

Amina befragt die junge Frau und lässt sie mehrmals wiederholen. Dann blickt sie verstört zu Martin.

»Was?«

»Fouzia sagt, als die Frau sich im Schatten ausgeruht hat, hat sie für eine Weile ihre Sonnenbrille abgenommen. Dabei konnte Fouzia ihr Gesicht sehen. Sie sagt, als sie dich vorhin gesehen hat, sei es ihr gleich aufgefallen: Du siehst ihr so ähnlich, als wärst du ihr Sohn.«

17

»Ich liebe dich«

Victor Dujeu hält sich für einen ausgezeichneten Tänzer. Er beherrscht alle Stilrichtungen, Cha-Cha-Cha, Samba, Twist, Bossa nova, Rock, Stehblues, Walzer und sogar Tango. Er hat den Rhythmus im Blut und glaubt sich unwiderstehlich. Doch recht schnell muss er erkennen, dass die vier zappelnden Lianen um ihn herum anderer Meinung sind. Mehr als einmal bemerkt er ein spöttisches Lächeln, ahnt ein leises Kichern, und in seiner Würde getroffen macht er Anstalten, sich hinzusetzen.

»Wo wollen Sie denn hin, Herr Anwalt?«
»Bleiben Sie doch bei uns ...«
»Sie tanzen super!«
»Für Ihr Alter!«
Erneuter Lachkrampf.

Unverschämte Gören, denkt er, während er sich mühsam ein Lächeln abringt. Claudia hat offensichtlich kein Interesse an ihm; es wäre klüger, ins Bett zu gehen und sich auf den morgigen Tag vorzubereiten.

Gerade als er beschließt, den Club zu verlassen und das wie entfesselt auf der Tanzfläche herumspringende Quartett sich selbst zu überlassen, hält Claudia inne und kommt, ganz die Verführerin mit feuerroter Mähne, auf ihn zu.

»Was denn, Sie wollen schon gehen, Victor?«
»Es ist spät.«

»Wie schade, es wird doch gerade lustig ...«

»Das bleibt es sicher auch ohne mich!«

Unter dichten schwarzen Wimpern wirft sie ihm einen bedeutungsvollen Blick zu, und ihr raubtierhaftes Lächeln ist unmissverständlich. Sie kommt noch näher, bis ihre Brüste Victors Ärmel streifen.

»Kommen Sie nachher noch in mein Zimmer, um mir Gute Nacht zu sagen?«, haucht sie.

»Welche Zimmernummer haben Sie?«, fragt er hastig.

»Zwei-drei-vier. Können Sie sich das merken?«

»Zwei-drei-vier«, wiederholt er. »Ich komme. Aber lassen Sie mich nicht zu lange warten ...«

»Egal, wie lange es dauert, Sie werden auf mich warten, nicht wahr, Victor?«

Martin denkt nach. Alle anderen schweigen, sogar die Kinder, die ein Stück entfernt von ihnen spielen.

»Wir müssen tun, was du vorgeschlagen hast«, sagt er schließlich zu Amina. »Wir fahren zurück nach Ouarzazate und erkundigen uns in sämtlichen Hotels. Wenn die Zeit heute nicht für alle reicht, machen wir morgen früh weiter.«

Die Augen des jungen Mädchens leuchten.

»Martin, ich habe eine viel bessere Idee!«

»Was denn?«, fragt er, gerührt, weil sie so aufgeregt ist.

»Es gibt nur eine Autovermietung in Ouarzazate, die R4 an Touristen vermietet. Wir brauchen bloß da anzurufen und sie nach dem Hotel der Leines zu fragen. Sie haben den Namen in ihren Unterlagen.«

»Das ist genial!«, ruft Martin und springt auf. »Schnell, ein Telefon! Wir rufen gleich an!«

Aminas Miene verdüstert sich.

»Hier gibt es kein Telefon, Martin. Wir sind mitten in der Wüste.«

»Kein Telefon? Das kann doch nicht wahr sein!«

»Kein Telefon!«, wiederholt Aziz, der das ziemlich witzig findet, lächelnd.

»Dann lass uns nach Zagora fahren«, schlägt Martin vor. »Da finden wir doch sicher ein Telefon. Wir müssen sofort los. Kommt schon! Ahmed! In den Bus!«

Aziz schaut ihnen nach und winkt, bis der Minibus hinter einer Düne verschwindet.

»Wie lange brauchen wir bis Zagora?«, fragt Martin.

»Eine Stunde.«

»Können wir nicht schneller fahren?«

»Wenn wir schneller fahren, platzt uns womöglich ein Reifen. Die Steine hier haben scharfe Kanten. Und dann verlieren wir noch mehr Zeit.«

Martin verstummt resigniert. Seine Müdigkeit ist wie weggeblasen. Wie ein Athlet, der sich vor dem Wettkampf konzentriert, fühlt er sich der langen Rückfahrt jetzt gewachsen. Er findet Trost in dem Gedanken, dass Kerstin Dujeu vielleicht gestern erst dieselbe Strecke gefahren ist, dass sie dieselbe Landschaft betrachtet hat, die nun er bewundert, diesen klaren Himmel, die endlose Weite der Wüste, dass sie das Wadi auf denselben Steinen durchquert hat, auf die auch er vorhin getreten ist.

Gegen halb sechs treffen sie in Zagora ein und finden in einem Café endlich ein Telefon. Jetzt fehlt nur noch ein Telefonbuch. Darum kümmert sich Amina. Sie sucht die Nummer der Autovermietung heraus und wählt. Martin steht neben ihr.

Doch niemand geht ran.

»Versuch es noch einmal!«

Amina schüttelt den Kopf und legt auf.

»Das hat keinen Zweck. Um die Zeit haben sie schon geschlossen. Ich hatte es mir beinahe gedacht. Du wirst dich bis morgen früh gedulden müssen.«

»Morgen früh? Ich kann nicht bis morgen früh warten! Das ist zu wichtig! Wir müssen eine andere Lösung finden ...«

Amina legt beide Hände auf Martins Schultern.

»Hör zu«, sagt sie ernst. »Ich weiß, dass es wichtig ist. Ich verstehe, wieso. Aber wir können nichts daran ändern. Wir fahren jetzt zurück, die Fahrt dauert noch zweieinhalb Stunden. Vor acht Uhr sind wir nicht in Ouarzazate. Es würde nichts bringen, dann noch die Hotels abzuklappern, wenn wir die Antwort ohnehin gleich morgen früh bekommen. Verschwende nicht deine Zeit in den Hotels der Stadt, es gibt so viele, da wärst du die ganze Nacht beschäftigt!«

»Und wenn sie abgereist ist? Stell dir nur mal vor, sie hat Marokko bereits verlassen!«

»Das ist doch kein Problem.«

»Wieso nicht?«

»Weil du dank Aziz' Album ihre schwedische Adresse kennst.«

Er starrt sie an und bewundert das schöne ovale, von schwarzem Haar umrahmte Gesicht.

»Du hast recht, Amina. Es bringt nichts, die Dinge zu überstürzen.«

Sie lächelt ihn an.

»Komm, wir haben noch einen weiten Weg vor uns.«

Die untergehende Sonne wirft rötliche Schatten über die Palmenhaine und Zitadellen und hüllt das Tal in unwirkliche Farben. Amina sieht zu, wie Martin allmählich einschläft, während sie sich Ouarzazate nähern, und sie ist sich bewusst, dass die Verwirrung, die sie beim ersten Anblick seines Lächelns erfasst hat, seitdem nicht mehr von ihr gewichen ist.

Vor dem Hotel steigen sie aus. Ahmed bringt den Minibus zurück zum Büro von MarocTours, und sie bleiben allein zurück.

»Rufst du morgen früh dort an?«, bittet Martin.

»Sobald sie aufmachen. Ich kenne sie gut, weißt du. Wir beauftragen sie, wenn unsere Gäste ein Auto mieten wollen. Ich rufe dich gleich danach an und nenne dir den Namen des Hotels.«

»Könntest du mitkommen?«

»Wohin mitkommen?«

»Zu ihr.«

»Das würde ich gern, aber ...«

»Aber was?«

»Ich habe morgen früh eine Führung durch den Suk von Ouarzazate.«

»Du brauchst Monsieur Sefrani doch nur zu sagen, dass keiner mitwollte.«

»Hervorragende Idee! Und es stimmt ja sogar fast. Madame Clément will sich ausruhen, die arme Madame Bazin ist nicht mehr da ... Bleiben nur noch Monsieur Duval und Mademoiselle Lucchini.«

»Ich glaube, die beiden haben anderes zu tun, als den Suk zu besichtigen.«

»Wenn das so ist, begleite ich dich.«

»Danke. Das freut mich sehr.«

»Mich auch. Ich möchte zu gern herausfinden, ob diese Frau wirklich deine Mutter ist. Bis morgen, Martin.«

»Bis morgen, Amina.«

Sie macht sich auf den Heimweg in die Kasbah. Martin schaut ihr nach, am liebsten würde er sie aufhalten. Er möchte nicht ins Hotel gehen, hinauf in sein einsames Zimmer, und dort diesen so wichtigen, ja alles entscheidenden Tag abwarten müssen.

Seufzend dreht er sich um und will gerade die Lobby betreten, als ...

»Martin!«

Sie hat ihn gerufen.

Er rennt zu ihr.

»Ich möchte nach diesem unglaublichen Tag jetzt nicht allein sein.«

»Ich auch nicht.«

Schweigen.

»Essen wir zusammen im La Gazelle?«

Victor Dujeu kämmt sich sorgsam und dankt dem Himmel für sein dichtes, kaum angegrautes Haar. Nicht die geringsten Anzeichen einer Glatze. Er ist in guter Verfassung, und der beste Beweis dafür: Selbst Mädchen, die so alt sind wie sein Sohn, finden ihn noch attraktiv! Er ist bereit. Ein letzter Spritzer Aftershave, ein letzter Blick in den Spiegel, der ihm das erfreuliche Bild eines Mannes »in den besten Jahren« zurückwirft, eines Mannes mit Hakennase und verschmitztem Blick, dessen einziger Mangel in einem etwas zu dicken Bauch liegen könnte.

Er schaut auf die Uhr. Es ist eine Dreiviertelstunde vergangen, seit er den Club verlassen hat. Er hört leises Lachen auf der Treppe, öffnet die Tür einen Spalt und wirft einen Blick hinaus in den Flur. Am Ende des Gangs erkennt er vier hochgewachsene Gestalten. Hastig schließt er die Tür wieder, denn er möchte nicht dabei erwischt werden, wie er auf Claudias Rückkehr wartet.

Er muss ihr noch fünfzehn, zwanzig Minuten Zeit lassen, um sich zurechtzumachen, ihre verführerischsten Dessous anzuziehen, eine intime Beleuchtung zu wählen und ihren Körper mit der ganzen Raffinesse einer Frau zu parfümieren, die sich den rituellen Vorbereitungen auf die Liebe hingibt.

Victor Dujeu reibt sich vor Erregung die Hände und lässt zehn Minuten verstreichen. Dann tritt er, davon überzeugt, dass sie ihn ebenso ungeduldig erwartet, hinaus auf den Gang und macht sich auf den Weg zu Zimmer 234.

Es liegt auf der gleichen Etage wie sein eigenes, aber am entgegengesetzten Ende des Flurs. Seine Schritte verursachen kein Geräusch auf dem dicken Teppich, und er begegnet niemandem; nichts rührt sich, das ganze Hotel scheint zu schlafen.

Hinter der Tür von Zimmer 234 ist kein Laut zu hören. Er kontrolliert noch einmal die Nummer. Sie stimmt. Vielleicht ist Claudia eingeschlafen? Er stellt sich die warme Haut einer Schlummernden vor, langes rotes, auf dem Kissen ausgebreitetes Haar, einen halb nackten Körper im Dämmerlicht.

Vorsichtig dreht er den Türgriff. Es ist nicht abgeschlossen, was bedeutet, dass sie ihn erwartet. Er schlüpft in das stockfinstere Zimmer und schließt die Tür hinter sich. Drinnen herrscht absolute Stille. Reglos wartet er, bis sich seine Augen an die Dunkelheit gewöhnt haben. Nach und nach erkennt er Möbel, das Fenster und das große Bett, in dem er mit triumphierendem Herzklopfen einen unter dem Laken zusammengerollten Körper ausmacht. Leise Atemgeräusche dringen an sein Ohr. Sie schläft. Wie tief sie schläft! Aber nicht mehr lange, denkt er grinsend. Er nähert sich dem Bett, zieht Hemd, Mokassins, Socken, Hose und Unterhose aus, bis er schließlich nackt neben dem Nachttisch steht. Er sieht inzwischen genug, um sich langsam neben sie gleiten zu lassen. Kurz denkt er daran, »Ich bin's, Victor!« zu sagen, doch die Nähe des begehrten Körpers erregt ihn so sehr, dass er es bleiben lässt. Sie murmelt etwas und dreht sich auf den Bauch. Sanft legt er seine Hand auf einen Hintern, der ihm erstaunlich schlaff erscheint. Immer noch schlafend, gibt sie ein Brummen von sich, das er als Zeichen der Lust interpretiert, und er wird mutiger. Kühn tastet er nach dem frechen Busen, der ihn vorhin bezirzt hat. Eine welke Brust fällt ihm in die Hand. Ungläubig knetet er sie. Die Frau wacht auf, dreht sich um, und entsetzt sieht er ein Gesicht vor sich, das dem von Claudia ganz und gar nicht ähnelt.

Er liegt im Bett der Moderedakteurin, jener strengen Mittfünfzigerin, die er seit dem Flughafen keines Blickes mehr gewürdigt hat.

Geschmeidig wie zuletzt als Zwanzigjähriger springt er aus dem Bett, stammelt ein paar Entschuldigungen, rafft hastig seine verstreute Kleidung zusammen und flieht splitterfasernackt hinaus in den Flur. Während er so schnell wie möglich zurück zu seinem Zimmer rennt, begegnet er einem älteren Paar, das beim Anblick dieser nächtlichen Erscheinung erstarrt und ihm verdutzt nachschaut. Erst nach längerem Suchen gelingt es ihm, den in seiner Hosentasche vergrabenen Schlüssel herauszufingern, sodass er die Blicke des Paares noch länger ertragen muss, bevor er endlich die rettende Zuflucht seines Zimmers erreicht.

Knallrot im Gesicht, zieht er einen Bademantel über.

»Aber ... sie hatte doch zwei-drei-vier gesagt ...«

Während er vor dem Spiegel steht und sich lächerlich vorkommt, schleichen sich erste Zweifel in seine Gedanken. Wieder sieht er das entgeisterte Gesicht der Redakteurin vor sich. Und nun kann er sich mühelos Claudias Gelächter vorstellen. Dieses verflixte Aas. Noch nie hat ihn eine Frau so gedemütigt.

»Mein armer Alter ...«, sagt er zu seinem trübsinnigen Spiegelbild. »Die hat dich ja schön reingelegt.«

Unbehaglich legt er sich ins Bett.

Ist das Einbildung, oder hört er tatsächlich Kerstins spöttisches Lachen, das aus den Tiefen seiner Erinnerung aufsteigt?

Durch einen glücklichen Zufall gibt es an diesem Abend im La Gazelle noch freie Tische. Amina und Martin nehmen in einem kleinen, in Rosa und Gold eingerichteten Nebenraum Platz und bestellen Couscous.

»Bist du müde?«, fragt Martin, als er sieht, wie Amina ein Gähnen unterdrückt.

»Ein bisschen. Es war ein langer, aufregender Tag.«

»Das war noch nichts, verglichen mit dem, was uns morgen erwartet.«

Amina sieht ihn aus dunklen Augen an.

»Was willst du ihr sagen?«

»Ich weiß es nicht. Dabei habe ich ununterbrochen darüber nachgedacht, seit ich hier bin. Was sagt man zu einer Mutter, die man seit sechzehn Jahren nicht gesehen hat?«

Er isst etwas von seinem Couscous.

»Womöglich erkennt sie mich gar nicht.«

»Doch!«, ruft Amina. »Du siehst ihr so ähnlich.«

»Entweder bekommt sie den größten Schock ihres Lebens, oder sie tut so, als wüsste sie nicht, wer ich bin.«

»Warum sollte sie das tun?«

»Sie hat ein neues Leben angefangen. Sie hat diesen Leine geheiratet, lebt in Uppsala und hat noch ein Kind bekommen. Mich und meinen Vater hat sie vergessen.«

»Sie mag einen Schock bekommen, wie du sagst, aber dann wird sie vor Glück ganz aus dem Häuschen sein. Du bist ihr Sohn, und du hast mir erzählt, dass sie dich vergöttert hat. Vielleicht hat sie ja bei dem Absturz einen Schlag auf den Kopf bekommen. Es könnte doch sein, dass sie sich seitdem an nichts mehr erinnert. Eine Familie hat sie bei sich aufgenommen, dann ist sie nach Schweden zurückgekehrt und hat diesen Leine geheiratet.«

Martin sieht sie eindringlich an.

»Du hast recht. Das wäre möglich ...«

»Oder stell dir vor, sie hat das Flugzeug kurz vor dem Start verlassen, und ihre Handtasche und ihr Koffer sind an Bord geblieben. Danach könnte sie irgendwo neu angefangen haben, während sie euch in dem Glauben gelassen hat, sie sei tot.«

»Aber wieso sollte sie sich für ein neues Leben ohne uns entscheiden? Aus welchem Grund könnte sie gewollt haben, dass man sie für tot hält? Das ist doch wirklich etwas an den Haaren herbeigezogen!«

»Das ist deine Geschichte genauso, Martin. Der Lottogewinn, deine Füße, dann das Foto in Aziz' Album, ist das vielleicht nicht unglaublich?«

»Doch, du hast recht«, sagt Martin lächelnd. »Aber Célestine war auch einfach unglaublich.«

»Sie fehlt dir, nicht wahr?«

»Ja.«

»Hat dein Freund, Monsieur Duval, sie gekannt?«

»Sie sind sich nur ein einziges Mal begegnet, und sie haben sich nicht gut verstanden. Ich habe im Nachhinein sogar bedauert, sie einander vorgestellt zu haben. Célestine war schon ein wenig sonderbar, weißt du.«

»Das ist dein Freund Oscar auch.«

»Dir hat nicht gefallen, was er über Madame Bazins Tod gesagt hat, stimmt's?«

»Nein, das hat mir nicht gefallen.«

»Ich bin seinen Humor gewohnt, er meint es nicht böse.«

»Er nimmt sich selbst zu wichtig.«

»Das hat Célestine auch gesagt … Aber ich versichere dir, im Grunde ist er ein netter Kerl. Man muss ihn nur besser kennen.«

»Und außerdem ist er eifersüchtig auf dich.«

»Wie meinst du das?«

»Er sieht dich immer so finster an.«

Martin errötet leicht.

»Ich weiß, wieso«, sagt er. »Das hat nichts zu bedeuten. Eine alte Geschichte.«

»Bestimmt nicht. Ich würde eher sagen, es ist eine sehr aktuelle Geschichte.«

»Ach ja?«, entgegnet Martin, dessen Gesicht sich immer dunkler verfärbt.

»Er ist wütend, weil ich mich nicht für ihn interessiere.«

Martin spielt mit der Gabelspitze in seinem Couscous herum.

»Und er nimmt dir übel, dass du ihm nicht verraten hast, wieso er mit dir herkommen sollte«, fügt Amina hinzu.

»Woher weißt du das alles?«

»Ich habe Augen im Kopf. Ich beobachte. Ich höre zu.«

Martin legt sein Besteck hin. Im Raum ist es still, nur gedämpfte Küchengeräusche und die Schritte auf der Treppe sind zu hören.

»Weißt du, was Madame Bazin am Abend vor ihrem Tod zu mir gesagt hat?«

»Nein.«

»Sie hat gesagt, ich würde dir gefallen.«

Schweigen.

Amina antwortet nicht und sieht Martin eine Weile an.

»Möchtest du noch einen Nachtisch?«, fragt sie schließlich kühl.

Oscar hat es sich in einem der Hotelsalons auf einem dicken, satinbezogenen Sitzkissen bequem gemacht und schaut schläfrig einen Film auf Arabisch.

»Hey!«, ruft er, als er Martin die Lobby durchqueren sieht. »Wo kommst du denn her?«

»Aus dem La Gazelle. Ein Restaurant.«

»Du siehst irgendwie komisch aus.«

»Ich bin müde.«

»Komm, setz dich!«

Martin lässt sich ebenfalls auf ein Kissen sinken.

»Wo ist deine Freundin?«, erkundigt er sich bei Oscar.

»Sie packt ihre Koffer. Sie reist morgen ab.«

»Aha?«

»Die Kinder von Madame Bazin sind gekommen, um die Leiche ihrer Mutter nach Frankreich überführen zu lassen. Bénédicte fliegt mit ihnen zurück. Es war ein anstrengender Tag für sie. Die Besuche in der Leichenhalle, die offizielle Befragung, die Polizei, Sefrani, der einen furchtbaren Wirbel gemacht hat …«

»Wie kommt es, dass dir das so nahegeht?«

Oscar wird rot.

»Das ist doch sonst nicht deine Art!«, ergänzt Martin.

»Ja, ich weiß. Aber es tut mir eben leid für Béné. Sie hat seit Jahren für Madame Bazin gearbeitet. Und eigentlich fand ich sie ziemlich witzig, die arme Alte, wie sie ständig losbrüllte und die ganze Zeit nur schimpfte.«

»Sie fand dich fürchterlich schlecht erzogen.«

»Hat sie das gesagt?«

»Sie hat es angedeutet.«

»Während du dich natürlich wieder eingeschleimt hast wie bei allen alten Schachteln! Was hast du dir davon erhofft? Eine Erbschaft? Sie war immerhin ein gutes Stück reicher als deine Célestine. Jetzt musst du dir eine andere Olle suchen, die du ausnehmen kannst. Da fällt mir ein, heute Morgen ist eine angekommen, Schottin, keine Zähne mehr, aber züchtet Windhunde. Suite Nummer achtundzwanzig. Na, wie wär's?«

Martin muss unwillkürlich lachen.

»Es tut gut, dich lachen zu sehen, Dujeu. Du bist in letzter Zeit ziemlich mies drauf.«

»Ab morgen wird es besser.«

»Wieso, was passiert denn morgen?«

»Morgen wirst du verstehen, warum wir hergekommen sind.«

»Ach, na dann!«

»Wirst du deine Bénédicte wiedersehen?«

»Wir telefonieren. Aber sie hat kapiert, dass sich meine Libido nicht auf eine Frau beschränken kann. Apropos ... Wie weit bist du bei Amina?«

Martin seufzt.

»Immer noch am gleichen Punkt.«

»Soll heißen?«

»Ich liebe sie.«

»Das war mir klar, danke für die Information. Und was ist mit ihr?«

»Ich weiß es nicht.«

»Wie, du weißt es nicht? Man sieht doch auf den ersten Blick, ob eine Frau Interesse hat oder nicht!«

»Eben nicht.«

»Dann hast du ein Problem, Alter!«

»Glaubst du?«

»Vielleicht steht sie einfach nicht auf dich?«

»Tut sie wohl.«

»Woher willst du das wissen?«

»Madame Bazin hat es mir gesagt.«

»Was? Habt ihr euch gegenseitig eure Lebensgeschichte erzählt, du und die arme Bazin?«

»Nein. Wir haben uns nur kurz unterhalten. Aber ich werde nicht vergessen, was sie zu mir gesagt hat.«

»Diese Alte hatte ihre Augen echt überall! Weißt du, was sie mir gestern nach dem Abendessen verklickert hat?«, fragt Oscar kichernd. »Ich soll nicht vergessen, ein Kondom zu benutzen, sie hätte nämlich keine Lust, dass Bénédicte schwanger wird oder sich mit Aids ansteckt.«

»Das hätte ich ihr gar nicht zugetraut!«, sagt Martin und lacht.

Während der Raum sich nach und nach mit sonnengebräunten Gästen aus aller Herren Länder füllt, denkt Martin mit leisem Unbehagen an das Abendessen zurück. Er verflucht sich dafür, dass er Amina gegenüber seine Unterhaltung mit der alten Frau erwähnt hat. Nach dieser blöden Bemerkung war sie für den Rest des Abends reserviert und hat ihn kaum noch angesehen. Nachdem sie den letzten Bissen verspeist hatten, verabschiedete sie sich, ohne ihn noch einmal zu sich einzuladen. Ihm blieb nichts anderes übrig, als zerknirscht den Heimweg anzutreten.

»Duval«, sagt Martin, »ich brauche deinen Rat.«

Als er seine Beichte beendet hat, starrt Oscar ihn mit großen Augen an.

»Bist du völlig bescheuert, so was sagt man doch nicht!«

»Wieso?«

»Sie muss dich ja für megaeitel gehalten haben ... Du hättest sagen sollen: ›Madame Bazin hat erraten, dass *du* mir gefällst.‹ Du hättest ihr von deinen Gefühlen für sie erzählen sollen, nicht von dem, was sie möglicherweise für dich empfindet. Das hast du ja mal richtig vermasselt, Dujeu!«

»Und was soll ich jetzt tun?«

»In solchen Fällen muss man schnell handeln. Ruf sie gleich an, entschuldige dich dafür, dass du dich so erbärmlich angestellt hast, schmeichle ihr ein bisschen, sag ihr, dass du sie gern wiedersehen möchtest, gib ihr zu verstehen, dass sie dir gefällt, dass sie wunderschön ist, das komplette Paket eben! Wenn du sie damit rumkriegst, super, dann gib Gas. Und wenn sie nichts mit dir am Hut hat, wird sie dafür sorgen, dass du es kapierst. In dem Fall kannst du nichts mehr für sie tun und überlässt sie gefälligst mir.«

Martin hört ihm schon nicht mehr zu. Er stürmt aus dem Salon, rennt die Treppe hoch, reißt die Tür zu seinem Zimmer auf und stürzt, die Visitenkarte, die er immer bei sich trägt, vor Augen, zum Telefon.

Nach dem dritten Klingeln geht sie ran.

»Amina ...«

»Wer ist da?«

»Ich bin's, Martin.«

»Ah.«

Schweigen.

»Was willst du, Martin?«

Oscars Ratschläge sind vergessen. Er bringt kein einziges Wort mehr heraus.

Das Schweigen zieht sich in die Länge.

»Ich kann dich nicht hören! Hallo? Martin? Hallo?«

»Amina«, flüstert er, »Amina, ich liebe dich.«

Und bevor sie antworten kann, legt er hastig auf.

18

Vater und Sohn

Oscar ist früh aufgestanden, um den Pool zu nutzen, solange noch nicht zu viele Leute da sind. Er bestellt ein Frühstück, setzt sich an einen Tisch am Rand des Beckens und begutachtet den Bräunungsgrad seiner Haut. Nicht schlecht, befindet er, zwar noch ein bisschen rot, aber bis zu seiner Rückkehr nach Paris wird sich die Farbe in ein kräftiges Braun verwandelt haben, das einige Herzen höher schlagen lassen wird.

Zu dieser frühen Stunde ist er praktisch allein auf der Terrasse, abgesehen von ein paar Unerschrockenen, die eine Jeeptour geplant haben und schon im Morgengrauen aufgestanden sind, um sich für die lange und schwierige Fahrt zu rüsten. Was für eine Idee, in die Wüste hinauszufahren und dort zu schwitzen, denkt Oscar, dem die Aussicht auf einen Platz in der Sonne und garantierte Bräunung sehr viel besser gefällt als ein anstrengender Ausflug. Er schnurrt vor Behagen wie ein dicker, fauler Kater, als er die Gruppe ohne den geringsten Anflug von Neid beim Aufbruch beobachtet.

Er wirft einen Blick auf die Uhr. Gerade erst acht, allmählich erwacht das Hotel, die Putzfrauen eilen durch die Flure, und die Etagenkellner klopfen mit Tabletts beladen an die Zimmertüren. Bald wird die Meute zum Frühstück herunterkommen und den Zauber des frühen Morgens brechen.

Oscar streckt sich ausgiebig und fragt sich, wie er nach dieser himmlischen Wärme, diesem strahlenden Sonnenschein, diesem klaren, blauen Himmel jemals wieder das triste Grau, die Kälte und den Gestank von Paris ertragen soll. Er beendet sein Frühstück, blättert in einer zwei Tage alten Zeitung und hat gerade beschlossen, den Poolbereich zu verlassen, wo es ihm inzwischen zu voll wird, als er durch die Glastüren am anderen Ende der Terrasse hektische Betriebsamkeit wahrnimmt. An der Rezeption wuseln Pagen hin und her und verfrachten Koffer auf kleine Karren, und Oscar sieht frisch eingetroffene Touristen, die aus mehreren Minibussen und Reisebussen aussteigen. Die Ankunft von Gästen ist für ihn jedes Mal ein Grund zur Freude, sofern sein Blick nur auf ein hübsches Mädchen fällt. Seit er im Safir logiert, amüsiert er sich damit, die »Neuen« auszumachen, die sich, weißhäutig und müde, glückselig umschauen und mit offenem Mund den Pool mit seinen Fontänen anstarren. Diejenigen, die solchen Luxus eher gewohnt sind, begeben sich blasierten Schrittes in ihre Suite, gefolgt von einem Berg von Koffern und einigen respektvollen Bediensteten.

Während er sich auf seinem Liegestuhl aufrichtet, um die Neuzugänge in Augenschein zu nehmen, sieht er plötzlich Martin, der im Laufschritt an ihm vorbeiflitzt.

Oscar ruft seinen Namen. Martin bleibt abrupt stehen. Sein Gesicht ist knallrot, und er atmet keuchend.

»Wo rennst du denn hin?«

»Zum Hotel Karam.«

»Was zum Teufel willst du denn da?«

»Das erkläre ich dir später.«

»Hast du ein Date oder was?«

»Ja, irgendwie schon. Ich muss los.«

Martin umrundet den Pool und verlässt das Hotel durch eine Tür, die zu den äußeren Gärten führt. Verwundert schaut Oscar ihm nach, bis er hinter einer Mauer verschwindet. Noch nie hat er Martin so aufgeregt erlebt, mit so hochrotem Gesicht … Ob Amina ihn in diesen Zustand versetzt hat? Und was hat es mit diesem mysteriösen Rendezvous in einem anderen Hotel auf sich?

Das Erscheinen von vier Schönheiten – eine Rothaarige, zwei Blondinen und eine Brünette – reißt ihn aus seinen Gedanken. Sie sind absolut umwerfend. Regelrecht ekstatisch verschlingt er sie mit Blicken und überlegt, welche er sich aussuchen soll, auch wenn er weiß, dass sich diese Frage eigentlich nicht stellt: Er will sie alle! Doch mit welcher seltenen Perle soll er das Festmahl beginnen lassen? Ihm läuft das Wasser im Mund zusammen, als er sein Menü zusammenstellt: die erste Blondine als Vorspeise, die Brünette als Zwischengang, die Rothaarige als Hauptgericht und zu guter Letzt die zweite Blondine zum Dessert.

Plötzlich lässt ihm ein flüchtiger Anblick das Blut in den Adern gefrieren, und er erstarrt. Die vier Schönheiten sind vergessen, er fragt sich, ob er vielleicht geträumt hat. Aufmerksam lässt er den Blick über die Neuankömmlinge gleiten und mustert ängstlich jeden Fremden. Er ist davon überzeugt, dass er einer Halluzination zum Opfer gefallen sein muss.

Doch dann sieht er erneut, was ihn so erschreckt hat: eine hochgewachsene Gestalt, dichtes Haar und eine Hakennase, deren genaues Ebenbild Martin im Gesicht trägt. Für den vor Entsetzen völlig aufgelösten Oscar ist kein Zweifel mehr möglich.

Der Mann hat ihn ebenfalls entdeckt, wie er da zitternd wie Espenlaub auf seinem Liegestuhl sitzt, und kommt mit entschlossenen Schritten auf ihn zu. Es ist Victor Dujeu.

In seinem ganzen Leben hatte Oscar noch nie Minderwertigkeitskomplexe aufgrund seiner geringen Größe. Seine einhundertachtundsechzig Zentimeter waren bei seinen zahlreichen Eroberungsversuchen nie ein Hindernis. Aber heute, angesichts des Anwalts, dessen Scheitel so unerreichbar scheint wie die Gipfel des Himalaja, fühlt er sich zum ersten Mal winziger als einer der sieben Zwerge.

Für einen Moment wagt er es, sich dem Furcht einflößenden Blick zu stellen, der bei jedem Prozess die Gegenpartei auf ihrer Bank schlottern lässt, doch dann schlägt er rasch die Augen nieder.

»Gu... Guten Tag, Monsieur Dujeu«, stammelt er.

Victor Dujeu, der sich noch nicht von seinem misslichen Abenteuer am Vorabend erholt hat und überdies an beginnender Reisediarrhö leidet, ist ausgesprochen schlechter Laune.

»Wo ist Martin?«

»Vor ein paar Sekunden war er noch da ... Aber jetzt ist er weg ...«

»Was soll das heißen, weg?«

»Er ist gegangen ... ziemlich überstürzt gegangen ...«

»Und du weißt nicht, wohin?«

»Er hat mir den Namen des Hotels gesagt, aber ich kann mich nicht erinnern ...«

»Ein Hotel?«

»Ja, er hat gesagt, er hätte eine Verabredung in einem Hotel.«

»Mit wem?«

Oscar schluckt.

»Ich habe keine Ahnung!«

»Mein lieber Oscar, du wirst jetzt so freundlich sein und mir auf der Stelle erklären, was ihr hier treibt! Ich habe nicht Tausende Kilometer zurückgelegt, um mir anzuhören, dass Martin sich in Luft aufgelöst hat!«

Oscar schrumpft zusehends, während Victor Dujeus Stimme immer eisiger wird.

»Wenn du ihn decken solltest, tust du gut daran, deine Haltung zu überdenken, denn meine Geduld hat Grenzen ... Ist das klar?«

»Glasklar«, murmelt Oscar.

»Also gut, ich höre.«

Oscar atmet tief ein und sieht zu Martins Vater auf. Ein Anblick so fern wie die Spitze des Empire State Building vom Asphalt der Fifth Avenue aus gesehen.

»Ich schwöre Ihnen, dass ich die Wahrheit sage, Monsieur Dujeu. Ich weiß nicht, mit wem Martin sich treffen wollte, und ich weiß auch nicht, wieso er wollte, dass ich ihn hierher begleite.«

Ein Schauer durchläuft das Empire State Building.

»Was redest du da?«

»Er hat gesagt, heute würde ich verstehen, warum wir nach Marokko gekommen sind, aber ich habe es immer noch nicht verstanden!«

Victor Dujeu denkt nach.

»Und du bist einfach so mitgeflogen, ohne Fragen zu stellen?«, sagt er, jetzt wieder mit normalerer Stimme. »Du bist ihm blind gefolgt?«

»Ich wusste, dass er viel Geld im Lotto gewonnen hatte, und ich dachte, er wollte ein bisschen davon mit mir auf den Kopf hauen. Immerhin bin ich sein bester Freund! Nach dem Tod seiner alten Célestine war er ziemlich deprimiert. Und als er mir dann von Marokko erzählt hat, von der Sonne ... da konnte ich nicht widerstehen.«

»Und mehr hat er dir nicht gesagt?«

»Nein. Dabei habe ich wirklich versucht, irgendwas aus ihm herauszubekommen ...«

»Hat er dir gegenüber seine Mutter erwähnt?«

»Seine Mutter?«, wiederholt Oscar überrascht. »Nein. Wieso hätte er seine Mutter erwähnen sollen, er redet nie mit mir über sie!«

»Nur so.«

»Ah!«, entfährt es Oscar mit einem Mal.

»Was?«

»Gerade ist mir der Name des Hotels wieder eingefallen, zu dem er wollte. Das Karam!«

»Dann los!«, ruft Victor. »Du begleitest mich, beeil dich, wir haben keine Minute zu verlieren!«

Gesagt, getan, eilt er zum Ausgang. An der Rezeption erklärt man ihnen, dass das Karam zu Fuß nur wenige Minuten vom Safir entfernt sei, am Ende der Straße links, in Richtung Stadtzentrum.

Oscar stellt fest, dass Victor Dujeu für einen fünfzigjährigen Mann bemerkenswert schnell läuft.

»Monsieur und Madame Leine? Ja, die sind bei uns abgestiegen.«
»Sind sie ausgegangen?«
Der Rezeptionist wendet sich einer großen Tafel zu.
»Lassen Sie mich nachsehen ... Die vierhundertsiebzehn ... Nein, sie sind im Hotel, ihr Schlüssel ist nicht da.«
Der Mann legt eine Hand auf das Telefon.
»Soll ich ihnen Bescheid sagen, dass Sie heraufkommen?«
»Nein!«, wehrt Martin hastig ab. »Nein, das ist nicht nötig, danke.«
Er dreht sich zu Amina um.
»Was mache ich denn jetzt?«
Er sieht aus wie ein verirrter kleiner Junge.
»Geh hoch«, fordert sie ihn sanft auf. »Ich warte hier auf dich.«
»Komm mit mir.«
»Wenn du möchtest.«
Sie gehen zum Aufzug.
Im Karam, einem eher lieblosen Bau mit weniger gelungener Architektur als das Safir, aber zweifellos auch günstiger, wimmelt es von Touristen jeglichen Alters. Der Aufzug ist brechend voll und hält auf jeder Etage, um ganze Familien auszuspucken und neue aufzunehmen.
»Wir hätten die Treppe nehmen sollen«, flüstert Amina, die

zwischen einem pyramidenförmigen Deutschen und einer zarten Engländerin eingequetscht ist.

»Wir sind da!«

Unter Mühen befreien sie sich aus der menschlichen Masse und treten hinaus in einen langen, düsteren Flur.

»Wir müssen da lang«, sagt Martin, nachdem er sich an den Zimmernummern orientiert hat.

Vor dem Zimmer 417 angekommen, zögert er einen Moment, dann klopft er dreimal.

Hinter der Tür sind langsame Schritte zu hören. Martin erstarrt, sein Herz rast, er macht sich darauf gefasst, gleich Kerstins Züge zu sehen.

Doch es ist eine junge Marokkanerin, die ihnen öffnet, in Kittelschürze und mit einem Wischtuch in der Hand.

Amina wechselt ein paar rasche Worte mit ihr und wendet sich anschließend an Martin.

»Das ist das Zimmermädchen. Sie sagt, sie sind schon vor einer ganzen Weile runtergegangen.«

»Aber der Schlüssel?«

»Vielleicht sind sie am Pool oder auf dem Tennisplatz ...«

»Dann los!«

Diesmal ignorieren sie den zu langsamen, zu vollen Aufzug und stürmen im Laufschritt die Treppe hinunter.

»Der Tennisplatz ist da hinten, lass uns zuerst da nachsehen«, sagt Amina.

Martin lässt den Blick über die wenigen Spieler gleiten, aber er sieht niemanden, der Kerstin auch nur entfernt ähnlich sieht.

»Dann versuchen wir es beim Pool ...«

Sie durchqueren einen Garten voller herrlich blühender Pflanzen und gelangen auf eine große Terrasse, wo die gleiche drangvolle Enge herrscht wie im Aufzug. Im Pool wimmelt es von Gästen.

Martin seufzt.

»Wie sollen wir sie hier bloß finden?«

»Gib die Hoffnung nicht auf, wir haben alle Zeit der Welt. Sieh sie dir einfach der Reihe nach an.«

Der Lärm der sich gegenseitig mit Wasser bespritzenden Kinder ist ohrenbetäubend.

»Wir brauchen uns nur an einen Tisch zu setzen«, schlägt Amina vor, »dann kannst du dich in Ruhe umsehen.«

Sie winkt einem Kellner, der ihnen, als er in ihr eine Freundin erkennt, sogleich einen freien Tisch besorgt. Sie setzen sich hin, Martins Blick schweift immer noch über die Menge.

»Ich sehe sie nicht! Hier sind zu viele Leute ...«

»Such weiter.«

Amina bestellt Tee, den sie beide nicht anrühren.

»Warte ... Ich sehe ... Nein, das ist sie nicht ... Das schaffe ich nie.«

»Gib nicht auf, Martin! Du bist so kurz vor dem Ziel. Hab Geduld.«

Sie beobachtet, wie sich seine hellen Augen unablässig hin- und herbewegen, wie sein Kopf von rechts nach links wandert.

»Mach dir keine Sorgen, wenn sie nicht hier ist, kommt sie sicher bald zurück. Sie ist nur kurz nach draußen gegangen, um etwas zu besorgen, es kann nicht mehr lange dauern, sie ...«

Martin erstarrt, sein Gesicht ist blass.

Sie folgt seinem Blick und entdeckt am anderen Ende der Terrasse eine blonde Frau, die an einem der Tische sitzt und ein Buch liest. Neben ihr liegt ein Mann in der Sonne, während ein kleines Mädchen mit goldenem Haar zu ihren Füßen spielt.

Langsam steht Martin auf, er hat die Hände zu Fäusten geballt.

Dann sieht er Amina an.

»Geh, Martin. Diesmal kann ich nicht mitkommen, aber ich bin hier, ganz in deiner Nähe.«

Martin Dujeu atmet tief ein und lockert seine Fäuste.

Er richtet den Blick erneut auf die blonde Frau und geht quer durch die Menge auf sie zu.

Er ist nur noch ein paar Meter von ihr entfernt, als sich eine stählerne Hand um seinen Arm schließt. Er dreht sich um und erblickt das strenge Gesicht seines Vaters und die zerknirschte Miene von Oscar.

»Ah, da bist du ja!«, zischt Victor Dujeu. »Jetzt kannst du mir endlich erklären, was das alles soll. Schluss mit der Geheimniskrämerei!«

Martin errötet und versucht, seinen Arm aus dem erbarmungslosen Griff zu befreien.

»Glaub ja nicht, du könntest mir noch einmal entwischen, Martin. Wir setzen uns jetzt in aller Ruhe hin und reden.«

»Papa!«, schreit Martin auf. »Papa, lass mich los und sieh nur! Sieh, da hinten!«

Verwirrt, weil sein Sohn ihn »Papa« genannt hat und nicht wie sonst üblich »Vater«, lässt Victor ihn los.

»Was ist denn da?«, brummt er verdrossen. »Was soll ich sehen?«

»Da«, flüstert Martin und deutet mit zitterndem Finger auf die blonde Frau.

»Was soll ich sehen?«, schimpft Victor gereizt, denn er kann nicht erkennen, was Martin ihm zeigt.

Mit einem Mal hält er wie vom Donner gerührt inne, und sein Gesicht verliert alle Farbe. Ein paar Sekunden starrt er mit angehaltenem Atem zu der unerwarteten Erscheinung hinüber.

»Das ist ... das ist ...«

»Die Frau, die ich hier gesucht habe«, ergänzt Martin.

Victor Dujeu fährt sich mit einer Hand über die Augen.

»Das ist nicht möglich«, murmelt er. »Das ist ein Traum!«

Oscar hält sich abseits, er spürt, dass sich vor seinen Augen etwas Bedeutsames abspielt.

»Das ist Kerstin!«, flüstert Victor. »Das ist unglaublich ... Wie ist das möglich? Mein Gott ...«

»Du musst zu ihr gehen, Papa. Ich erinnere mich nicht gut genug an ihr Gesicht. Aber du wirst sofort wissen, ob sie es ist.«

»Du hast recht«, sagt Victor. »Ich gehe zu ihr.«

»Und was, wenn sie es wirklich ist?«

Victor mustert seinen Sohn einen langen Moment, ohne zu antworten, dann nähert er sich mit unsicheren Schritten der in ihr Buch vertieften Frau und bleibt vor ihr stehen. Er glaubt zu träumen: die gleichen Beine mit den etwas kräftigen Knöcheln, die gleichen anmutigen Schultern, das gleiche dichte, weizenblonde Haar.

Die Frau spürt, dass sie beobachtet wird, und hebt den Kopf. Ihre Augen sind hinter einer Sonnenbrille verborgen.

Überwältigt von seinen Gefühlen, starrt Victor Dujeu sie an. Seine Vergangenheit, seine Jugend greifen nach seiner Kehle und rauben ihm den Atem. Was macht sie hier, sechzehn Jahre danach? Sollte sie ihn tatsächlich verlassen, ihre Flucht als Tragödie kaschiert haben, ohne einen Gedanken an die Trauer zu verschwenden, die sie hinter sich zurückgelassen hat? Es ist das gleiche Gesicht, der gleiche Mund, die gleichen vollen, rosigen Lippen; die zierlichen Ohren, der schmale Hals, das runde Kinn, alles ist identisch, und als er an ihrer Bluse eine kleine goldene Brosche entdeckt und erkennt, dass es sich um einen geflügelten Löwen handelt, glaubt er, ohnmächtig zu werden.

Sie schließt ihr Buch und legt es auf den Tisch. Wie in einem Traum registriert Victor, dass die Aufschrift auf dem Umschlag schwedisch ist. Der neben ihr liegende Mann hat noch nichts bemerkt, aber als Victor zu sprechen beginnt, öffnet er die Augen und richtet sich auf seinem Badetuch auf.

»Kerstin ...«, stammelt Victor Dujeu mit bebender Stimme. »Kerstin, bist du das?«

Die Frau und der Mann wechseln einen Blick. Das kleine Mädchen schmiegt sich in die Arme seines Vaters. Martin, der hinter seinem Vater steht, hält den Atem an.

»Entschuldigen Sie«, sagt Victor, »ich wollte Sie nicht erschrecken ...«

Erneut betrachtet er sie, als hätte er eine Halluzination. Wie schön sie ist! Die gleichen Hände, die gleiche weiße Haut, auf der die Zeit kaum Spuren hinterlassen hat.

Er kniet sich vor sie hin und greift nach ihrer Hand.

Sie schweigt, kühl und steif.

»Kerstin, bist du das? Erkennst du mich? Ich bin's, Victor! Dein Mann, Victor Dujeu!«

Sie nimmt die Brille ab, als wollte sie ihn genauer betrachten, und es trifft ihn wie ein Schlag, als er ihre malachitgrünen Augen sieht. Nicht Kerstins blaue Augen – »wikingerblau« sagte er immer –, die Martin von ihr geerbt hat.

Hastig steht er auf und wischt sich, rot vor Verlegenheit, über die Stirn.

»Ich ... es tut mir leid«, stottert er. »Bitte entschuldigen Sie, aber ich dachte wirklich, Sie wären jemand anders. Sie sehen ihr so ähnlich ... Und dann diese Brosche ... sie hatte die gleiche. Verzeihen Sie mir!«

Die Frau lacht hell auf. Es ist ein schrilles Lachen, ganz anders als das von Kerstin.

»Jetzt bin ich beruhigt!«, entgegnet sie. »Mir war nicht klar, warum Sie mich so anstarren. Vor allem, da ich ebenfalls Kerstin heiße, wie so viele Schwedinnen! Diese Brosche stammt aus Venedig, ich vermute, es gibt viele davon.«

Ihre näselnde Stimme steht in scharfem Kontrast zu Kerstin Dujeus samtweichem Tonfall.

»Verzeihen Sie mir, dass ich Sie belästigt habe ...«

Victor wendet sich ab und setzt sich an den Rand des Beckens.

Seine Schläfen dröhnen, sein Mund ist wie ausgedörrt. So bleibt er eine ganze Weile sitzen, leer, verloren, hin- und hergerissen zwischen Erleichterung und Bedauern. Als er wieder zu sich kommt, sieht er, dass Oscar keine Zeit verloren hat und einer Badenixe schöne Augen macht.

Martin ist verschwunden.

Victor blickt sich suchend nach ihm um, und überrascht entdeckt er seinen Sohn in den Armen einer dunkelhäutigen jungen Frau, der er einen der leidenschaftlichsten Küsse gibt, die Victor je gesehen zu haben glaubt.

19

»Ich erinnere mich an alles«

»Wie hast du mich gefunden?«
»Ich habe deinen Schreibtisch durchsucht. Da habe ich den Katalog gefunden.«
»Wusstest du, wieso ich weggegangen war?«
»Ich habe mir alles Mögliche vorgestellt.«
»Bist du mir nicht böse?«
»Nein.«
»Sah sie ihr sehr ähnlich?«
»Wie ein Ei dem anderen, bis auf die Farbe ihrer Augen. Wieso hast du dich auf die Suche nach dieser Frau gemacht? Woher wusstest du, dass sie in Marokko ist?«

Martin hat seine Antwort nicht gut vorbereitet.

»Ich habe sie in Paris in einem Reisebüro gesehen. Mir ist ihre Brosche aufgefallen, und ich fand, sie entsprach ziemlich genau der Vorstellung, die ich von meiner Mutter habe. Also habe ich mich nach ihrem Reiseziel erkundigt und Oscar mitgenommen, damit ich nicht allein fliegen musste.«

Victor mustert seinen Sohn mit hochgezogenen Brauen.

»Und das soll ich dir glauben?«

Martin lächelt verlegen.

»Ich werde dir die Wahrheit irgendwann erzählen, aber nicht heute. Ein andermal. Das Wichtigste ist doch, dass ich endlich den Tod meiner Mutter akzeptiert habe. Jetzt weiß ich, dass sie wirklich tot ist.«

»Und diese junge Marokkanerin?«
»Sie heißt Amina Agoujil.«
»Sie ist entzückend.«
»Ich weiß. Aber sie ist mehr als das.«
»Bist du verliebt?«
»Ich liebe sie.«
»Werdet ihr euch wiedersehen?«
»Ich rechne fest damit.«
»Liebt sie dich auch?«
»Das hoffe ich.«
»Du bist dir nicht sicher?«
»Nein.«
»Sie hat nichts gesagt?«
»Nein.«
»Für mich sah es so aus, als würde sie deine Gefühle erwidern.«
»Ja, aber sie hat es mir nicht gesagt.«
»Du wirst sie vermissen, nicht wahr?«
»Ich vermisse sie schon jetzt.«
»Erzähl mir von diesem Roman.«
»Welchem Roman?«
»Spiel nicht den Ahnungslosen. Der Roman, der bei den Éditions Rive Gauche erscheinen wird.«
»Woher weißt du davon?«
»Nachdem du fort warst, hat ein gewisser Roland Argençon angerufen. Wegen deines Vertrags.«
»Aha.«
»Mehr verrätst du mir nicht?«
»Sagen wir, es soll eine Überraschung werden.«
»Worum geht es in dem Buch?«
»Das wirst du dann schon sehen!«
»Hat Oscar es gelesen?«
»Niemand hat es gelesen außer Célestine du Bac. Sie war

diejenige, die Roland Argençon das Manuskript gegeben hat. Sie waren miteinander befreundet.«

»Du verdankst dieser Célestine sehr viel.«

Martin lächelt.

»Du ahnst gar nicht, wie viel«, sagt er leise.

»Was hast du mit dem Geld vor, das du im Lotto gewonnen hast?«

»Ich möchte gern eine Hilfsorganisation für Obdachlose gründen.«

»Behalte trotzdem ein bisschen was für dich!«, mischt Oscar sich ein. »Dann kannst du deinen Freunden auch weiterhin Urlaube spendieren.«

»Und machst du dieses Jahr endlich dein Abitur?«, fragt Victor.

»Das ist dir wichtig, oder?«

»Ja, das ist mir wichtig.«

»Zum Schreiben braucht man kein Abitur.«

»Möchtest du denn Schriftsteller werden?«

»Ich glaube, ich bin bereits einer.«

»Und wenn es nicht funktioniert?«

»Dann mache ich weiter. Ich habe mein ganzes Leben vor mir. Und ich habe schon eine Idee für meinen nächsten Roman.«

»Und ich hatte mir gewünscht, dass du Anwalt wirst!«

»Ist Schriftsteller nicht gut genug für dich?«

»Lass uns erst einmal abwarten, wie dein Buch von den Kritikern aufgenommen wird.«

»Papa, wieso sieht diese Rothaarige immer wieder so merkwürdig zu dir her, seit wir ins Flugzeug gestiegen sind?«

»Eine Rothaarige? Welche Rothaarige?«

»Die große, da vorne rechts. Es sieht fast so aus, als würde sie sich über dich lustig machen. Kennst du sie?«

»Nein«, antwortet Victor kleinlaut.

»Sie sieht nicht übel aus, was?«

»Die ist wohl eher in deinem Alter als in meinem.«

»Mein Herz ist vergeben.«

»Oh, Verzeihung, ich vergaß.«

»Ich finde sie hammermäßig«, sagt Oscar. »Da hat übrigens noch eine ein Auge auf Sie geworfen. So eine spießige Amerikanerin in teuren Klamotten. Jedes Mal, wenn sie zu Ihnen rübersieht, erschauert sie vor Glück. Die überlasse ich Ihnen.«

»Kennst du sie, Papa?«

Victor Dujeus Gesicht ist knallrot.

»Nein. Wieso sollte ich? Gib mir meine Aktentasche, ja? Ich möchte noch ein bisschen arbeiten, bevor wir landen.«

Als Martin aufsteht, um das Gepäckfach über seinem Kopf zu öffnen, fällt ihm ein Zettel aus der Tasche und landet auf Victors Schoß.

»Hier«, sagt dieser zu seinem Sohn, »das hast du fallen lassen.«

Martin hat das zweimal gefaltete Blatt Papier noch nie gesehen. Er faltet es auf und entdeckt ein paar arabische Wörter. Was hat diese Nachricht in seiner Tasche zu suchen? Es muss sich um einen Irrtum handeln, er versteht kein Arabisch; diese Botschaft kann nicht für ihn bestimmt sein.

Martin steht auf und geht den Gang entlang nach hinten. Er entdeckt eine Stewardess und liest den Namen auf ihrem Schild: Jamila Abdelaziz.

»Entschuldigen Sie«, fragt er, »sprechen Sie Arabisch?«

»Bei diesem Namen wäre es verwunderlich, wenn nicht«, entgegnet sie lächelnd.

»Können Sie mir sagen, was da steht?«

Die junge Frau nimmt den Zettel und wirft einen Blick darauf. Martin sieht, wie ein schelmisches Funkeln in ihren Augen aufblitzt.

»Und Sie haben nicht die leiseste Ahnung, was das heißen könnte?«

»Absolut nicht.«

»Da steht: ›Ich liebe dich.‹«

Martin schreibt etwas auf das Vorsatzblatt. Amina liest über seine Schulter mit:
Für Célestine du Bac, ohne die es dieses Buch nie gegeben hätte.
Er tritt vor, legt ein paar Blumen und den Roman auf das Grab. Ein Buch auf einem Grab ist ein merkwürdiger Anblick, und ein paar Leute, die in der Nähe vorbeigehen, sehen neugierig zu ihnen her.

Amina sagt kein Wort. Sie ist beeindruckt von der Größe des Pariser Friedhofs, dieser weiten, grauen Fläche, umringt von fernen, hohen Gebäuden und übersät mit Kreuzen und Grabmälern. Obwohl an diesem späten Apriltag die Sonne scheint, erschauert sie. Martin steht reglos vor dem Grab und betrachtet es schweigend. Auf dem Grabstein liest die junge Frau:

CÉLESTINE MARIE BRIGITTE BAUDOIN
genannt Célestine du Bac

2. Dezember 1926 – 24. Dezember 1991

»DER TOD HAT KEINE BEDEUTUNG.
ICH BIN LEDIGLICH IN DAS ZIMMER NEBENAN GEGANGEN.«

Martin denkt an die Beerdigung zurück. Es war ein düsterer, regnerischer Tag. Am offenen Grab hat er unter den unbeteiligten Blicken der Sargträger und des Vertreters der Behörden für Célestine einen Auszug aus der Apokalypse des heiligen Johannes gelesen. In jenem Moment konnte er genauso wenig glauben wie jetzt, dass sie wirklich dort liegen soll, unter der Erde, eingeschlossen in eine hölzerne Kiste. Heute strahlt die Sonne vom Himmel, Amina steht neben ihm, und der Friedhof verliert zum ersten Mal ein wenig von seiner Trübseligkeit. Die traurige Erinnerung an die Beisetzung beginnt zu verblassen.

»Ich möchte lieber draußen auf dich warten«, sagt Amina scheu.
Martin sieht sie verwundert an.
»Willst du nicht mit mir hierbleiben?«
»Ich warte lieber draußen.«
»Dann geh. Ich brauche nicht mehr lange.«
Sie stellt sich auf die Zehenspitzen und gibt ihm einen Kuss. Während er ihn, betört vom Geruch ihrer zarten Haut, erwidert, glaubt er ganz in der Nähe eine Stimme zu hören.
Er zuckt zusammen und sieht sich um.
»Was ist denn?«
»Ich dachte, ich hätte jemanden gehört ...«
»Aber hier ist niemand.«
»Nein, hier ist niemand. Merkwürdig.«
»Ich gehe schon mal vor, bleib nicht mehr zu lange.«
Kaum hat sich Amina ein paar Schritte entfernt, hört Martin es ganz deutlich: »*Süß, deine Kleine!*«
Verdutzt blickt er sich erneut um. Immer noch niemand zu sehen.
»Amina!«
Sie dreht sich um.
»Hast du nichts gehört?«
»Nein. Was denn?«
»Eine Stimme, die sagte: Süß, deine Kleine!«
Sie lacht schallend auf.
»Martin, du bist verrückt!«

»Ich versichere dir, dass ich gerade eben gehört habe, wie jemand das zu mir gesagt hat.«

»Aber außer uns ist niemand hier!«

»Ich weiß! Trotzdem habe ich es gehört. Ich schwöre es dir.«

»Dann hat sich jemand hinter einem Grabstein versteckt und spielt dir einen Streich.«

Hastig sieht Martin hinter drei Reihen von Grabsteinen nach.

»Niemand da«, verkündet er.

Amina zuckt mit den Achseln.

»Du hast es dir eingebildet«, sagt sie.

»Bleib noch ein bisschen bei mir. Womöglich passiert es wieder, und ich will wissen, was es ist.«

Sie schmiegt sich an ihn.

»Ist es eigentlich erlaubt, sich auf einem Friedhof zu küssen?«

»Es ist nicht erlaubt, Hunde mitzunehmen, das weiß ich. Der arme Germinal wartet draußen an einem Pfosten angebunden auf uns ...«

»Aber küssen darf man sich?«

»Ich glaube, das darf man. Wahrscheinlich wird auf Friedhöfen nicht oft geküsst, die Leute weinen eher.«

»Küss mich.«

Er kann nicht genug bekommen von diesen zärtlichen Lippen, dem warmen Körper, den er in seinen Armen hält. Diesen Körper, diesen unerschöpflichen Quell der Überraschungen, lernt er mit jedem Tag besser kennen. Ihm scheint, als gäbe es nichts Wunderbareres auf der Welt als nach der Liebe an der Seite der Frau einzuschlafen, die man liebt. »Das geht vorbei«, hat Oscar zu ihm gesagt. »Du bist neunzehn, das ist deine erste große Liebe. Irgendwann gewöhnst du dich daran, und dann wirst du dieses Glück des ersten Mals nie wieder erleben. Dann sehnst du dich danach zurück.« Martin weigert sich, das zu glauben. Er liebt Amina, Amina liebt ihn, und das ist das Wichtigste. Wen interessiert es, dass ihre

Zukunft ungewiss scheint, dass Amina am Ende ihres zweiwöchigen Urlaubs in Paris wieder nach Hause muss, dass sie nicht im selben Land leben, wen interessiert es, dass sie weder dieselbe Religion hat wie er noch das gleiche Alter; sie lieben sich, und alles andere ist ihnen egal.

Zwei Monate nach seiner Abreise aus Marokko ist sie zu ihm gekommen. Im Licht der Pariser Straßen erscheint ihm ihre Haut dunkler als in Ouarzazate, und er ist sich der Blicke bewusst, die sie auf sich ziehen. Anfangs hat sie das gestört, sie hatten das Gefühl, die Leute zeigten mit dem Finger auf sie. Doch ihre Liebe hat die Oberhand gewonnen, und nichts und niemand kann ihnen jetzt noch etwas anhaben.

Noch lange wird sich Martin an die Nächte erinnern, die er mit Amina, seiner ersten großen Liebe, in einem Mansardenzimmer verbracht hat; noch lange wird er die Erinnerung an ihre glatte Haut, ihren feingliedrigen Körper, ihre spitzen Brüste mit dem dunklen Hof und an die fremden Worte bewahren, die sie ihm ins Ohr flüstert. In der Liebe ist sie leidenschaftlich, großzügig und schlicht. Beim ersten Mal, als sie sich liebten, war sie so schamvoll, so zärtlich, dass er das Gefühl hatte, sie sei die Novizin, nicht er. Keine ihrer Gesten wirkte automatisch oder gedankenlos, und sie schenkte sich ihm mit einer anrührenden Offenherzigkeit.

»Sag mal, glaubst du vielleicht, das gehört sich, jemandem auf dem Friedhof die Zunge in den Hals zu stecken?«

Verdattert öffnet Martin die Augen und erwartet, dass Amina es ihm gleichtut. Doch sie küsst ihn weiter mit geschlossenen Augen, als sei nichts geschehen.

»Scheint ihr zu gefallen, was? Hübsches Ding hast du dir da angelacht, mein Junge!«

Martin schwankt.

Amina löst sich von ihm und sieht ihn an.

»Martin, du bist seltsam. Du küsst ganz komisch. Was ist denn los?«

Er ringt sich ein Lächeln ab.

»Nichts, wieso?«

»Du machst so ein merkwürdiges Gesicht. Man könnte meinen, du hättest einen Geist gesehen.«

»Da hat sie nicht unrecht, deine Kleine!«

Martin startet einen letzten Versuch.

»Und du bist ganz sicher, dass du nichts hörst?«

Sie runzelt die Stirn.

»Was soll ich denn hören?«

»Diese Stimme ...«

»Nein, ich höre nichts. Und wenn das ein Witz sein soll, ist er nicht besonders lustig.«

»Oh, sie wird sauer ...«

Martin schielt zu Célestines Grab hinüber.

»Ja, genau, das ist die richtige Richtung, Herzchen.«

»Sag nicht, dass du die Stimme nicht hörst, die da mit uns redet!«

Amina verliert die Geduld.

»Jetzt reicht's aber, Martin! Nicht genug damit, dass dieser Ort mir Angst macht, jetzt versuchst du auch noch, mich zu erschrecken ... Ich warte draußen mit dem Hund auf dich. Und wenn du in fünf Minuten nicht da bist, gehe ich mit ihm zurück in die Rue de Babylone.«

Sie ergreift die Flucht.

»Hui, was für ein Temperament!«

»Célestine, sind Sie das?«, flüstert er. »Antworten Sie, sind Sie das?«

Eine alte Frau, die an ihm vorbeigeht, mustert ihn verblüfft.

Bald herrscht nur noch ein langes Schweigen. In der Ferne hört Martin das kontinuierliche Dröhnen des Verkehrs in der Rue Froidevaux und einige Fetzen des Gebets der alten Frau, die ein

Stück weiter vor einem Grab kniet. Davon überzeugt, dass er sich die Stimme nur eingebildet hat, beschließt er nach einer Weile zu gehen und wendet sich ab.

»*Martin Dujeu!*«

Wieder die Stimme, ganz dicht neben ihm.

Er bleibt stehen, dreht sich um und kehrt zu Célestines Grab zurück.

»Wenn Sie das sind«, sagt er zitternd und mit erhobener Stimme, »dann reden Sie gefälligst! Treiben Sie keine Spielchen mit mir!«

»*Hab keine Angst, Martin.*«

»Célestine! Wo sind Sie?«

Die alte Frau neben ihm blickt mit halb geöffnetem Mund verängstigt zu ihm herüber.

»*Ich bin ganz in deiner Nähe, ich bin bei dir.*«

»Bin ich der Einzige, der Sie hören kann?«

»*Das bist du.*«

»Kommt das oft vor, dass jemand die Toten hört?«

»*Nein, aber ich bin ja auch keine gewöhnliche Tote. Das wusstest du doch, oder?*«

»Was sind Sie denn?«

»*Was glaubst du?*«

»Eine Fee?«

»*Ach, Martin, mit dem Gesicht!*«

»Aber doch wohl keine Hexe!«

»*Eine Art freundliche Hexe mit ein paar magischen Kräften, von denen du profitiert hast. Bei deiner Mutter hab ich getan, was ich konnte, Herzchen. Sie ist wirklich tot. Weißt du das jetzt?*«

»Ja, das weiß ich. Ich bin dorthin geflogen, ich habe diese Frau gesehen, und jetzt weiß ich es.«

»*Außerdem hast du dich mit deinem Vater versöhnt und endlich ein Mädchen gefunden. Ja, ich bin zufrieden mit mir! Jetzt kann ich ›in Frieden ruhen‹, wie es so schön heißt.*«

»Ich habe Ihnen mein Buch mitgebracht. Das erste Exemplar, das man mir gegeben hat. Diese Woche kommt es in die Buchhandlungen.«

Das Ende musst du mir vorlesen, Herzchen, ohne Arme und Augen geht das schlecht.

Die alte Frau, die Martin weiterhin mit einer Mischung aus Mitleid und Neugier beobachtet, bekreuzigt sich mehrmals.

»Sie hält mich garantiert für verrückt. Aber was mir passiert, ist ja auch völlig verrückt.«

Wenn du gleich den Friedhof verlässt, wirst du dich an nichts mehr erinnern.

»Wovon?«

Von dieser Unterhaltung.

»Wieso nicht?«

So ist das eben. Und wir werden auch nicht mehr plaudern können, so wie jetzt gerade.

»Wieso denn nicht?«

So ist das eben, Herzchen. Ist nicht meine Schuld.

»Sie fehlen mir, Célestine.«

Denk daran, was du auf meinen Grabstein hast schreiben lassen: ›Der Tod hat keine Bedeutung. Ich bin lediglich in das Zimmer nebenan gegangen.‹ Vergiss das nicht, und jetzt lauf schnell hinter deiner Hübschen her. Die ist sicher längst auf und davon.

»Die hole ich schon wieder ein, ich laufe schnell.«

Kein Wunder, bei den langen Stelzen! Leb wohl, Martin! Leb wohl! Und gib der Rue du Bac einen Kuss von mir.

Martin verlässt den Friedhof. Kaum hat er das Tor hinter sich gelassen, überkommt ihn ein heftiger Kopfschmerz. Er schwankt, lehnt sich an die Mauer und schließt die Augen. Der Friedhofswärter eilt ihm zu Hilfe.

»Ist alles in Ordnung?«

Martin öffnet die Augen wieder. Ihm ist schwindlig, aber der Schmerz lässt bereits nach.

»Ja, es geht schon«, sagt er. »Danke.«

Die alte Frau, die in diesem Moment durch das Tor kommt, schaut ihn an.

»Was hat er denn?«, erkundigt sie sich beim Friedhofswärter.

»Nur ein kleiner Schwächeanfall. Es geht ihm schon wieder besser.«

»Dieser Junge ist ein wahres Unikum!«, platzt sie heraus. »Stellen Sie sich vor, da redet der doch glatt zehn Minuten mit …«

Sie verstummt abrupt und hebt eine Hand an die Stirn.

»Mit wem?«, fragt der Wärter.

Die alte Frau kratzt sich am Kopf.

»Ich weiß nicht mehr, was ich sagen wollte.«

»Sie sagten, dieser junge Mann hätte gerade zehn Minuten mit etwas oder jemandem geredet.«

»Ich erinnere mich nicht mehr! Das ist ja sonderbar!«

Martin lächelt.

»Ach, was soll's!«, sagt sie und zuckt mit den Schultern. »Ich bin ja nicht umsonst achtundachtzig! Auf Wiedersehen, die Herren.«

Und sie geht davon.

»Die ist auch schon ganz schön tattrig«, brummt der Wärter. »Und was ist mit Ihnen? Geht es wieder besser?«

»Ja, danke.«

Martin verabschiedet sich und wendet sich der Straße zu. Seine Kopfschmerzen verfliegen rasch. Als er Amina und Germinal entdeckt, die an der Ecke des Boulevard Raspail auf ihn warten, macht sein Herz einen Satz.

»Entschuldige«, sagt Amina und greift nach seiner Hand. »Ich bin weggelaufen wie eine Irre. Sei mir nicht böse.«

Sie gehen zusammen den Boulevard entlang.

»Hast du die Stimme wieder gehört?«

»Welche Stimme?«

»Oh, das machst du absichtlich!«

»Ich will dich doch nur auf den Arm nehmen … Ich habe überhaupt nichts gehört.«

»Du bist fies!«

Er legt die Arme um sie und küsst sie. Germinal setzt sich brav hin und wartet, bis sie fertig sind. Allmählich gewöhnt er sich daran.

Vor dem Hotel Lutetia überqueren sie die Straße und biegen in die Rue de Babylone ein. Auf dem Square Boucicaut blühen die Bäume, und man hört die fröhlichen Rufe der Kinder, die im Sandhaufen spielen.

»Da, sieh nur!«, ruft Amina und bleibt vor dem Schaufenster einer Buchhandlung stehen.

Inmitten der Neuerscheinungen liegt Martins Roman. Er betrachtet ihn einige Sekunden und kann nicht glauben, dass dort tatsächlich sein Buch liegt, vor aller Augen im Schaufenster.

»Es ist ein Schock, dich da zu sehen.«
»Ja.«
»Du bist ja ganz aufgewühlt!«
»Komm«, sagt er. »Lass uns reingehen.«

Im selben Moment verlässt Victor Dujeu seine Kanzlei in der Rue Washington, um zum Justizpalast zu fahren. Die Straßen sind verstopft, und sein Fahrer steht noch nicht vor dem Torduchgang. Victor nutzt die Gelegenheit und geht in den Publicis Drugstore auf den Champs-Élysées, um Zigarren zu kaufen. Während er in der Schlange wartet, lässt er den Blick gedankenverloren über die Auslage der benachbarten Buchhandlung schweifen. Ein Titel erregt seine Aufmerksamkeit:

Martin Dujeu

GORGONZOLA

roman

Éditions Rive Gauche

Auf der Stelle vergisst er seine Zigarren, seinen Fahrer und den Justizpalast. Er tritt aus der Warteschlange, um sich das Buch näher anzusehen. Es hat einen cremefarbenen Umschlag mit schwarzem Aufdruck. Auf der Rückseite erblickt Victor mit unermesslichem Stolz das lächelnde Gesicht seines Sohnes sowie eine Inhaltsangabe:

Der unauffällige Student Archibald zieht in die Rue Monsieur-le-Prince 63, wo er sich mit dem Geist von Emile Zola anfreundet, der in diesem Haus gelebt haben soll. Mithilfe des Gespensts, das er Gorgonzola nennt (in Erinnerung an den Spitznamen, den Schüler des Lycée Saint-Louis dem Schriftsteller 1858 gaben), entdeckt Archibald unveröffentlichte, seit fast einem Jahrhundert verborgene Texte, die ein völlig neues Licht auf den Schöpfer der Rougon-Macquart *werfen und alle bisherigen Theorien über sein Leben und sein Werk auf den Kopf stellen. Archibald muss sich gegen eine Schar ruhmsüchtiger Akademiker zur Wehr setzen, die seinen kostbaren Fund um jeden Preis in die Finger bekommen wollen. Und seine einzige Verbündete in diesem Kampf ist eine junge Literaturdozentin, in die er sich verliebt.*

Fiktion und Realität verschmelzen in diesem überraschenden Roman, der sich durch eine außergewöhnliche Kenntnis von Zolas Werk auszeichnet. Martin Dujeus fesselnde Erzählung erweckt Émile Zola zu neuem Leben, und das auf eine Weise, wie wir ihn nie zuvor gekannt haben.

Martin Dujeu ist neunzehn Jahre alt. Gorgonzola *ist sein erster Roman.*

Als sie vor dem Haus in der Rue de Babylone eintreffen, hält Martin inne.

»Ich will noch kurz in die Rue du Bac. Kommst du mit?«

»Nein, ich bin müde. Und dein Hund hat Durst, ich gehe hoch und gebe ihm etwas zu trinken.«

»Gut, bis nachher.«

Nach einem Kuss betritt sie, gefolgt von dem Beagle, das Gebäude.

Er geht weiter in die Rue du Bac, die im gleißenden Sonnenlicht beinahe weiß daliegt, und bleibt vor dem verlassenen Tordurchgang stehen. Spielende Kinder rennen mit ihrem Ball auf dem Weg zum Jardin de Babylone an ihm vorbei. Die Straße ist lang, schön und ruhig, ein strahlender Kreisbogen, der sich von der Rue de Sèvres bis zur Seine spannt.

Martin setzt sich an Célestines Platz und kneift gegen die grelle Sonne die Augen zusammen.

Dann lächelt er und hebt das Gesicht zum Himmel.

»Da bin ich wieder, Célestine! Sie haben mir die Kopfschmerzen ganz umsonst verpasst! Ich erinnere mich an alles und gebe der Rue du Bac einen Kuss von Ihnen.«

Brief an meine Leser

2018 bin ich umgezogen. Ein Umzug bietet oft die Gelegenheit, Dinge auszusortieren, einiges wegzuwerfen oder zu spenden. Den großen Karton, in dem ich meine alten Manuskripte aufbewahre und der bereits in meinem früheren Keller stand, habe ich allerdings nicht geöffnet. »Im Falle meines Todes nicht veröffentlichen!«, steht darauf. In diesem Wust aus Notizbüchern, Ordnern und Heften ist alles versammelt, was ich seit meinem achten Lebensjahr geschrieben habe, was aber nie erschienen ist. Ein Tagebuch, Gedichte, Erzählungen, Romane, Briefe. Auf Englisch und Französisch, denn ich bin in der glücklichen Lage, zweisprachig zu sein.

2019 machte ich mich schließlich daran, meinen neuen Keller aufzuräumen, um etwas mehr Platz zu schaffen. Der Karton schien mich zu rufen. Mich packte die Neugier, und ich vertiefte mich in seinen Inhalt. Von dem süßlichen Geruch nach Feuchtigkeit und Staub musste ich jedes Mal niesen. Rührung erfasste mich beim Anblick meiner kindlichen, später jugendlichen Schrift. Einige Texte waren auf der Schreibmaschine getippt, andere auf dem Computer. Ich sah sie einzeln durch.

Plötzlich stieß ich auf eine dicke, kartonierte Mappe, marineblau, mit Gurtverschluss. Darauf der Titel: *Célestine du Bac*. Ein

Roman, den ich zwischen Januar 1990 und Juni 1993 geschrieben habe und der von meinem ersten Verleger abgelehnt wurde.

Seit sechsundzwanzig Jahren schlummerte er in diesem Karton. Ich hatte ihn völlig vergessen.

Ich nahm ihn mit nach oben und las ihn erneut. In einem Rutsch. Ich dachte an all das zurück, was ich in den drei Jahren seines Entstehens erlebt hatte. Mein Sohn war gerade zur Welt gekommen, meine Tochter sollte zwei Jahre später folgen. Kurz zuvor hatte ich meinen geliebten Großvater verloren, den Maler, dem dieses Buch gewidmet ist.

Ich fand, dass meine Geschichte Hand und Fuß hatte, dass sie anrührend war, stellenweise witzig. Ich habe sogar eine kleine Träne vergossen. Aber ich brauchte die Einschätzung meiner Verleger. Und ihre Antwort lautete, dieser Roman müsse unbedingt veröffentlicht werden.

Tatiana de Rosnay

Dank

Dass dieses Buch nun endlich das Licht der Welt erblickt, ist dem Enthusiasmus meines Verlegers Glenn Tavennec zu verdanken.

Daher gebührt ihm mein erster Dank.

Mein zweiter Dank gilt Cécile Boyer-Runge, die auf Anhieb an Martin und Célestine geglaubt hat.

Mein dritter Dank richtet sich an Laure du Pavillon, Catherine Rambaud und Chantal Remy, die von dem Manuskript schon vor so vielen Jahren, noch vor seinem langen Winterschlaf, begeistert waren und die mich oft darauf angesprochen haben.

Der letzte Dank schließlich geht an meine Leser, und ich hoffe, dass diese Geschichte den Weg in ihre Herzen findet.

»Tief psychologisch, aber leicht geschrieben. Mitreißend.« Madame

Ein aufwühlendes Familientreffen in Paris bringt verborgene Geheimnisse ans Licht

Als die Malegardes sich zu einem Familienfest in Paris treffen, gehen monsunartige Regenfälle auf die Stadt nieder. Die beinahe apokalyptischen Wetterverhältnisse spiegeln die Konflikte wider, die zwischen den Eltern und ihren erwachsenen Kindern schwelen. Und je länger die Familie durch den Regen gezwungen ist, gemeinsam im Hotel auszuharren, umso mehr spitzt sich die Situation zu. Nachdem der Vater im Restaurant zusammengebrochen ist, fasst Linden, der Sohn, endlich den Mut, sich ihm an seinem Krankenbett zu offenbaren. Doch auch der Vater hat ein erschütterndes Geheimnis, das ans Licht drängt …